新潮文庫

月の松山

山本周五郎著

新潮社版

2959

目次

月の松山

お美津簪《かんざし》

一

「音をさせちゃ駄目、そおっと来るのよ」

「――大丈夫です」

「そら！　駄目じゃないの」

正吉の重みで梯子《はしご》段が軋《きし》むと、お美津は悪戯《いたずら》らしく上眼で睨《にら》んだ。――十六の乙女の眸子《ひとみ》は、そのとき妖《あや》しい光を帯びていた。

土蔵の二階は暗かった、番札を貼《は》った長持や唐櫃《からびつ》や、小道具を入れる用箪笥《ようだんす》などが、南の片明りを受けて並んでいる。お美津は北側の隅へ正吉を伴《つ》れて行って、溜塗《ためぬり》の大葛籠《おおつづら》の蔭《かげ》を覗《のぞ》きこんだ。

「ああまだいるわ」

「いったい何なんですか」

「御覧なさい。あれ」

指さされた所を覗いて見ると、葛籠の蔭のところにひと塊の襤褸《ぼろ》切れがつくねられてあり、その真中の窪《くぼ》みに、小さな薄紅《あか》い動物の仔《こ》が四五匹、ひくひくと蠢《うごめ》いていた。

「――鼠の仔ですね」

「そうよ、可愛いでしょ」

「気味が悪いな」

「嘘よ可愛いわ。ほうら——こっちの端にいるひとりだけ眼が明いてるでしょ」

「見えない」

「もっとこっちへ寄って御覧なさい」

お美津は正吉の腕を執って引き寄せた、二人の体がぴったりと触れ合った。——土蔵の中は塵《ちり》の落ちる音も聞えそうに静かだった、梅雨明けの湿った空気は、物の古りてゆく甘酸い匂いに染みている。正吉は腕を伝わって感じるお美津の温みに、痺《しび》れるような胸のときめきを覚えながら、こくりと唾をのんだ。

「——幾匹いるかしら」

「五匹よ」

「みんな未《ま》だ裸だな」

「……生れたばかりですもの、もう少しすれば毛が生えてよ、——きっと」

お美津の声は哀れなほど顫《ふる》えていた。触れ合っている肌はじっとりと汗ばんで、小さな胸が喘《あえ》ぐような息遣いに波打っている、——面白いものを見せるからと云って、正吉をここへ誘って来たお美津の本当の気持が、その荒い息遣いの中で精いっぱいに叫んでいるのだ。

正吉はじっとしているのに耐えられなくなって、いきなり手を差出した。

「こいつ、捨てなくちゃ」

「駄目よ」

お美津は慌ててその手頸《てくび》を摑《つか》んだ。

「可哀相じゃないの」

「だって、——蔵の中にこんな……」

「いけない、いけない」

二人は眼を見交わした、二人とも真青な顔をしていた。正吉の手頸を摑んだお美津の手がわなわなと戦《おのの》いていた。然しその眸子は、急に大胆に輝き、朱《あか》くしめった唇は物言いたげに痙攣《ひきつ》った。正吉は手を振放そうとした、お美津はそうさせまいとした、おどおどしたぎごちない争いが起こった、お美津がよろめいたので正吉が支えた、そのとたんに二人は、何方《どちら》からともなく互いの体を抱き合った。

「——いや！　いけない」

火のようなお美津の息吹と、

「お美津さん」

という暴々しい正吉の喘ぎとが縺《もつ》れた。紫色の眼の眩《くら》むような雲が、二人を取巻いてくるくると渦を巻いた。

「正さん、——正さん、……」

絶え入りそうなお美津の叫びが、正吉の耳許《もと》へ近寄って来た。正吉はお美津のしなやかな温い体を狂おしく抱き緊めた。——そしてその手触りが、段々とはっきりし始めた時、

「正さん、どうしたの、正さん！」

ひどく肩を揺すりながら呼び覚まされて、正吉はふっと眠りから覚めた。――夢だった。

「どうしたのさ、こんな所へ転寝《うたたね》をして毒じゃないか、――辰さんが来てるんだよ、お起きな」

棒縞お召の袷《あわせ》に黒繻子《くろじゅす》の帯、衿《えり》のついた袢纏《はんてん》をひっかけた伝法な姿、水浅黄《みずあさぎ》の蹴出《けだ》しの覗くのも構わず淫《みだ》らがましく立膝《たてひざ》をしている女の側に、辰次郎が寒そうな顔で笑っていた。

「辰さんか。――」

「ちょいと用があってね。来る途中そこん所で湯帰りのお紋さんに会ったものだから」

「まあ火の側へ寄んねえ」

正吉は物憂げに起き直った。――お紋は湯道具を鏡の前へ置いて、耳盥《みみだらい》へ湯を取り、白粉《おしろい》壺や牡丹刷毛《ぼたんばけ》を取広げながら、

「おまえはひどく魘《うな》されていたよ」

「――」

「この頃は寝ると直ぐ魘されるようじゃないか、きっと病気が良くない証拠だから、転寝なんかしちゃ駄目だというのにねえ」

二

正吉は黙ってふところへ手をやった。気味の悪いような盗汗《ねあせ》だった。

――もう長え命じゃあねえ。

正吉はそう思った。

——この頃お美津ちゃんの夢ばかり見るのもそのせいかも知れねえ。人間死ぬときには一生の事を夢に見るってえからなあ。

「実はひと仕事持って来たんだ」

辰はお紋の方へ話しかけていた。

「仕事ってまた例の口かい」

「そうじゃあねえ、おいら初め橋場の親分まで、このところ可笑《おかし》いくれえの不漁《しけ》さ、このまま三日もいれあ人間の干乾《ひぼ》しが出来ようてえ始末なんだ」

「こっちも御同様なのさ」

「そこで相談だが、まあ聞いてくんねえ筋書はこうだ、——橋場の親分が客人を伴れて来る、場所は横網《よこあみ》の葉名家《はなや》」

「じゃあ博奕《ばくち》だね」

「博奕は博奕だが種がある、親分が客人を伴れてくる時に拵《こしら》え博奕だというんだ。いいかい、田舎上りのいい鴨《かも》がいるから組みで拵え博奕をやろうと相談をして来る」

「田舎上りのいい鴨てえのがあるのかい」

「そこがねたさ、鴨には正さんに化けて貰うんだ。——正さんが鴨で博奕を始める、なあに拵えは分っているんだ、いいくらい勝たして置いてから、正さんが拵え博奕の現場を押えて尻《まく》を捲るんだ」

「つめ賽《さい》は博奕の法度、場銭を掠《さら》ったうえに簀巻《すまき》にして川へ叩きこまれても文句の云えねえのが仲間の定法だ、――正さんの顔なら凄味《すごみ》があってきっと威《おど》しが利くぜ」

「なるほどね」

「面白い、それあ物になるねえ」

お紋は振返って、

「で――その客の当てはあるのかい？」

「それが無くて相談に来るかい、五十両ずつ持った旦那衆が二人いるんだ」

「乗ろうよ、その話」

「有難え、早速の承知で何よりだ、なにしろ急な話で他に人がねえ、正さんならと見当をつけてやって来たんだ、――じゃあ済まねえがおらあ直ぐ橋場へ知らせるから、一刻ばかりうちに葉名家の方へ来てくんねえ」

「おや、今夜なのかえ」

「客人はもう橋場へ来ているんだ」

そう云って辰次郎は立ち上った。

辰を送り出してお紋が戻って来ると、正吉は壁へ凭《もた》れたまま虚ろな眼で空《くう》を覓《みつ》めていた、――とろんと濁った眼だった、蒼白《あおじろ》い紙のように乾いた皮膚、げっそりとこけた頬、艶《つや》を失った髪の毛……お紋は慄然《りつぜん》として眼を外《そ》向《む》けながら、鏡へ向って肌を脱いだ。

「正さん、いまの話――やっておくれだろうねえ？」

「……厭《いや》だ」

にべもない返辞だった。

「厭だって、どうしてさ」

「このあいだ断わった筈だ、こんな浅ましい仕事はもう沢山だ、真平御免蒙《こうむ》るってちゃんと断わって置いた筈だ」

「浅ましい仕事だって？――ふん」

湯上りの肌へ、自信たっぷりに白粉を刷きながら、お紋は冷笑して云った。

「たいそう立派な口をお利きだねえ正さん。労咳《ろうがい》病みの薬料からその日その日のお飯《まんま》、いったい誰のお蔭で口へ入るのかおまえ知っておいでかえ」

「――知っていたらどうするんだ」

「そんな偉そうな口は利けまいと云うのさ、猫だって三日飼われた恩は忘れないよ」

「お紋！　てめえ……」

正吉は思わず、長火鉢の猫板の上から湯呑を取上げた。

「てめえ、それを本気で云うのか」

「売り言葉に買い言葉、お互いさ」

「――畜生！」

正吉は身を震わして叫んだ。

「よくもそんなことをぬかしゃあがった、この己を、こんな態《ざま》にしたなあ誰だ、素っ堅気のお店者《たなもの》、これっぽっちも世間の汚れを知らなかった者を、騙《だま》し放題に騙しゃあがって、大恩ある主人の金を持ち逃げさせ、一生浮かぶ瀬のねえ泥沼へ引きずり込んだなあ誰だ！　こんな労咳病みの体にしたなあ誰なんだ」

「今更なんだね未練がましい、誰のせいなもんか、おまえが好きで墜ちた穴じゃないか、厭がるおまえの首へ縄をかけて曳《ひ》いて来た訳じゃないよ」

「畜生‼　売女《ばいた》‼」

湯呑を摑んだ正吉の手がぶるぶると慄《ふる》えた。正吉はそれを膏《あぶら》ぎった女の背中へ叩きつけようとした。——すると不意に恐ろしい咳《せき》がこみあげて来た、正吉は湯呑を投げ出し、両手で喉《のど》を摑みながら、こんこんと咳き入りつつそこへうち倒れた。……苦しさに固く閉じた眼蓋の裏へ、いましがた夢で見たお美津の、なつかしい顔がまざまざと見えて来た。

三

初めて江戸へ出て来た時の事が思われる、十二の年だった。故郷の長崎から父に伴われて来ると、同郷の筑紫屋茂兵衛の店へ奉公に入った。筑紫屋は江戸でも有数の唐物商（現今の貿易商）で、日本橋本町に間口十二間の店と、五戸前の土蔵を持った大店だった。——茂兵衛には男子がなくて、お綱《つな》とお美津という二人の娘がいた。父親同志が故郷での親友だったので、正吉は他の奉公人たちとは別に目をかけられ、二人の娘とは友達のようにして育った。正吉は気質も好く、人品も優れているうえに、人並以上の敏才だったので、茂兵衛はやがて姉娘のお綱の婿に直し、筑紫屋の跡目を継がせようとした。——ところがその時分、正吉は妹娘のお美津と、私《ひそ》かに恋を語るようになっていた。そして或る日……奥土蔵の中で、二人が罪のない逢曳《あいびき》をしているところを番頭の一人に発見された。

お綱の婿にと、すっかり段取りを定めていた茂兵衛はひどく怒った。お美津は直ぐに根岸の寮へやられ、正吉は懲らしめのため、一年間小僧と同じ走り使いに落された。——この小さな食い違いが正吉の運命を捻《ねじ》曲げる因であった、そしてすっかり自棄《やけ》になっているところへお紋が現われた。お紋は筑紫屋の裏に薗八節《そのはち》の師匠という看板をかけ、内実はいかがわしい商売をしている女だったが、早くから正吉の美貌に眼をつけていて、彼が自棄になっているところをうまうまと自分の物にした、正吉は遂に五十両という店の金を持出してお紋と逃げた。……それ以来五年、闇から闇を渡るどん底暮しに、押借《おしがり》、強請《ゆすり》、美人局《つつもたせ》と、あらゆる無頼の味を嘗《な》めた、そして飽くことを知らぬ女の情慾のために、今では治る望みもない労咳を病む身となっている——。

——罰だ、罰だ。みんな旦那様やお美津ちゃんの罰が当ったんだ。

正吉は身悶《みもだ》えをして呻《うめ》いた。

「いい態だ、いい態だ、罰当りめ、こうなるのが己にはふさわしいんだ」

「正さん、——正さん」

お紋はその有様を冷やかに見ていたが、やがて宥《なだ》めるような調子で側へ寄った。

「厭ねえ正さん、何もそんなにむきになる事はないじゃないの、——あたしも少し云い過ぎたけど、おまえだって酷《ひど》いよ。幾らお紋が阿婆擦《あばず》れでも、好きでこんな事をするものかね、みんな正さんと楽しくやって行きたいためじゃないか。それあ……正さんをこんなにしたのはあたしの罪かも知れない、けれどあたしが正さんに命までと打込んでいたのは嘘じゃなかったわよ」

「――――」

「正さんだって幾らかあたしを好いてくれたからこそ、ここまで一緒に墜ちて来たんでしょう？――日蔭の生計しか知らないお紋と、世間知らずの正さんがひとつになれば、結局こんな穴より他に生きる道は有りゃあしない、あたしはねえ正さん、おまえとなら地獄の底へでも行く覚悟だよ」

お紋は自分の言葉に酔いながら、そっと正吉の肩へ手をかけた。――正吉は死んだ者のように身動きもしなかった。

「ねえ、分っておくれだろう」

「――――」

「分っておくれなら機嫌を直そうよ、そして今夜の仕事が旨《うま》くいったら、正月は二人でのんびり湯治にでも行くんだ、そうすれば病気もきっと良くなるからね」

お紋は説き伏せたつもりで、静かに正吉の肩を愛撫《あいぶ》してから立ち上った。

「さあ機嫌を直して、そろそろ出掛けるとしよう、ねえ正さん」

「――――」

「あたし着換えて来るわね」

お紋は次の間へ立って行った。――その足音を聞きすまして、正吉は急に起上ると、何を思ったかそのまま格子口の方へ出て行った。

「おや、どうかしたの正さん」

女の呼ぶ声がした、「――正さん、どうかしたのかえ、……正さん!!」正吉は戸外へとび出していた。

――逃げるんだ、今夜こそこの泥沼の中から逃げるんだ！

外は凩《こがらし》の吹く月夜だった。一丁ばかりは夢中で走った、然しいきなり冷たい風の中を走ったので、大川端まで来ると再び烈しい咳がこみあげ、河岸っぷちに積んであった材木の上へ、殆んどぶっ倒れるようにして、息も絶え絶えに咳きこんだ。――そしてようやくそれが鎮まったときには、体中がびっしょり膏汗で、暫《しばら》くは身動きも出来ぬ有様だった。

川波がひたひたと音をたてていた、空高く鳥の声がするので、仰いで見ると遙《はる》かに、雁《かり》の群れが西へ西へと渡っていた。

「――あの雁の行く方に長崎がある」

正吉は悲しげに呟《つぶや》いた。

「長崎、……長崎、――おっかさん!!」

不意に、全く不意に、正吉の胸へ熱病のような故郷恋いの念がつきあげて来た。――香焼《こうやぎ》島に寄せる潮の音が聞える、出島の異人館の旗が見える。諏訪《すわ》神社の山も、唐風の眼鏡橋も……まるで覗絵を見るように見えて来る。

「そうだ、長崎へ帰ろう、どうせもう半年さきも覚束《おぼつか》ない体だ、故郷の土を踏んでから死のう、おっかさんにひと眼会って、不孝を詫《わ》びて死のう」

思いつくと矢も盾も堪らなかった。正吉は息をはずませて立った。

四

「あいにくだったなあ、二両はさておき二朱もねえ始末だ」

「――そうか」

「お改め以来というもの一列一隊の旱《ひでり》だ、恥ずかしいが女房を裸にしてやっと粥《かゆ》を啜《すす》ってる有様よ、――急ぐんだろうなあ」

「なに、無けれあいいんだ、騒がして済まなかった、勘弁してくんねえ」

「冗談じゃあねえ、むだ足をさしてこっちこそ申訳ねえ」

「じゃあ又来るぜ」

正吉は寒々と露地を出た。

――矢張り駄目か。

どんな事をしても長崎へ帰ろう！　そう思案を決めた。然しこの体ではとても歩く旅はむずかしいので、回船問屋へ行って訊《き》くと、幸い明日の朝七時《むつはん》に長崎向けの船が江戸橋から出ると分った。然もそれは年内で最後の船で、それに後れると正月十五日過ぎなければないと云う、――そう聞くともう帰心は油をそそがれた火のようなものだった。船賃を入れて二両、かつかつの旅費を工面するために、凩の中を足に任せて駈け廻った。

然し、その秋から断行された町奉行の、放火《ひつけ》盗賊お改めの厳しさは、彼等の仲間にもひどく祟《たた》って、二両などと云う金の都合のつく者は一人もなかった。

「どうしよう、――明日の船に乗り後れれば、あとは正月十五日過ぎでなければ船は無いのだ。この体ではそれまで保つかどうか分らない、どんな事をしても帰りたいが――ああ、どうしたらいいんだ」

空《むな》しく歩き廻った疲れと寒さで、身の凍えきった正吉は、ふと通りかかった居酒屋の暖簾《のれん》をくぐる気になった。――店はがらんとして人気もなく、亭主らしい肥えた男が、鋭く光る眼でぎろりと正吉を見た。

「酒をつけてくれ」

「――どの口に致しましょう」

「その……」

正吉はふところの銭をそらで数えた。

「その梅でいいや」

「お肴《さかな》は？」

「――いらねえよ、寒さ凌《しの》ぎなんだ」

亭主は無愛想に酒の燗《かん》をつけて来た。――正吉はそこに出ているつまみ物にも手を出さず、呷《あお》りつけるようにぐいぐいと呑んだ。そして二本めにかかった時、さっきからじっと正吉の様子を見ていた亭主が、身を乗出すようにして云った。

「間違ったら御免なさい、——おまえさん生れは九州の方じゃあありませんかい」

「へえ——よく分るな、おらあ長崎だが」

「そいつあ懐かしい私も長崎だ」

「親方もか？」

正吉は眼を輝かして、

「それあ奇縁だあ、おらあ一ノ瀬の下だが、親方あどこだ」

「——そんな事を訊く必要は無かろう」

亭主の顔つきが不意に変って、野獣のような惨忍な表情が現われた。——正吉は眼を外らしながら黙った。

「呑んでくれ、これあ私の奢《おご》りだ」

別に一本、上酒の燗をして亭主が持ってきた。——そして語調を柔らげて、

「どうも言葉尻に訛《なま》りがあると思ったんだ、何十年離れていても、故郷訛りは争えねえものだ、なあ若い衆。——だが」

「————」

「おめえも見たところ堅気じゃあ無さそうだ。つまらねえ詮議は止《や》めにして、気持よく呑んだら行って貰おうぜ」

「下らねえ事を訊いて悪かった」

正吉は素直に云った、「――同じ所と聞いたんでつい舌が滑ったんだ、気を悪くしねえでくれ」

「分りあいいのよ」

「御馳走になるぜ」

正吉は亭主の酒をあっさり呑んだ。――そして手早く勘定を済ませると、

「縁があったら又会おう」

と外へ出た。

居酒屋の亭主が長崎と聞いて、正吉は更に更に帰心を唆《そそ》られたのである、そして、さっき鼬《いたち》の辰次郎が来て話した「拵え博奕」の事を思いだしたのだった。

「もう一度だけだ、今夜っきりでおさらばなんだ、これ一度だけやろう」

正吉はそう決心した。――場所は横網の葉名家と聞いている、それはこれまでも仲間が度度使った小料理屋で、むろん正吉もよく知っていた。

五

横網の河岸を五六間入ると、大きくはないが二階造りで、表に「葉名家」と軒行燈《あんどん》が出ている。――ようやく十時《よつ》になったばかりであろう、間に合ってくれれば宜《よ》いと、勝手知った庭口から入った。

その時であった、右手の闇から一人の男がぬっと出て、

「何方様でござんすか」

とこっちを覗きこんだ。

「おらあ……」

と云いかけて正吉はぴたりと足を止めた、こっちを見込んだ相手の身構え、右手をふところへ入れて腰を浮かした恰好、——ひと目で岡っ引と分る。

——しまった、手が廻っている。

そう思うのと、

「御用だ！」

と相手の跳びかかるのと同時だった。

正吉は体を捻《ひね》って、十手の一撃を避けざま、だっと相手に体当りをくれると、身を飜えして塀《へい》外へとび出した。

「うぬ待ちあがれッ」

岡っ引は追いながら呼子《よぶこ》を吹いた、冴《さ》えた寒気を劈《つんざ》いて鋭い笛の音が流れた。

——捉《つか》まってなるか、どんな事をしたって一度長崎へ帰るんだ、ひと眼おっかさんに会うんだ、どんな事をしたって。

正吉は夢中で逃げた。然し笛の音は左から右から、前と後と相呼応しつつ、袋を絞上げるように迫って来る、余程の厳しい手配らしい。——正吉は本所御蔵の堀へ抜け、小泉町の方

へ引返して両国へ出ようとした、然し表通りへ出る前に、行手を御用提灯《ちょうちん》で遮《さえぎ》られた。咄嗟《とっさ》に戻ってくると、其方《そちら》からも七八人の人影、絶体絶命である。

――駄目か。

――畜生！

呻くと、咄嗟に右手の黒板塀へとび附いてさっと中へ乗り越えた。――強《した》かに腰を打って、そのまま竦《すく》んでいると、塀の外をばらばらと人の走り去る足音が遠のいて行った。正吉は凍てついた土の上に、暫くは身動きも出来ず息を喘がせていた。

――助かった。

呼子の音が聞えなくなった時、正吉は生き返ったように呟いた。

「今夜の様子はちっと妙だ、おいら仲間を狙うにしちゃあ厳重過ぎる、――きっと他に大きな捕物があったに違えねえ。その巻添えを食ったんだ……あの様子じゃあお紋のやつも、橋場も辰も、恐らくお縄になっただろう、――みんな年貢の納め時なんだ」

正吉は静かに身を起こした。

「だがおらあ逃げる、石に噛《かじ》りついたって逃げてみせる、そして長崎へ……」

と呟いた時、ふいっと或る考えが頭に浮んだ。――それは恐ろしい考えだった。正吉はぶるっと身顫《みぶる》いをして、……いけねえ、駄目だ！　と自分を叱りつけた。だが他にどうする。

「船は明日の朝七時《むつはん》に出るんだ」

正吉はじっと四辺《あたり》を見廻した。金に飽かした小庭の結構、木の香も新しい寮造りの二階建てだ。然も——幸か不幸か、まるでここから入れといわんばかりに、縁側の戸が一枚明いたままになっている。

正吉は半ば夢中で、ふらふらとそこから中へ忍び込んだ。

——到頭やった。どんなに落魄《おちぶ》れても、盗人だけはしずに来たが、今夜という今夜あどたい場だ。ええ！　どうなるものか。

度胸を定めた正吉は、ふところの短刀を抜いて、縁側から座敷の方へ進んで行った。家内は森閑として音もない、さすがに胸が裂けるかとばかり騒いで、膝頭はがくがくと震える。まだ新しい建物なので、どんなに足音を忍ばせても軋《きし》みが立った。

——くそっ、みつかったら短刀でひと威《おど》しやるまでだ。

自分を唆《け》しかけながら、主人の居間と思われる部屋の表へ来ると、廊下へ踞《かが》んで静かに障子を引き明けた。——そして一歩中へ入った、その刹那《せつな》！　正吉はいきなり闇の中から向う脛《ずね》をがっと払われて、

「あっ、つー!!」

叫びながら顚倒《てんとう》した、直ちにはね起きようとする、隙も与えず、背中からがっしと馬乗りに押えつけられて了《しま》った。

——もう駄目だ！

と直感した時、猛烈な咳が襲って来て、捻伏せられたまま体に波を打たせて咳き入った。

「誰か燈《あか》りを持って来い、泥棒だ」

馬乗りになった男が叫んだ。

二度三度叫ぶのを聞きつけて若い婢《ひ》が二人、手燭《てしよく》を持って駈けつけて来た。主人と見える男は正吉の手から短刀をもぎ取ると、――ひどく咳き入っていて逃げる様子もないと見たか、正吉の上から体を退けて、

「燈りをこっちへ見せてくれ」

と、慄えている婢に云った。

六

「あっ、おまえは……」

手燭の光に、俯伏《うつぶ》せになった正吉の顔を見るなり、主人はさっと色を変えた。――そして振返ると、恐ろしそうに慄えている婢たちに、

「もう宜い、少し私に考えがあるから、おまえたちは向うへ行っておいで」

「あ、あの――自身番へお届けを」

「届ける時には私がそう云う、黙って向うへ行っているんだ」

婢たちは足も地につかぬ様子で、そそくさと廊下を去って行った。――主人はその足音を聞きすましてから、暫くのあいだ正吉の姿をみまもっていたが、やがて底力のある声で、

「正吉、――顔を挙げたらどうだ」

と云った。正吉の体がぴくっと痙攣った。波打っていた背中が停《とま》った、――正吉は恐る恐

る顔をあげた、そして手燭の光に照らされた主人の面を、白痴のような眼で暫く覓《みつ》めていたと思うと、突然、

「あっ、だ、旦那！」

絶叫して跳ね起きる、とたんに主人はその肩を摑んで突き倒し、背中を足で踏みつけながら、

「分るか、この私の顔が分るか。この恥知らずの犬め、――筑紫屋茂兵衛にあれだけ煮え湯を呑まして置いてまだ足らず、押込みにまで這入《はい》るとは畜生にも劣った人非人め」

「ま、間違いでございます、だ、旦那」

正吉は腸を絞るように叫んだ、――なんという運命の皮肉さであろう。退引《のっぴ》きならぬどたん場に迫られ、初めて犯す罪の――入った家は筑紫屋茂兵衛の寮であったのだ。

「出て行け、出て失せろ」

茂兵衛は正吉の背を蹴放《けはな》した。

「この手で縄にかけてやるのも穢《けが》らわしい。早くここから出て失せろ。――この茂兵衛はな、今日が日まで貴様のことを、もしや真人間になって帰る日もあろうかと、自分の伜《せがれ》を一人失くしたよりも辛い気持で待っていたのだぞ」

「――――」

「茂兵衛はそれでも宜い。だが……可哀そうなのはお美津だ、貴様の方では覚えてもいまいが、お美津は貴様を忘れることが出来ず、――今では半病人のようになってこの寮に暮して

いるのだ。……お美津はまだ、貴様がきっと自分のところへ戻って来ると信じているのだぞ、それなのに——貴様は、貴様は……」

正吉は畳に伏したまま体を弓のように曲げた、ごぼごぼと無気味な音がして、正吉の口からぱっと血潮が迸《ほとばし》った。——茂兵衛はさすがにぎょっとした。そして手燭の光で改めて正吉の姿を見直した。余りにも変り果てた相貌、余りにも変り果てた姿だった。

「——正吉！」

「旦那さま、……」

「貴様そんな重い病気なのか」

「罰でございます、天道さまの罰が当ったのでございます。旦那さま、正吉は、こんな姿になりました」

「そんな体でどうしてまた」

「——長崎へ、帰りたかったのです」

正吉は袖で口を拭いながら云った。

「お袋にひと眼会って、死のうと、——二両の旅費が欲しさに、初めて忍び込んだのがこの家……正吉は今夜こそ、初めて、天罰の恐ろしさを、知りました。——お赦《ゆる》し下さいとは、とても申上げられません、どうか旦那さま、正吉をこのまま見逃して下さいまし」

「——」

「何も仰有《おつしや》らずに、お見逃し下さいまし」

茂兵衛は黙って正吉の横顔を見ていた、――そして暫くすると、用箪笥の方へ立って行って、金包を拵えて戻ってきた。

「これを持って行け」

ばたりと投げ出した。

「え？――」

「貴様に遣《や》るのではない、長崎で待っているお袋さんに遣るのだ、……お美津は今夜、小梅の越後家の寮に長唄の納めざらいがあって出掛けたが、もうそろそろ帰る時分だ、彼女《あれ》にだけは貴様のその姿を見せたくない――それを持って早く出て行け」

正吉は無言で金包を押戴いた。

「長崎は暖かい土地だ、生れ変った気で養生をしてみろ。そして一度でも宜い、人間らしくなった姿を見せてやってくれ」

誰に見せろとは云わなかった、――正吉は歯を食いしばって嗚咽《おえつ》を忍んだ。

茂兵衛は裏木戸まで送って来て、印入りの提灯を与えた。――追われる身には何よりの贈物である。正吉は無言で受取り、千万の言葉を籠《こ》めた会釈を……たった一度。よろめく足を踏みしめ踏みしめ、凩の中を両国の方へ――。

七

「おや、おめえさんまた来たのか」

さっきの居酒屋だった。

「今度は良いのを頼むぜ」

正吉は悲しげな微笑を浮べて云った。

「このまま会えるかどうか分らねえ親方に、商売物の酒を奢《おご》られっ放しじゃあ気が済まねえ、――それに祝って貰いてえ事もある」

「何か良い目でも出たのかい」

「おらあ明日の朝長崎へ帰るんだ」

亭主は燗をつけながらじろりと見た。――厭な眼つきだった。

「さっきはそんな景気じゃあねえようだったなあ」

「だから祝って貰いに来たのよ」

「そいつあ豪気だ、――陸《おか》を行くかい」

「船だよ。おっと来た」

亭主が燗徳利と盃を二つ持って来るのを、待ち兼ねたように正吉は献《さ》した。

「さっきのお返しだ」

「そう云われちゃあ恥入りだ、貰うぜ」

「海上無事を祝ってくんねえ、――明日の朝あもう江戸ともおさらばだ。十二年振りに帰る長崎、変ったろうなあ、眼をつぶると見えるようだぜ」

「さあ返盃だ――」

「おらあいけねえ、いまの先断《た》ったばかりだ、おらあこれから生れ変るんだ、故郷へ帰って始めっから遣り直すんだ、何もかもこれからなんだ」

「そいつあ良い思案だ、けれども容易《たやす》く出来るこっちゃあねえ」

「そうだ、人間一匹生れ変るなあ容易いこっちゃあねえ、けれどもおらあやるんだ、例え嘘にでも、一度だけあ真人間の姿を見せてあげてえ人がある」

「分ってるよ、恋人《これ》だろう」

「そうじゃあねえ、昔は知らず今はそう云っちゃあ済まねえ人だ。——ああ、今夜は色々な事があった、二十五の今日までをひと纏《まと》めにしたよりも、もっと変った事ばかり起こった」

然し正吉はそう云うことをもう少し待った方がよかったのである、——運命の操る糸は眼にこそ見えね、因果の律は不思議なほど緊密に巡って来る。その夜の最後の事件は、それから四半刻も経たぬうちに起こった。

亭主に頼んで雑炊を拵えて貰っていると、土間の横手の油障子が手荒く明いて、どかどかと入って来た人の気配。

「——奥を借りるぜ」

と云うのを見た亭主が、

「あ！　いけねえ、裏から……」

慌てて手を振る様子に、正吉がひょいと振返って見ると、無頼者態《ならずものてい》の男が三人、——ひとりの娘を手取り足取り奥へ担ぎ込もうとするところだった。——正吉は咄嗟にこの居酒屋の素性を覚《さと》った、亭主の様子が尋常でないと思った筈、ひと皮剝《む》けば、こんな荒仕事の地獄宿なのだ。

「助けて、助けてーッ」

ひらき戸から奥へ消える時、店にいる正吉をみつけたかして娘が帛《きぬ》を裂くように叫んだ。——正吉は亭主の方へ振返った、亭主はそ知らぬ顔で小鍋《こなべ》の下を煽《あお》いでいる、正吉はすっと立って行った。

「何処《どこ》へ行くんだ！」

喚く声に、振向いて見ると亭主が、右手に刺身庖丁《ぼうちょう》を持って突っ立っていた。——正吉はにやりと笑いながら、土間に落ちていた花簪《はなかんざし》をひょいと拾って、

「可哀相に、綺麗《きれい》な簪が泥だぜ、——親方」

静かに云って、銀のびろびろの震えている簪を、珍しい物でも見るように、くるくる廻しながら戻って来た。

「ふん。ひと晩に簪の二つや三つ、泥まみれになるのは江戸じゃあ珍しかあねえ」

「全くよ、珍しかあねえ」

「だから見ねえつもりでいな、若いの」

と亭主が圧《お》さえつけるように云う、刹那、正吉の足がたっと亭主の股間《こかん》を蹴上げた。

「うっ！　や、野郎ッ」

呻きながら踞む奴の、手から、刺身庖丁を奪い取った正吉、ばっと上へ跳上がると、ひら

き戸を蹴放して奥へ踏み込んだ。とっつきの部屋の中から物音を聞いて、

「誰だ、権兄哥《ごんあにい》か」

と障子を明けて覗く、その喉元へ、正吉はいきなり刺身庖丁を突っ込んだ、

「ぎゃッ」

悲鳴と共にのめる奴を、突放してとび込むと、部屋の中に娘を挾《はさ》んでいた二人が、あっと云って立ち上る、のっけへ、庖丁を構えたまま、正吉が体ごと叩きつけるように突っかけた。捨身の庖丁に強《したた》か胸を刺されて、一人がだあっと襖《ふすま》もろ共倒れる。その脇から、残った一人が短刀を抜きざま正吉の脾腹《ひばら》へひと突き、

「――野郎！」

「あッ」

と正吉、振返りざまそ奴の脇下へ、骨も徹《とお》れと庖丁を突っ込んだ。

「だ、誰か来てくれ、むーッ」

無気味に喚きながら、仲間の上へ折重って倒れる。――正吉も脾腹の傷に耐えかねて、思わずよろよろとなったが、

「助けて、助けて下さいまし」

と云う娘の声に、はっと気を取直して走り寄ると、手早く娘の縛《いまし》めを切り放した。――と
そのとたんに娘が、

「あ、おまえは正さん」

と仰反《のけぞ》るように驚いて叫んだ。

「え――!?」

愕《ぎょっ》として眼を瞠《みは》る正吉、

「あたしを忘れたの正さん」

「――あッ」

「お美津よ。逢いたかった」

叫ぶように云って、狂おしく縋《すが》りつく娘の顔、正吉は息も止るかと愕《おどろ》いた。なんという不思議な運命であろう、それは紛れもない筑紫屋の娘お美津であった。

「――逢いたかった、逢いたかった」

「お美津さま!」

正吉も我を忘れて抱き緊めた。

八

歓びと哀しみと、悔恨と謝罪との入混った愛着の情が、まるで烈火のように正吉の身内を痺れさせた、――然しそうしている場合ではない。

「ここは危ない、早く表へ!」

と云って、お美津を抱き起こした正吉は、傷手《いたで》を堪えながら裏口から外へ出た。

凩の吹く闇の街を五六丁、足に任せて走った。――お美津はその夜、越後屋からの帰りを襲われ、附添いの下男を蹴倒されたうえ、あの地獄へ掠《さら》われて行ったのだと云う。

「あたしもう死ぬ覚悟でいたわ」

「ここまで来ればもう大丈夫です」

正吉は暗い街辻で喘ぎながら足を停めた、脾腹の傷を覚られまいとする苦しさ、着物の下を伝わって血は流れ続けている。

「ここからは寮も近い、お美津さま、早く貴女《あなた》は帰って下さい」

「あたしが独りで帰ると思って？」

お美津はすり寄って、

「あたしは厭、おまえと一緒でなければお美津は生きる甲斐《かい》もないのよ。正さん、——あたしがどんなに待っていたか、おまえは知らないでしょう」

「………………」

「ひどい、ひどい、正さん」

脾腹の傷より、もっと烈しい痛みが、きりきりと正吉の胸を抉《えぐ》るのだった。——いけない、正吉は強く頭を振った、「お美津にだけはそんな姿を見せたくない」そう云った茂兵衛の言葉が、鋭く鋭く思い出された。

耐え難そうに咽《むせ》びあげるお美津から、正吉は静かに身を離しながら云った。

「お帰り下さい、お美津さま」

「——」

「正吉も長崎へ帰ります、そして――真人間に、昔の正吉に生れ変って来ます。私は、悪い夢を見ました」

「正さん！」

「この世にあるとも思えない、悪い夢でした。けれどその夢も醒《さ》めました、故郷へ帰って、この汚れた体を浄めて来ます。きっと、きっと真人間の正吉になって帰ります」

「いけない。一緒に来て、正さん」

「左様なら、正吉を可哀そうな奴だと憫《あわ》れんで下さい、――左様なら」

「待って、待って、正さーん」

追い縋るお美津の手を振切って、正吉はよろめきよろめき走り去った。――ふところへ入れた右手には、さっき居酒屋の土間で拾った、お美津の花簪を確《しっか》りと握りながら。……高く高く凩のゆく空を、またしても雁の群れが、びょうびょうと鳴きながら西の空へと渡っていた。


その明くる朝。

ようやく明けたばかりの江戸橋の船着場に、雪のような白い霜を浴びて、一人の男が死んでいた。それを発見したのは、その朝そこを出帆する長崎船「八幡丸」の船頭だった。

死体の男は脾腹に無残な傷を受けていたが、しっかりと胸へ押当てた手には、美しい花簪をひとつ固く固く握り緊めていた。――集まって来た人たちは、男のみすぼらしい身状《みなり》と、哀れな死に態と、美しい花簪と謎《なぞ》のような取合せについて、思い思いの話題を拵え合っていた。けれどその死顔が、些《いささ》かの苦痛の影もなく、名僧智識の大往生にも似た、安楽の頬笑をうかべていた事に気付いた者はなかった。

天保十一年十二月十七日朝の七時さがり、長崎船の八幡丸は、この奇妙な死体の横たわっている岸を離れて、貝の音も勇ましく、すばらしい凪《な》ぎの海へと船出して行った。

（「キング」昭和十二年八月号）

羅ら

刹せつ

一

「うすっきみが悪いな」鬼松が眉をひそめながらそう云った。「……おまえさんさっきからおれの面ばかり見ているが、どうしてそうじろじろ見るんだ」

「見ちゃ悪いのかい」

「そういうわけじゃないが、おまえさんの眼がきみが悪くていけねえから」

「ふふん」

相手は顔をしかめながらせせら笑いをした。

奇妙な男だった。この近江路《おうみ》で鬼松といえば、熊髭《くまひげ》の生えた魁偉《かいい》な顔つきとともに知らぬ者のないごろつき馬子である、強請《ゆすり》や押し借りは云うまでもなく、酔えば鬼のように暴れまわって手がつけられない、ほんとうの名は松蔵というのだが、この街道筋では鬼の松蔵、ひと口に鬼松と呼んで、彼の姿が見えるとみんな道をよけて通るほどだった。ところがその若者は、道で鬼松に会うといきなり「親方、すまないが一杯つきあって貰えまいか」そう云って誘いかけた。曽《かつ》てないことなので、さすがの鬼松も少しばかりとまどいしたが、別に断わることもないのでいっしょにこの支度茶屋へはいった。それから一刻《いっとき》あまりもこうして呑み合っているのだがどういうわけか気持が落着かなかった。相手の男は二十七八であろう、色のあさ黒い痩《や》せたからだつきの町人風だが、どこかに神経のぴりぴりした尖《とが》りがみえる、殊に落ち窪《くぼ》んだ両眼はねばりつくような光を帯びていて、それがさっきから絶えず鬼松の顔をするどく見つめ続けるのだった。

「つまらねえ面《つら》だ」やがてその若者が吐き出すように云った。「……どこからどこまで下司《げす》に出来ていやぁがる、まったくとりえのねえ駄面《だつら》だ」

「そいつはおれのことか」鬼松が聞き咎《とが》めた。

「そうだおまえの面だ」若者はぐいと身を乗り出すようにした、「……この近江路でおまえは鬼の松蔵とか云われているそうだが、評判ほどにもない間抜けな面じゃないか、そのうえ他人の振舞い酒に酔って筋のほぐれたところは、まるで潮吹き面《めん》の水ぶくれというざまだ、これからは潮吹き松と呼ぶがいいぜ」

「――――」鬼松は胆をぬかれた。いったいなんのために酒を奢《おご》ってくれたのか、なんのためにじろじろ顔ばかり見るのか、なんのためにそんな悪態をつくのかまるで見当がつかない、けれども、潮吹き面の水ぶくれと云われてはもう黙っているわけにはいかなかった、「……おい、きさまそれを正気で云っているのか」

「念を押すにゃ及ばねえ」

「なんだと、もういちど云ってみろ」松蔵の顔はかっと赤くなった。

「うぬの面の棚卸《たなおろ》しをされて念を押すにゃ及ばねぇと云うのだ」

「ぬかしたな」

がらがらと皿小鉢をはね飛ばしながら鬼松が若者へ組み付いた。居合せたほかの客たちは

総立ちになる、店のあるじがびっくりして、暖簾《のれん》口から「松蔵さんそりゃいけない」と、とび出して来た。然しそれより早く、

「あれ危ない、待って下さい」と叫びながら、まだ若い町娘がひとり外から走りこんで来て、いま若者を殴ろうと振り上げた鬼松の腕へひっしとしがみついた。「ええ放しゃがれ」「どうぞ待って下さい、お詫《わ》びはどのようにでも致しますからどうぞ待って」

紫陽花《あじさい》の花が咲いたような、みずみずと美しい娘だった、客たちも眼をみはったが、亭主はあっと叫んで駈け寄った。「これ松蔵さん乱暴しちゃあいけない、浄津の嬢《いと》さんだ、近江井関の嬢さんだぞ」「えっ……」と、松蔵はびっくりして手をひいた。浄津の近江井関と云えば、いま天下に幾人と指に折られる面作《おもてつく》り師《し》であるが、それだけではなく、度量のひろい義侠心《ぎきょうしん》の強い人で、ずいぶんひとの世話をよくするし、またお留伊《るい》と云う美しい娘があるので、この近江路の人びとには有名だった。いかに鬼松があぶれ者でも、お留伊と聞いては乱暴はできない、ひょいと手を放して脇へとび退いた。

「さあ宇三郎さん早く」と、娘はこの隙にすばやく若者を援《たす》け起こし、ふところから小銭袋を取出して、「これであとのことを頼みます」と茶店のあるじに渡し、若者のからだを抱えるように店の外へと出ていった。

二

小坂の駅《うまや》を出はずれて、道から少しはいった竹藪《たけやぶ》の中にひと棟のあばら家が建っている。

藁葺《わらぶ》きの屋根は朽ち、軒は傾き、壁は頽《くず》れて穴があいている。竹籔も荒れているし、居まわりは茫ぼうと草が生い繁って、とうてい人が住むとは思えないけしきだ、この荒涼たる家が若い面作り師宇三郎の住居であった。

「お酒なんかあがったことのない貴方《あなた》が、どうしてこんなに召上ったのです、苦しゅうございましょう」「いや……」「少し横におなりなさいまし、いまお冷を持ってまいりますから」

「大丈夫です、どうか構わないで下さい」

すっかり悪酔いをしたらしい、顔は血のけを失って蒼白《あおじろ》くなり、溺《おぼ》れる者のように烈しく喘《あえ》いでいた。お留伊は木屑《きくず》の散らばっている床板の上へ、破れた敷き畳をおろして宇三郎を寝かし、厨《くりや》から金椀へ水を掬《く》んで持って来た。「さあ召あがれ、よろしかったらまたかえてまいりますから」

「済みません」半ば起きかえって、ひと息に水を呷《あお》った宇三郎は、苦しそうに充血した眼を振り向けながら云った、「どうしてまたあなたは、あんなところへおいでになったんです」

「お仕事のようすがどんなかと思いまして」

「………」宇三郎はきゅっと眉をしかめた。

「下検《したみ》の日限がもう三日さきに近づいていますから」

「ああ知っています」彼は苦しげに首を振り眼をそらした。

「宗親さんも外介さんも、もうお仕上げになったそうです、宇三郎さん、あなたも日限までにはお間にあいになりまして」

「そう思ってはいるんですが」

「彼処《あそこ》にあるのがそうでございますか」お留伊はそう云って部屋の向うの仕事場に殆んど彫りあがっている三面の面《おもて》へふり返った。だが宇三郎はみずから嘲《あざけ》るように首を振った。

「駄目です、あんなものはお笑いぐさです」

「それではまだ、なかなかなのでございますね」

「お留伊さん、いや、嬢《いと》さん」宇三郎は思いきったように眼をあげた。

「……宇三郎はこんどはだめかも知れません、もし間にあわないようだったら、どうか私のことは諦《あきら》めて下さい」

「そんなことを留伊が承知するとお思いになって」

「しかし日限までに仕上らなかった場合には」

「いいえ厭《いや》です」娘はきっとこちらを見た、「……あなたはこんどこそ、これまで人のしない活き面というものを打つと仰《おっ》しゃいました、必ず二人に勝ってみせると仰しゃったからこそ、わたくしは父《とと》さまのいうことを承知したんです、それを今になってそんな、そんなことはわたくし伺いたくございません」

「正直に申しますが嬢さん」宇三郎はつき詰めたようすでこう云った、「私は初めてほんとうの自分の値うちがわかりました、近江井関の門ちゅうわが右に出る者なしと他人をみくだし己れに慢じていた、きょうまでの自分を思うと恥ずかしくて死にたくなります、あなたにも、こんどは百世に遺る活き面を打って見せるなどと云いはしましたが、いざ仕事に掛って見ると手も出ません、ひと鑿も満足な彫りが出来ないのです」

宇三郎は、近江井関と呼ばれる面作り師、かずさのすけ親信の門下で、高井の宗親、大沼の外介と共に井関家の三秀と称せられ、なかでもいちばん師の親信に望みをかけられている男だった。すでに老年の上総介は、数年まえから跡目をきめて隠退しようと考え、むすめの婿に三人のうち誰を選ぶか当惑していた。そこへよい機会が来た、それは京の三位侍従ふじわらの糺公《ただきみ》から、井関家へ羅刹《らせつ》の仮面の註文《ちゅうもん》があった、その年（天正十年）の七月七日、糺公の近江井草河畔にある荘園において七夕会の催しがある、そのおり用いる猿楽の仮面で、糺公みずから着けて舞うためのものだという。親信はこれこそなによりの好機だと思い、三人を呼んでかれらのうち最も傑《すぐ》れたものを井関家の跡目に直し、また娘のお留伊をめあわせるという条件で、羅刹の面のくらべ打ちを命じた。

三人はもちろん承知した。宇三郎は特にきおい立った、これまでの仮面はたいてい伝習にとらわれていて、先人の遺した型式から脱けきれず、ようやく平板と無感覚に堕しつつある、彼はそれを打破するために活き面という一つの作法を思いついた。それは在来の面型からはなれ、どんな仮面にもそれぞれの性格と内容をつかみ、たとえ架空のものでも現実に活けるが如く表現しようというのである。むろんそれには塗り方にもくふうを要するので、この数年は殆んどそのために精根を傾けて来たのであった。……それゆえくらべ打ちと聞いたときは、これこそ活き面のなんたるかを示して一世を驚かす絶好の折だと思い、大きな自信と勇気をもって起ったのだ。彼は必ず勝つと信じたし、勝たなければならなかった、なぜならば彼とお留伊とは、二年ほどまえからひそかにゆくすえを誓っていた、どんなことがあっても変るな、変るまいとかたく誓いを交わしていたのだ、そのことからいっても、ぜひ三作の第一にぬかれなければならなかったのである。

三

「いつか話したように、活き面として初めて世に問う作です、どうかして羅刹の新しい形相をつかもうと、きょうまでずいぶん苦心してみたのですが、いかに苦しみもがいてもこれはと思うものが見えてこない、どうしても。日限がこのとおり迫っているのに、まだ相貌《そうぼう》さえつかめないのでは、もう投げるより他はないと思います」

「宇三郎さま」お留伊は身をすり寄せた、「……あなたはいま、他人をみくだし己れに慢じていたと仰しゃいました、それを思うと恥じて死にたくなる、と仰しゃいましたのね」

「私はばか者です、口ばかり巧者で才能もなにも無いのら者です」

「そうだと思います、もしこのまま鑿を捨てておしまいになるようなら、あなたの仰しゃるとおりだと思います、けれど宇三郎さま、あなたには今こそほんとうのお仕事の出来るときが来たのです、慢心していた、才能もなにもないという、はだかになった謙虚なお気持こそ、りっぱなお仕事をなさる下地ではないでしょうか、留伊はそうお信じ致します、宇三郎さまわたくしの眼を見て下さいまし」

娘は姿勢を正してこう云った、

「三日のちには下検《したみ》があります、そして留伊は、いちばん傑れた作を打った方の妻です、そしてそれはあなたを措《お》いて他にはございません」

「…………」宇三郎の頰にふと赤みがさした。

「留伊は三日のあいだお待ち致します、そしてもし日限までにあなたが浄津へおみえにならなかったときは、そのときは、わたくし自害を致します」

「……自害をする」

「留伊にはあなたの他に良人《おっと》はございませんから」

娘の眼には澄み徹《とお》るような色が湛《たた》えられていた。そしてそれだけ云い遺してお留伊は帰り去った。……宇三郎は憑《つ》かれたような眼をして、じっと空の一点を覓《みつ》めていた。お留伊の去ったのも知らなかった。頭のなかには光を放つ雲がむらむらと渦を巻き、からだじゅうの血が湯のように沸きたった。手に、足に、腹に、いつか力の湧《わ》きあがるのが感じられる。「そうだ」やがて彼は喘ぐようにこう呟《つぶや》いた「……おれは選まれた男の筈だ、活き面という新しい仕事、これまで誰も試みたことのない仕事がそうたやすくできるわけはない、苦しむんだ、もっと根本的に苦しんで、必ず第一作を打ってみせるんだ、必ずだ」

ちからが甦《よみがえ》ってきた。いちど絶望のどん底まで落ち込んだだけに、盛り返してきた情熱は充実したものだった。彼は仕事場に坐ると新しい木地をとり出して、わきめもふらず仕事にかかった。宇三郎のやりかたは二面の木地を交互に彫る、興の続くあいだは一つの面を彫り進め、或るところまでいって滑らかに興が動かなくなると、別の面に鑿を移すのである。然しこれは二個の違ったものを彫るのではなく「羅刹」という一つの抽象を、二様の角度から現実的に追求する手法なのだ。一鑿、一彫、骨を削り肉を刻む苦心だった。あるときは絶望の呻《うめ》きをあげ、あるときは歓喜の叫びをあげながら、殆んど二昼夜あまりは食事もとらず、夜も眠らず、鑿と小槌《こづち》にいのちの限りを打ち込んで仕事を続けた。

仕上げの小刀《さすが》を終ったのは、すでに日限の当日も午《ひる》ちかいころのことであった。下検だから着彩はしなくともよい、「……出来た」と道具を置いたときには、二十四刻ぶっとおしの疲れが一時に出て、そのままそこへ倒れてしまいたい気持だった、けれどもお留伊が待っていること、刻限に遅れると、とり返しのつかぬことになるかも知れないということを思い、もうかなり饐《す》えのきた粟飯《あわめし》で飢を凌《しの》ぐと、彫りあげた仮面を筐《はこ》に納め、ふらつく足を踏みしめながら家を出ていった。四月下旬の強い日光が、乾いた道の上にぎらぎらと照り返して、精根の衰えた宇三郎の眼を針のように刺した。暫《しばら》くもゆかぬうちにからだじゅうぐっしょりと膏汗《あぶらあせ》がながれ、ともすると烈しいめまいに襲われて、なんども休まなければならなかった。

浄津まで半道、浜田郷へかかると間もなくだった。「まあ宇三郎さま」というこえに気づいて見ると、向うからお留伊が小ばしりに馳《か》けて来た。「……おできになりまして、間にあいましたのね」

「眼をつぶって仕上げました」

「これで命を拾いました、ようこそ、宇三郎さま」お留伊は美しい額に、匂うばかり汗の玉を浮かせたまま、うわずったような眼で宇三郎をじっと見た、「……とても家におちついていられませんでしたから、お迎えにあがろうと思ってぬけてまいりました、わたくしお持ち致しましょう」

「いや大丈夫、自分で持ちます」

それでもとお留伊が筐へ手をさしだしたときである。道の東から十七八騎の武者たちが、凄《すさ》まじい勢いで馬を駆って来た。大将とみえる先頭のひとりは、藍摺《あいずり》の狩衣《かりぎぬ》に豹《ひょう》の皮の行縢《むかばき》を着け、連銭葦毛《れんせんあしげ》の逸物を煽《あお》りあおり、砂塵《さじん》をあげながら疾風のように殺到して来た。……陽ざかりのことで人通りは少なかったが、子供たちが四五人その道の上で遊んでいた。

「ああ危ない、馬が」と、思わず宇三郎が叫んだ、それを聞いて大きい子供たちはすばやく逃げたが、三歳ばかりの幼児がひとり逃げ後れた。すると、町並の軒下から母親であろう、まだ若い一人の女が、「あれ坊や」と絶叫しながら、はだしのままとびだして来た、そこへ地を踏み鳴らして馬が襲いかかった。

四

子を思う捨て身の母は、夢中で幼児の上へ覆いかかった、それに驚いたのだろう、馬は烈しく首をふり上げながらぱっと跳ねあがった、すると馬上の武将は片手で手綱を絞りながら、「無礼者」と叫びざま腰の太刀を抜いて、さっとひと太刀その女を斬った。

「ああ」という恐怖の叫びが見ていた人びとの口を衝いて出た、「むざんな」「なんということを」そう云うまに女は、肩のあたりを血に染めながら、それでも子供を抱えたまま四五足走り、なにかに躓《つまず》きでもしたようにどっと倒れた。すぐ眼のさきの出来事であった、茫然として宇三郎は馬上の武将をふり仰いでいたが、ふいに大きく眼をみひらきながら、「ああ、あれだ」と呻き声をあげた、「……羅刹、羅刹、あれこそおれの求めていた羅刹の形相だ」

女を斬った瞬間、その武将の顔に類のない残忍酷薄な相貌が表われた、然し宇三郎が眸子《ひとみ》をとめて見極めようとしたときには、すでに相手は狂奔する馬を駆って、供の騎馬たちと共に風の如く駈け去っていた。

「あの顔だ、あの顔だ」宇三郎はひっしと眼を閉じて、いま見た形相を空に描こうとした、けれども恐怖の一瞬に見た淡い印象は、霧のように漠として、もはや彼の眼には甦ってはこなかった、「……ああ、あれほどの相貌を見ながら」身もだえをしたいような気持でそう呟いた。そこへ再び蹄《ひづめ》の音がして、前髪だちの美少年が一騎だけ戻って来た。倒れている女を介抱していた人びとは、「それまた来たぞ」と憎悪の叫びをあげながら左右へ散ったが、少年は大きく右手をあげ「騒ぐには及ばぬみんな鎮まれ」と制止して云った、「……右大臣家には中国征伐の事で御きげんを損じておられる、まことに気の毒なことをした、その女の身よりの者でもあれば、安土の城へ森蘭丸といって訪ねてまいれ、償いの代をとらせるであろう」

「――――」みんな黙っていた、黙ったまま敵意のこもった眼でじっと見あげていた。少年は重ねて、「……必ず城へまいるがよい、決して悪しゅうは計らわぬぞ、まことに気の毒であった」そう云い、馬をめぐらせて駈け去った。里びとたちは砂塵のあとを見送りながら、「それでは今のは右大臣さまか」「なるほど安土の殿のやりそうな事だ」口ぐちにそう囁《ささや》き交わした。お留伊はようやく恐怖から覚めたように、

「まあ怖いこと、宇三郎さま早くまいりましょう」と声をふるわせて云った。

「いやお留伊さんいきますまい」宇三郎は娘のほうへきっとふり返った、「……私はここから帰ります」

　思いがけない言葉に留伊は眼をみはった。

「うちあけて申しましょう、お聞き下さい」彼はお留伊を脇のほうへ誘って、なにかつきあげるような調子でこう云った、「……私がこれまで苦心してきたのは、これぞ羅刹という形相を摑《つか》むことができなかったからです、どんなに想を練ってもつきとめられなかったので、私は生きている人間からそれをみつけだそうとさえしました、覚えていますか、あの支度茶屋で鬼松に喧嘩《けんか》をしかけたことを、実はあれもそのためでした、鬼松を怒らせたら、殊によると求める形相が見られはしまいか、そう思ってわざと喧嘩をしかけたのです」

「まあ」お留伊は大きく溜息《ためいき》をついた。

「ところで今、女を斬った右大臣のぶなが公の面に、私はまざまざと見たのです、私の求めていた羅刹の相貌を」宇三郎は苦しげに手を振った、「……それは眼叩く間のことで眼にも止めるひまがなかった、けれども暴悪可畏《かい》といわれる悪鬼、衆生を害迫して無厭足《むえんそく》といわれる羅刹の形相が、たしかにありありと見えたのです」

「それで、どうなさろうと仰しゃいますの」

「お留伊さん、宇三郎を安土へゆかせて下さい、一面ここへ打っては来ましたが、あれだけの形相を見たうえはこんな面を出すことはできません」

「安土へいってどうなさいます」

「右大臣家をつけ覘《ねら》います、もういちどあの形相を見るまでは、どんな苦心をしてもつけ覘います、お留伊さん、あなたも近江井関家のお人なら、宇三郎のこの気持はわかって下さる筈です」

「――――」お留伊は深く額を伏せた。

「私にはもう井関家を継ごうなどという慾はありません、いのちを賭《と》しても羅刹の活き面が打ってみたいのです、ゆかせて下さい」

「おいでなさいまし」お留伊はおちついた声でそう答えた、「……父にはお打ちになったその面を頂いていって、留伊からよくお話し申します」

「ああゆかせてくれますか」宇三郎は眼を輝かしながら、感動に堪えぬもののように空をふり仰いだ。

五

「三位侍従家へ納めるのは七夕会のまえです、それまでにはまだ間があります、浄津のほうは留伊がおひきうけ致しますから、どうぞ心置きなくいらしって下さい」

「有難う、このお礼はきっとしますよ」

「それからこれを」お留伊はふところから銭袋をとり出した、「……実はきょうもしあなたが未《ま》だお出来にならなかったら、ごいっしょに他国をする積りで用意して来たものです、たくさんはありませんけれど、どうぞお遣いになって下さいまし」

「なにも云いません、この場合ですから遠慮なしに頂きます」宇三郎の眼にはふっと涙がうかんだ、「……ではこころ急ぎますからこれで」

「どうぞおからだに気をつけて」

「待っていて下さい、きっと、きっとめざすものをつかんで来てみせます」こう云って宇三郎は踵《きびす》を返した。


家に帰って旅支度をすると、一刻の猶予もなく小坂を出立した。

然し、彼が安土へ着いておちつく間もなく、信長は中国征討の軍を督するため、安土城を出て幕営を京へ移した。もちろんためらうことはない、宇三郎もすぐに後を追ってしゅったつしていった。

京へはいった信長は三条堀川の本能寺に館し、宇三郎は五条高辻にある梅屋五兵衛という旅宿へ草鞋《わらじ》をぬいだ、そして浄津のお留伊のもとへあらましを書いて便りを出した。安土にいるときには、足軽になってでも近づく積りであったが、京へ移ってはもうそれもできない、来る日も来る日も、北野へ、清水へと見物に出るふりをして、本能寺の周囲を離れず見まわっていたが、信長は絶えて館を出ないので、その姿を見ることさえできなかった。こうして五月二十日が過ぎた、すでに真夏となった太陽は、旱《ひで》りつづきの京の街を、じりじりと灼《や》くように照りつけ、乾ききった道から土埃《つちぼこり》をあげるほどの風もない日が続いた。宇三郎は毎日その陽に曝《さら》されて歩きまわったが、やがて過労と、暑気に負けたのであろう、或る夜とつぜん高熱をだして、旅宿のひと間に倒れてしまった。

ひじょうな高熱と吐瀉《としゃ》で四五日はまったく夢中だった。そのあいだに夢とも現《うつつ》ともなく、「国許《もと》へ知らせなければなるまい」「処がよくわかっていない」「いやいつか国のほうへ便りを出したようすだから、あの飛脚宿へ訊《き》けばわかるだろう」そんなことを云う人のはなし声を聞いた。おれは大病にかかっているんだ、もしかすると此処《ここ》で死ぬのかも知れない。宇三郎はうとうとしながらそんなことを考えたりした。

命に賭《か》けてもという、烈しい執着が命を救ったのかも知れない、いちどは宿の者たちも絶望した病状が、峠を越すとやがてめきめき恢復《かいふく》しはじめた。元もと過労と暑気に負けたのが原因なので、よくなりだすと治りも早く、食事も進むようになって日ましに元気をとりもどした。こうしている間に六月にはいった、天正十年六月一日の夜半を過ぎた頃であった。

……なにやら唯ならぬ物のけはいに、ふと眼を覚ました宇三郎は、家の中のようすがあまり険しいので、起きあがって部屋から出てみた。上り框《かまち》のところに、宿の主人や、泊り客たちが集まって、ざわざわと不安そうになにか話していた、「どうしたのですか」と、彼がこえをかけたとき、ちょうど表からこの家の下男があたふたと駈け込んで来た。

「たしかに夜討でございます、本能寺をとり囲んでいるらしく、まだ白川の方から軍勢がどしどし押し寄せてまいります」

「やっぱりそうか、どうも唯事ではないと思った」

「だがまたなんとした事だろう、いま右大臣さまに敵対するような大将はいない筈だが」

「さきの公方《くぼう》さまの御謀反ではないか」

「表のほうではみんな叡山《えいざん》の荒法師が、先年の仕返しに攻め寄せたのじゃと申し合っております」

「ああ、あんなに鬨《とき》の声が聞える」

「本能寺へ夜討」宇三郎は愕然《がくぜん》とし、その下男の肩を鷲《わし》づかみにした、「……それは間違いのないことか、夜討というのはたしかなことか」

「間違いはございません、どなたの軍勢かわかりませんが、たしかに本能寺へとり詰めております、あの物音をお聞きなさいまし」

「しまった」呻きごえをあげて、そのまま外へ駈けだそうとした。そのとたんに、門口から走り込んで来た娘があった。危うくつき当ろうとして「ああ宇三郎さま」と呼びかけられ、びっくりして見ると浄津にいる筈のお留伊だった。

「お嬢《いと》さん、どうしてこんなところへ」

「あなたがご病気だということを宿から知らせて来ましたので、すぐ浄津を立ってきょうの夕方、ようやく三条の茶久へ着いたばかりでした、明日はお訪ねしようと思っているところへ、思いがけない本能寺の夜討で、供の者とは離ればなれにやっと此処まで逃げて来たのです」

「それはたいへんな苦労をかけました、とにかく此処も危ないようですから、あなたはすぐこの宿の者とどこかへ立退いて下さい」

「立退けと仰しゃって、あなたはどうなさいますの」

「云うまでもない、これから本能寺へゆくのです、あの形相を見ないうち信長公にもしものことがあれば、私は死んでも死にきれません」

「ああいけません、危ない、宇三郎さん」

「放して下さい」

「いくさの中へ、あなたは殺されます」

狂気のように縋《すが》りつくお留伊の手をふりもぎるようにして、宇三郎はいっさんに外へとびだしていった。

六

四条の辻は走《は》せちがう武者たちで揉《も》み返していた。闇をぼかして、乾いた道から硝煙のように土埃が舞い上っていた、白川のほうから馬を駆って来た一隊が、東ノ洞院《とういん》を坊門のほうへ上りながら、「二条城へ、二条城へ」と鬨をつくった。そこでも此処でも、鎧《よろい》や太刀や、物具が戛《かつ》かつと鳴り、旗差物がはたはたと翻った徒士《かち》武者の一隊が、大辻を北上しようとしていると、鬼殿のほうから疾駆して来た伝令騎が、手旗を振り振り、「四番手、南へ」と喚き喚きすれちがった、すると徒士武者たちはわっと歓呼しながら、濛々《もうもう》たる土埃と共に西ノ院のほうへ押してゆく、こうして辻という辻が軍馬のどよめきで埋まっていた。

宇三郎はその混乱の中をけんめいに駈けぬけていった。いちど三条の通りまで出たが、そこは寄手の人数で身動きもならなかった、すぐにひき返して六角堂の下の小路を西ノ洞院へぬけ、走せちがう武者たちのあいだにまぎれて、ようやく本能寺の濠《ほり》へとたどり着いた。そのとき「堀川口が破れた」というわずった叫喚があがり、雪崩をうって西へ廻る軍勢の中へ、宇三郎はどうしようもなく揉み込まれてしまった。むざんや堀川口はすでに踏み破られ、今しも先陣の武者たちがどっと攻め込むところだった。

……宇三郎は突きとばされてのめった、起きあがる頭上に、剣が、槍が、凄まじく撃ち合った。築地《ついじ》の犬走《いぬばしり》に添って走ると、単衣《ひとえぎぬ》に腹巻した者や、寝衣だけの宿直の侍たちが、到るところに斬り倒されて呻いていた、彼は血溜《ちだま》りに足を踏み滑らせたり、死躰《したい》に躓いたりしてなんども顚倒《てんとう》した。

客殿の庭でも、すでに守護兵と寄手の者とが斬りむすんでいた。右大臣は、信長公はどこにいるか、気も狂うばかりに唯その事だけを念《おも》いながら、宇三郎は方丈の脇から高廊下の下を、客殿のほうへと廻っていった。……病気だけは治ったが、躰力はまだすっかり恢復してはいない、ともすれば息苦しくなり、足もよろめいた。然し執念ともいうべき一心が彼を支え、身の危険を考えるいとまもなく前へ前へと彼を駆りたてた。……すると寝殿の横手へ出たときである、彼はとつぜん「あっ」とこえをあげて立止った、寝殿の正面高廊下の勾欄《こうらん》に片足をかけて、矢継ぎばやに弓を射ている武将があった。まわりには長巻を持った侍女たちが、守護するようにい並んでいる、まさしく右大臣信長に違いない、「ああ」と、宇三郎は身をふるわせながら高廊下の下へ走りよった。

信長は生絹《すずし》の白の帷子《かたびら》に紫裾《すそご》濃の指貫《さしぬき》をはき、忿怒《ふんぬ》の歯をくいしばりながら、弦音を絶やさず寄手の上へ矢を射かけていた。宇三郎は全神経を眼に集めて、くいいるようにその面を仰ぎ見た、けれどもこれほど異常なばあいにもかかわらず、かつて浜田の駅で見た形相は現われていなかった。だめか、宇三郎は拳《こぶし》で空を打った、あれは白昼に見た幻だったのか。否、いなそんな筈はない、たとえ万人は誤り見るとも、宇三郎の眼に狂いはない、きっと出る、あの形相は必ず現われるに相違ない。わなわなと身を震わせながら、眼叩きもせずに見あげていると、やがて信長の持った弓弦がふつと切れた。それと見て侍女の一人が捧《ささ》げ持っていた十文字槍をさしだした。そのとき方丈のほうから、血がたなを持った小姓たちが二三人、髪をふり乱しながら走って来て、「お上お館へ火が掛りました」と喚いた、信長は愕然《がくぜん》としたようだ、「なに火が掛った」と向直るところへ、水牛の角の前立うった兜《かぶと》に、黒糸縅《おどし》の鎧を着たひとりの武者が、勾欄に手をかけて跳ね上るのがみえた、「ああ敵が」とみつけた小姓の一人が、駈けよりざま斬りつけたが、刃は鎧を打ってがっと鳴っただけだった、そのとき相手はすばやく勾欄をまたぎ、大きく喚きながら強《したた》かに小姓の脾腹《ひばら》を薙《な》ぎ払った。これを見た信長が手にした槍をとり直すと、それよりはやく、「そやつ蘭丸が承る。お上には奥へ」と叫びながら、もう一人の小姓が走せつけた。いつか浜田の駅で見かけたあの美少年である、大槍をとってまっしぐらに踏み込むと、いきなりその武者の高腿《たかもも》へ一槍つけた。武者は呻いて、太刀を振って槍を切ろうとした、小姓は巧みに槍を手繰り、石突をかえして相手の首輪を突き上げた。武者はだっと勾欄へよろめきかかったが、なにやらするどく叫ぶといっしょに、うしろざまに高廊下から庭へ転げ落ちた。

このあいだに、宇三郎は殆んど夢中で勾欄をよじ登っていた。そして向うにもこっちにも、わらわらと踏み込んで来た寄手の兵が、「右大臣殿に見参」「二位公に見参つかまつる」と喚き交わす声を聞きながら、信長の後を追ってまっすぐに奥殿へと進んでいった。

七

奥殿は噎《む》せるような煙の渦だった。ひとりの鎧武者が、槍を持って襖《ふすま》を蹴放《けはな》しながら、渡殿のほうへ走り去った。宇三郎は信長の姿を追ってさらに奥へはいると、控えの間とみえるところに四五人の侍女たちが、いま自害したばかりであろうまだ呻きごえをもらしながら紅に染まって倒れていた。そこへ二人の鎧武者が宿直《とのい》の若侍たちと斬りむすびながら押入って来た、「しばしのあいだ防げ、腹をするぞ」という信長の叫びが聞えた。それに応じてあちらにもこちらにも「お上の御生害だぞ」「いずれも斬死だ」「一歩もひくな」「御先途をつかまつれ」そういう絶叫が起こり、若侍たちは必死の刀をふるって、寄手の武者を次の間へ追い詰めた、……寝所の襖にはもうめらめらと火が這《は》っていた、眉を焦がすような熱気と、息苦しいほど密な煙の中に、信長は上段へどっかと坐して、「蘭丸、蘭丸はおらぬか」と叫んだ、返辞はなくて、敵味方の凄まじいおたけびと打物の響きが、しだいにこちらへ近よって来る。「日向《ひゅうが》め」と、信長は眉をつり上げて叫んだ、「……光秀め、むねんだ」

そのとき、倒れた襖の向うに宇三郎がつく這《ば》っていた。彼は今こそ見た、壁代も、御簾《みす》も、襖も、火竜の舌のような火が舐《な》めている。業火とはこういうものをさすのだろう、地獄変相図そのままの焰《ほのお》だ、そしてその火の中に坐って、肌を寛げる信長の顔に、あれほどの執着をもって彼の待ち望んでいた形相がありありと現われたのだ、「…………」熱病にでも襲われたように、ふるふると全身を震わしながら、宇三郎は痛いほど眼をみはってじっと信長の顔を瞶《みつ》めた。

「……右大臣殿、見参つかまつる」

とつぜんそう名乗りをかけながら、一人の鎧武者が、煙を背になびかせつつ踏み込んで来た。信長は幽鬼のような眼で振り返った、そのとき神速に走せよった鎧武者は、「天野げんざえもん候」と云いさまさっと一槍つけた、「……御免」

「すいさんなり下郎」高腿を突き貫かれて信長ははげしくうしろへ腰をおとした、それと同時に、西側の壁がどうと火の粉を散らしながら崩壊し、天井の一部が燃え堕ちて来た。

「あっ」宇三郎は危うくとび退いて、「見た、見た、見た」と狂気のように叫んだが、そのまま煙の中を、泉殿のほうへとしゃにむに走った。

どこをどうして脱け出たかわからなかった、火に追われ煙に巻かれ、転げている死躰に躓きながら、まだそこ此処に斬合っている人びとのあいだをすり抜け、庭から木戸へ、そして堀川口から外へ出た、本能寺の炎上する火明りで、道も街並も昼のように明るかった。彼は走せちがう兵馬を避けながら、鬼殿のほうへ曲った、するとうしろから、「宇三郎さま」と呼んで追って来る者があった。ふり返るとお留伊だった、血ばしった眼をして、髪をふり乱して、裾もあらわに追いついて来た。

「お留伊さん、いったいどうしたんだ」

「ああご無事で、宇三郎さん」お留伊は彼にとびついた、「よかった、よかった、わたくしもうだめかと思って」

「とにかく、ゆきましょう、ここはまだ危ない」

彼はそう云いながら、娘のからだを抱えるように走りだした。まっすぐに四条の畷《なわて》みちを河原へぬけた、そこにはさすがに兵馬の姿はみえず、川の上には乳色の朝霧がながれていた。かれらはどちらも苦しげに肩で息をしていた、ある限りのちからで走り、危険からのがれたと感ずると、激しい呼吸が胸をひき裂くかと思え、どちらからともなく抱き合うようにして、露にしめった夏草の上へ倒れた。

「わたくし、すぐあとから追ってまいりました」お留伊は息苦しさと、つきあげてくる情熱にわれを忘れ、そう云いながら犇《ひし》と男をひき緊めた、「……あなたはきっとお死になさる、それならごいっしょに死のう、そう思って追ってまいりました」「死ぬどころですか」宇三郎も娘の手をつよくひき寄せた、「……私は見たんだ、お留伊さん、私は誤ってはいなかった、いつか浜田で見たとおりのものを私は見たんだ、こんどこそまちがいはない、私は世に又とない面を打ってみせます」

「苦しんだ甲斐《かい》がありましたのね、宇三郎さん、うれしい」

お留伊は男の胸の上に顔を伏せ、身もだえをしながら噎《むせ》びあげた。夜はすでに白じらと明けていた、そしてくっきりと暗く、濃い紺色に空を劃する東山の峰みねの上に、一夜の悲劇を弔うかの如く、茜《あかね》いろの横雲がたなびいていた。

八

宇三郎はけだるいからだを、古びた褥《しとね》の上に横たえていた。あげてある蔀戸《しとみど》をとおして、湖のほうから吹いて来る爽やかな風に、この家を囲んでいる竹籔がさやさやと葉ずれの音を立てている、そのおちついた静かな音は、そのまま宇三郎の心を語るかのようだった。

「やったなあ」彼は吐息と共に呟いた。京からすぐに小坂へ帰った宇三郎は、まだ衰えのひどいからだに鞭打《むちう》つような気持で、まる二十七日というもの仕事場に籠《こも》り、寝ることも食うことも忘れて羅刹の面を打ち上げた。着彩も思ったよりはうまくいった。そしてそれを浄津へ届けると、精も根も尽きはて、虚脱したような気持で、もう三日あまりもこうして寝ているのだった。心はいま水のように澄んでいた。彼は確信をもって羅刹の新しい形相をつかみ、いのちをこめて仕事をした。ちからいっぱいに彫り、彩色にはくふうの限度まで生かした、これこそ百世に遺る作だ。そういうかたい自信と大きな誇りが、胸いっぱいにふくれあがっていた。もはや近江井関の名跡を継ぐ継がぬなどは、問題ではない、彼にはもっと輝かしく高い将来がみえていたのである。

表からしずかにお留伊がはいって来た。

「宇三郎さん、父《とと》さんがみえました」

「そうですか、お一人でいらっしゃいましたか」

「宗親さまも外介さまも御一緒でございます」

「それでは起きましょう」

宇三郎は起き直って衣紋《えもん》を正した。きょうは藤原家の荘園で、三人の打った仮面の鑑査があった、選ばれた作に近江井関の跡目を譲り、お留伊を妻《めあ》わせるという、大事な決定のある日なのだ。然し宇三郎は鑑査の席へ出る気持はなかった、三位の侍従などになにがわかる、ただ親方さまだけに見て貰えばいい、そう思って家に残っていたのだ。

「どうなったでしょう」お留伊は不安そうに彼を見あげながら、低いこえで囁くようにそう云った、「……大丈夫でしょうか」

「それが心配になりますか」

「心配は致しませんけれど、もしかして」

「ああお待ちなさい、直ぐにわかりますよ」

そこへ上総介親信が、二人の門弟といっしょにはいって来た。宗親も外介も、宇三郎には兄弟子に当り、共に親信の家で辛酸を嘗《な》めて来たあいだがらである。「宇三郎おめでとう」はいって来るなり、まだ坐りもしないうちに宗親がそう云った、

「おまえの作が選ばれたぞ、三作の随一はいうまでもない、古今に類のない名作だと折紙がついたよ」そして少し吃る癖《ども》のある外介も口せわしく付け加えた、「猿楽四座の者も立会ったが、一議なしにおまえの作と定《きま》ったのだ」「なにしろ見てびっくりした、塗りといい相貌といいまったく凄まじいほどの出来ばえだ、侍従さまは余りに凄絶《せいぜつ》で肌が粟だつと仰せられた」「すぐ御宝物帳にお記し下さるそうだぞ」「侍従家の宝物帳に載っているもので、近世では三光坊の一作があるだけだろう、これはおまえ一人ではない近江派のためにたいそうな名誉だよ」とめどもなく二人の口を衝いて出る賞讃の言葉を、お留伊は堪えきれぬ涙と共に夢ごこちに聞いていた。それにもかかわらず、宇三郎は唇のあたりに微《かす》かな笑みを含んだまま、黙って冷やかに聞いているだけだった。

「さて宇三郎」やがて親信が静かに口を開いた、「いま聞くとおり、三作の内おまえの仮面が第一と定った、初めの約束どおり、お留伊はおまえの妻にやる、おまえと娘に異存さえ無ければだ」

まさか今ここでそれを云われようとは思わなかったので、お留伊はからだじゅうの血が一時に顔へ上るような恥ずかしさに襲われ、はっと面を伏せながら脇へ向いた。

「それから」と、親信はつづけた、「……一作に選ばれた者には、井関家の跡を継がせるとも云ったが、少し考えることがあるのでこれは暫く預かって置く」

「…………」意外な言葉を聞いて宇三郎はあっと思った、「それはどういうわけでございますか」

「今はなにも云えない」親信はきわめて冷淡にそう云いながら座を起った、「……七夕会には、わしとおまえと二人、侍従家の猿楽に招かれている、まだからだが本復していないようだが、ぜひ拝観にあがるがいい、必ず待っているから」そう念を押すと、帰るぞと云って土間へ下りた。

宇三郎も意外だったが、宗親も外介も、お留伊にとっても思いがけない結果だった、みんなどうしたことかと呆《あき》れて、暫くは茫然と息をのむばかりだった、宇三郎の拳はわなわなと震えていた。

九

それからちょうど四日め、七月七日の午後のことだった。近江のくに山田、井草河畔にある三位侍従ふじわらの紀公の荘園は、七夕会の催しで賑《にぎ》わっていた。舞殿にはすでに猿楽のしたくが出来て、保生一座の鳴物も揃《そろ》い、芝居の筵《むしろ》には拝観の人びとが刻《とき》のくるのを待ち兼ねていた。舞曲は「悪霊逐い」という紀公の自作だった、田畑を荒らす悪鬼、夜叉《やしゃ》のたぐいを、摂伏諸魔善神が現われて得度せしめると、無著羅刹が善性を顕現して、かえって大いに衆生を慈霑《じてん》する、そういう趣向で、羅刹は紀公がみずから舞うのであった。

ようやくその刻が来た。宇三郎は師の親信同座で、舞台のま近にかしこまっていたが、鳴物が始まると静かに前へ身を乗り出した。「宇三郎」と、親信が囁くように云った、「……気を鎮めて見るのだ、初めて晴れの舞台にのぼるおまえの仮面おちついてよく見るのだぞ」

「はい」宇三郎はそう答え、眸《ひとみ》を凝らして舞台を見た。

舞は厳かに始まった。まず保生進その他の扮《ふん》する悪鬼、夜叉のたぐいが現われ、疫癘《えきれい》を下し田畑を荒らす猛《たけ》だけしい演技があった、これが暫く続くとやがて、調子の高い鳴物が起り、間もなく紂公の扮《ふん》した羅刹が、真剣を捧げて颯《さっ》さっと、橋掛りから舞台へ進み出て来た。

そのときである、脇眼もふらずじっと羅刹の面を覓《みつ》めていた宇三郎が、ああとぶきみな呻きごえをあげた、親信はするどく彼をかえり見た。宇三郎の顔からみるみる血のけが失せ、額にはふつふつと膏汗《あぶらあせ》が吹きだしてきた、そしてまるで瘧《おこり》にでもかかったように、彼の五躰は見えるほど震慄《しんりつ》し始め、固くくいしばった歯のあいだから、抑えきれぬ呻吟《しんぎん》をもらしたかと思うと、両手で顔を掩《おお》いながらそこへうち伏してしまった。親信は言葉をかけようともせず、ただ冷やかにそれを見ていた。それからやがて猿楽が終ったとき、はじめて宇三郎の肩へ手をかけながら、「宇三郎、終ったぞ」と云った、彼は殴られでもしたようにはね起きた。

「親方さま、お願いです、お願いです」

「云ってみるがいい、なんだ」

「どうぞ、すぐ侍従さまに会わせて下さいまし、すぐに、どうしてもお会いしなければならないのです」

「いいだろう」と親信は頷《うなず》いた、「……羅刹の面の打ちぬし、お願い申さなくとも侍従さまからお召しがある筈だ、案内してやるから来るがいい」そう云って立ちあがった。

家司《けいし》を通じて伺うと、すぐに許しが出た。二人はそのまま便殿へ導かれていった。……侍従紀公はちょうど衣装を脱いだところで、はいって来る親信師弟を見ると、「ああ近う近う」と機嫌よく身近へ招いた。それから親信が宇三郎を披露すると、悦ばしげになんども頷き、面の作の稀《まれ》な出来ばえと、その苦心に対して言葉をきわめて褒めた。

「活き面とやら申すそうだが、まことに生あるもののようで珍重に思う、磨のいえの宝物帳にのぼせてながく伝える積りだ、いずれ沙汰はするが、なにか望みの物があれば申してみい」

「過分のお言葉を頂きまして恐れいりまする、仰せにあまえお願いがございます、私の打ちました羅刹の仮面、いまいちど検《あらた》めさせて頂けまするよう」

「ほう、これを検めるというのか」紀公はなにげなく面を取ってさしだした。宇三郎は少し退《さが》って、暫くのあいだじっとその面をみつめていたが、なにを思ったのだろう、とつぜんそれを膝《ひざ》の下へ入れてぐいと圧した、「なにをする」紀公がそう叫んだとき、羅刹の仮面は膝の下で音たかく二つに割れた。侍従は膝をはたと打ち、「親信、これはなんとしたことだ」と叫んだ。

「ああ暫く」親信は平伏しながら云った、「……不作法は親信いかようにもお詫《わ》びつかまつります、然しこれには宇三郎より申上ぐべきことがあると存じます、なにとぞお聞き下さいますよう」

「もちろん聞こう、聞こうぞ宇三郎」

「恐れいり奉ります」宇三郎はそこへ平伏したままこう云った、「……私ごとき未熟の腕で打ちました仮面、おめがねにかなって三作の一に推されましたことは、一代の面目これに越すものはございません、私もこんにちまでは、おろかにも百世に遺る作と自負しておりました、然し、さきほど舞台に上るのを見ましたとき、私は初めて増上慢の眼が覚めました、これは名作どころか、悪作のなかの悪作、面作り師として愧死《きし》しなければならぬ、邪悪の作でございます」

「どうしてだ、なぜ、どこが邪悪なのだ」

「中上げまする」宇三郎は呻くような調子で云った、「……このたびの作は、わけあって右大臣のぶなが公の御顔を面形にとりました、打つおりにはわれを忘れ、正邪の差別もつきませんでしたが、いま改めて見ますと、この仮面に現われているのは信長公の瞋恚《しんい》の形相でございました」

「…………」侍従はひしと眉をひそめた。

「残忍酷薄な忿怒の相でございました」と、宇三郎は苦しげに言葉を継いだ、「いかなる悪鬼魔神を打ちましょうとも、仮面は仮面として象徴の芸術でなければなりません、それがこの羅刹の面は、ひとりの人間、信長公の瞋恚忿怒の相そのままでございます、仮面としてはまことに邪悪外道の作でございました」

「宇三郎、あっぱれだ」紀公の前を忘れたように、親信は思わずそう声をあげた、「よくそこに気がついた、よくそれを悟ってくれた、わしはその言葉が聞きたかった、それを聞くために今日まで待っていたのだ、あっぱれだ宇三郎」

「……親方さま」彼は両手で顔を押えた。

「今こそ云おう、この仮面が第一に選まれたときには、おまえに井関家の跡目は許さなかった、けれども今こそ許す、今こそおまえは近江井関を継ぐのだ」

宇三郎は泣きながらそこへ両手をついた。親信の眼にも涙が光っている、そして侍従紀公の老いの眼にも。……これ以上なにか語ることがあるだろうか、宇三郎はお留伊を娶《めと》り、河内大掾《だいじょう》の名を許された、後の彩色は殊に傑れていたため「河内彩色」と称されたという。

（「富士」昭和十二年九月号）

松林蝙也
まつばやしへんや

一

松林《まつばやし》蝙也《へんや》、通称を左馬助《さまのすけ》という。天保版の武道流祖録によると、

「常陸《ひたち》鹿島の人なり。十四歳より剣術を好み、長ずるに及んで練習ますます精《くわ》しくその妙を得。伊《い》奈《な》半十郎《はんじゅうろう》忠治《ただはる》に仕えて武州赤山におり、願流を作立す。のち、伊達《だて》少将忠宗《ただむね》に事《つか》え、薙髪《ちはつ》して蝙也と号す」とある。誰について学んだかということは伝わっていないが、その術の精妙なことは驚異に価したらしい、ことに身体動作の軽捷《けいしょう》さは神業のごとくで、慶安四年三月二十五日、将軍家光《いえみつ》の上覧試合に阿部道世《どうせい》入道と立合った時などは、跳躍するたびにその衣服の裾が軒庇《ひさし》を払ったと伝えられている、蝙也の号もその辺に由来するらしい。

伊達忠宗が蝙也を召抱えるおりに、伊奈半十郎を通じて三百石と申出たところ、

「千石ならばお仕え致しましょう」

と云った。まだ寛永年代のことではあったが、単に兵法家というだけで新知千石を求めるのは相当なものである。しかし忠宗は、

「よろしい、すぐという訳にはゆかないが、いずれ機をみて千石与えよう」

と承諾した。蝙也がありふれた剣客でなかったことは、この一事でも分るだろう。

蝙也はまた奇妙に婦人のあいだに人気があった。門人の中にも武家の女性が多かったし、町家農家の女たちからも一種の信仰に似た崇拝を受けていた。これは武州にいた頃も、仙台

へ移ってからも同様であって、良い意味において常に彼の周囲には女性の姿が絶えなかったと云われている。

ある年のこと、蝙也は身辺の世話をさせるために一人の侍婢を雇った。当時の習慣としてこれは側女《そばめ》であるが、べつにその女の色香を愛したわけではなく、彼女の家がひどく窮乏していたので、三年間の給金をもってその家族の急場を救ったのであった。

女の名は町《まち》といった。色白で体もすんなりと伸び、眼鼻だちも十人並を越えて美しかったが、起居振舞が鮮やかに過ぎ、眉間にきつい肯《き》かぬ気を見せていた。――来た夜から蝙也の身の廻りの世話を始めたが、口数も尠《すくな》く表情も冷やかでいかにも昵《なじ》みにくい感じだった。

彼女が来て二十日ほど経ったある宵のこと、午過ぎから来ていた四五人の女客を送出して、蝙也が居間へ入ってみると、町が悄然《しょうぜん》と窓際に坐って涙を拭いていた。

「――どうした、町」

彼女が泣くなどというのは珍しいので、蝙也は微笑を含みながら訊《き》いた。

「家でも恋しくなったか」

「いえ……」

町はいつもの冷やかな調子で頭《かぶり》を振った。

「ではどうしたのだ、体の具合でも悪いなら遠慮なく云うがよい」

「べつにそんな訳ではございませぬ」

「なんだ、おかしなやつだな」

町は自分でも分らない気持に悩まされていた。蝙也が客間で婦人たちと楽しげに談笑しているのを聞くうちに、ゆえもなく急に悲しくなって、おかしいほどぽろぽろと涙がこぼれてきた。

——なにがこんなに悲しいのだろう。

自分でも初めてのことなので、町はその悲しみをよく考えてみた。すると蝙也が憎くてならないのだということに気付いた。

自分が卑しい側女などになったのも、蝙也という男がいたからである、——世に優れた良人《おっと》の妻として、正しい女の道を生きよう、そう考え憧憬《あこが》れていた乙女の夢を、無慙《むざん》に蹂躪《ふみにじ》ったのは蝙也である。そう考えた。けれどそれには多少の疑問があった、というのは、町がこの家へ来てこのかた、蝙也は一度も彼女を寝間へ入れたことがない。態度にも言葉にも、かつて猥《みだ》りがましいところを見せた例《ためし》がないのだ、では気に入らないかというとそうではなく、絶えずふんわりと温い愛情で労わってくれている。

——でもそんな、どっちつかずの愛情が何になろう、あたしはもう卑しい側女なのだ、あたしの一生が亡びたように、いっそあたしの体をも……。

そんな暴々しいことまで考え詰めながら町は泣いていたのであった。

「こっちへ向いて御覧、——」

やがて蝙也が云った。

「改めて訊くまでもないが、おまえ家へ帰りたいのであろう、どうだ」

「————」

「蝙也の側にいるのが嫌なのだな」

町は答えなかった。

二

「そのくらいのことが分らぬ蝙也ではない、おまえが何を悲しんでいるか、何を怨んでいるか俺《わし》はよく知っている、——町、おまえ側女になったことで蝙也を憎んでいるだろう」

「…………」

町はぎょっとして息をのんだ。

「そう、憎むのが当然かも知れぬ。けれど、——いや」

と蝙也は何か云おうとして止《や》め、急に言葉を改めて云った。

「ではここで相談をしよう、おまえはいつでも俺の側にいる、俺にどんな油断があってもおまえには分るはずだ、よいか、——その油断を狙って俺を驚かせて見ろ、見事に蝙也をあっと云わせたら、三年分の給金を倍増しにして、即座に暇をくれてやる、どうだ」

「それは……本当でございますか」

「戯れにこんなことは云わぬ、よかったらいますぐからでも狙うがよい」

町は期するところあるように頷《うなず》いた。

幸いまだ体も清いままである。今のうちに身の自由が得られれば、希望のある生涯へ還れるかも知れない。やってみよう、――たとえ、鬼神のごとく強いとはいえ蝙也も人間である、付狙って油断の無いことはあるまい。

――きっと、きっと。

町は固く決心した。

蝙也が寝所へ入るのは毎晩十時と定《きま》っていた。寝所は中庭に面した端《はず》れで、町はそのひとつ置いた次の部屋に起居していたから、蝙也の鼾《いびき》は筒抜けに聞えてくる。――その夜は何もせずに寝たが、明くる晩から町は寝所を離れず付狙った。しかし思ったほどそれは易しいことではなかった。鼾の声を充分に聞澄まして、跫音《あしおと》を忍ばせ息を殺して近寄る、襖《ふすま》へそっと手をかけようとするとたんに、ぴたりと鼾が止るのだ。

――あ、気付かれた。

と思って襖から手を放すと、すぐに鼾が始まるのである。ややしばらく経ってから、

――もうよかろう。

と手を出しかけると、ぴたっと鼾が止る、まるで見ているように正確であった。

こんなことが幾晩も続いた。ほとんど毎夜眠らないので、四五日経つと町はすっかり疲れてしまった。――物音ひとつ立てずに忍寄るのがどうして分るのか、あるいは蝙也も眠らずにいるのではないか、そう疑ってもみたが、夜が明けると四時まえに起きて、元気いっぱいに終日稽古をするところを見ると、微塵《みじん》もそんな様子がないのである。

七日めの夕方であった。中庭へ下りて草花に水をやっていると、門人の山根道雄という若

侍がやって来て、

「お町どの、近頃お顔の色が優れぬ様子だが、何か御心配ごとでもあるのですか」

と気遣わしそうに訊《たず》ねた。

「拙者にできることなら何なりとお力添えを致しましょう、お心に余ることがあったらお打明けくださらぬか」

「はい、――」

町はちらと道雄を見た、――彼女は自分がこの家へ来た時から、いつも彼が自分のほうへ慕わしげに眼を向けていることを知っていた。そこでつい誘われるように、

「あの、実は」

と思切って蝙也との約束を話しだした。

「――そういう訳で、先生をお驚かし申せば、わたくし清いままの体でお暇が頂けるのでございます」

「そうでしたか」

「それでこの七日あまり、毎夜お寝間をうかがっているのですが、どうしても入ることができず、今ではすっかり気が挫《くじ》けて……」

「お町どの！」

道雄は声を低めて、

「これはとてもあなた独りの手には負えません、拙者に助勢をさせてください、実は我々門

人も先生から同じようなことを云われているのです、だからお互いに助け合って先生の油断を狙いましょう。独りでできないことも二人ならやれる道理です」

「そうして頂けましたら……」

「しかし、――先生からお暇をとった場合、あなたはむろん家へ帰られるのでしょうね」

「はい」

「こんなことを云って、不躾《ぶしつけ》なやつだと思われるかも知れませんが」

道雄はどぎまぎしながら云った。

「あなたは、もう、――お家のほうで誰か約束を交わした人でもおありですか」

「まあ、そんなこと、決して……」

「本当に？　ああそれで万歳だ」

「なぜそんなことをおっしゃいますの――？」

「今は何も申上げません。やがて先生からお暇の出る時がきたら、拙者からあなたに、改めてお願いすることがあります、どうかそれを覚えていてください」

山根道雄は幸福そうに云って、じっと町の眼をみつめるのだった。

三

それ以来蝙也を狙う者は二人になった。――しかしなかなか好機に恵まれぬうちに、季節はいつか夏に入った。

ある日、城中へ召された蝙也は、日が暮れてからべろべろに泥酔して戻った。もとより酒は嫌いなほうではなかったが、そんなに酔ったのは初めてである、——なにしろ玄関へあがると、杉戸の閾《しきい》の上へ倒れてしまった。

「先生、ここは玄関でございます、どうか奥へおいでください」

門人の立花哲次郎がそう云うと、

「ああ、ひどく酔ってしまった、こう酔っては寝られもしない、これから染屋町の堤へ螢《ほたる》でも見に行こう、おまえ行って皆を呼んで来い」

「誰々を呼びましょうか」

「栗原に滑川《なめかわ》に土居金八、それから渡辺の頑太郎《がんたろう》も呼んでやれ」

みんな蝙也の愛弟子《まなでし》だった。

立花哲次郎は、蝙也のことを居合せた山根道雄に頼んでおいて、すぐその連中を呼びに出て行く、——蝙也はそのまま雷のような鼾をかきながら眠りこんでしまった。

「先生、お風邪を召します、先生」

二三度揺り起こしたが、身動きをする様子もない、——道雄はそっと立って、町の居間へやって来た。

「お町どの早くおいでなさい」

「——何でございますの?」

「先生を驚かす絶好の機会です、早く」

町は即座に立上った。

玄関へ来て見ると蝙也は相変らず眠りこけている、横ざまになって、左の腕を枕にし、右手で大剣を持ったまま、恐ろしく大きな鼾をかいて熟睡している。

「御覧なさい、お頭《つむり》がちょうど杉戸の閾《しきい》の上にあるでしょう。——この杉戸を閉めるのです」

道雄が囁《ささや》いた。

「拙者がこちらを閉めるから、あなたはそちらをお閉めなさい、一度に呼吸を計って、力いっぱいにやるのです」

「——はい」

「合図をしますから」

二人は左右へ別れた。——蝙也は呼吸も紊《みだ》さず眠っている、町は胸の顫《ふる》えを抑えながら、両手で杉戸を摑《つか》んだ。道雄はなお、しばらく寝息を窺《うかが》っていたが、やがてよしと見て合図をした、二枚の杉戸が凄《すさ》まじい勢いで両方から一時に蝙也の頭へ殺到した。

がっ!!

という音。

「しめた!」

と思って見ると、意外や、閉ったはずの杉戸は一尺二三寸も間が明いており、当の蝙也は平然として笑っていた。

「あ、これは……」

町が思わず声をあげると、

「あははは失敗だな」

といって蝙也が身を起こした、みると閾の溝《みぞ》に鉄扇が置いてあった。

「駄目だ駄目だ、こんなことで蝙也を驚かそうとしても無駄だぞ。これでは暇をやるのも先の長いことらしいな、ははははは」

「…………」

「まあ水でも持って来てくれ、それからいま四五人やって来るから、町も一緒に螢を見に参ろう」

「はい」

町は不思議な安堵《あんど》を感じながら立った。自分の失敗はむろん口惜《くや》しかったが、確固たるものが確固として動かない事実を慥《たしか》めた時、誰しも感ずる大きな安堵——その気持を強く生々と感じたのである。

間もなく人数が揃《そろ》ったので、蝙也は町をもともに連れて出掛けた。仙台の染屋町堤は近郷でも有名な螢の名所で、季節には遠近から見物の人が群集する、——その夜も堤は大変な人出で、うっかりしているとはぐれそうになる有様だった。

堤へ出た時、山根道雄が、

「お町どの、ちょっと」

と云って町を傍《わき》のほうへ誘った。

「先生に知れますから」

「この人混《ご》みで知れるものですか、少しお話し申したいことがあるのです」

そう云って道雄は無理に町を暗いほうへ誘いだした。——人混みから少し離れると、こんもりと黒い灌木《かんぼく》の茂みがある、道雄はその蔭《かげ》へ入って町のほうへ振返った。

「お話って何でございますの」

「突然こんなことを云って吃驚《びっくり》なさるかも知れませんが、どうか落着いて聞いてください、お町どの、——実は、拙者と一緒に当地を立退いてはくださるまいか」

「ええ? 何とおっしゃいます」

「打明けて申しますが、拙者はとうからあなたを想っていました。先生の許《もと》へおいでになったあの日から、——」

道雄の様子は哀れなほど真剣だった、そして女の気持がどうあるかということを考える余裕もなく言葉を続けた。

四

「先生とあなたとの約束を聞いた時、拙者はどんなに嬉しかったか知れません、あれ以来寸刻も忘れ得ず先生の油断を狙いました。けれど駄目です、先生には常住坐臥《ざが》、いささかも隙というものがありません、現にさっきも……今度こそと思ったのにやはり失敗でした、とても我々の力で先生に参ったと云わせることはできないでしょう。——といってこのまま、便便としていれば先生も人間です、どんなことであなたの身に過ちがないともいえません。それを考えると拙者は堪らない、我慢ができないのです、——お町どの、逃げてください、山根道雄も武士、どこへ行こうと決してあなたに不自由はさせません、家の妻として立派に」

「お止めください、お止めくださいまし！」

町の肯かぬ気がむらむらと燃えてきた。——彼女は山根を好きも嫌いもしていない、むしろ今までは、妾《めかけ》などという卑しい境涯から脱けられるなら、そしてもし山根の純な愛情が本当であるなら、それを受容れてもよいと思ったことさえある。けれど男子として蝙也にはとても敵《かな》わぬと云い、一緒に逃げてくれとまで弱音をあげるのを見ると、蝙也にさえ感じたことのない嫌悪と蔑《さげす》みの情に襲われたのだ。

「お話の仔細《しさい》はよく分りました、けれどそれはお断わり申します」

「断わる？　どうして、どうしてです」

「わたくしは三年分のお給金をもう家のほうへ頂いてあるのです。先生とのお約束を果さぬうちは、どのようなことがあってもお側は去れませぬ。またたとえお給金のことがなくとも、——一旦こうと約束した以上、反古《ほご》にして逃げるなどという卑怯《ひきよう》な真似はできませぬ」

「そ、それは理窟《りくつ》だ、そんなことを云っているうちにもし清い体に間違いでもあったら」

「仕方がございません、わたくし初めからそのつもりで参ったのですから、——お給金も取ったまま、せっかくの約束も果さず逃げるような、恥知らずのことをするくらいなら、まだしも妾と呼ばれるほうが増しだと存じます」

道雄の顔色は紙のように白くなった、――そしてわなわな震えながら叫んだ。

「あ、あなたは先生を好いているのだな」

「――何をおっしゃるのです」

「好いているのだ、先生を好いているのだ、先生は女に好かれるんだ、あなたも口では厭《いや》だなどと云いながら心では」

「お黙りなさい」

「いいや黙らない、あなたは先生を愛してさえいる、はははは、山根道雄は馬鹿者だった、道化の木偶《でく》だった、だが――このまま黙ってはいないぞ、たとえ先生であろうと誰であろうと、あなたの体に指一本触らせはしないんだ、どうなるか見ているがよい」

「お黙りなさい、でないと――」

町が鋭く叫んだ時、一団の酔った武士たちが近寄って来て、

「やあやあ怪しいぞ」

「螢を追って暗闇まぎれ、うまいことをやっているな、どんな果報者か顔を見せろ」

由来、薩摩《さつま》と仙台は気風が暴い、酔漢たちはたちまち二人の周囲を取巻いたが、山根道雄は早くもこそこそと逃げてしまった。

「はははは、どうやら家中の若蔵らしかったが、獺《かわうそ》のように消えおったぞ」

「なに男などはどっちでもよい、それよりまず怨敵を逃がさぬようにしろ。や――これは凄《すご》

いぞ、螢の精が化けてきたか、まるで輝くような美人だぞ」

「どれどれ拙者にも拝ませろ」

「ええうぬ、そう無闇に押しこくるな」

酒臭い息を吐きかけながら、わいわいと詰寄って来る。——町は逃げるにも逃げられず、どうなることかとおろおろしていると、

「やあ、いずれもたいそう御機嫌だな」

と声をかけながら近寄って来た者がある、見ると松林蝙也だった。

「なんだそこにいるのは町ではないか」

そう云われて、町は救われたように男たちのあいだからすり抜けた。——酔いどれたちも蝙也の顔は知っていた。

「これは松林先生……」

「お揃いで螢見物かな。せっかくの興を妨げるようで失礼だが、これは拙者の娘分で町と申す者だ、見物の人波にはぐれたので捜しておったところ、——貴殿がたのお蔭で難なくみつけることができた、まことにかたじけのうござる」

「いや、それはその、あれでござる」

「はははは、まず螢の精などには充分お気をつけなされい」

蝙也は笑って町を促しつつ去った。

か弱い女を置いて逃去った道雄と、それだけの酔いどれにぐっとも云わせなかった蝙也と、

比べて考えるまでもなく、町の心は妖《あや》しい力で蝙也のほうへぐんぐん惹付《ひきつ》けられた。

「娘分などと云って、――怒られるかな？」

しばらく行ってから蝙也がいった。

「まあ許せ、娘分とでも云わぬ限り、あんな酔漢なにをごてるか分ったものでない、――不足かも知れぬが許しておけ」

五

「そんなこと……却《かえ》ってわたくし」

「よいよい、怒らなければよいのだ、――ときにどうやら酔も醒《さ》めたが、この辺で螢を見ながら少し話でもするか」

「――はい」

蝙也は堤の端へつと腰を下ろした。

「おまえが来てからもう四十日余りになる、今日までつくづく話し合ったこともないが、そろそろ打解けてくれてもよい頃ではないか」

「どう致したらよろしゅうございましょう」

「おまえらしい返辞だな。俺はいつか約束したとおり、おまえが俺を驚かし、俺に参ったといわせることができたら、いつでも暇をやる覚悟でいる、――決してそれを反古にしようとは思わない、けれどももし……」

「いえ！」

町は急に蝙也の言葉を遮《さえぎ》った。

「いえ、どうか何もおっしゃらないでくださいまし、そしてわたくしにお約束を守らせてくださいまし、――どうぞ……」

「そうか」

蝙也は静かに頷いて、

「それではやはり――」

と云いかけた刹那《せつな》だった、――いつか背後へ忍寄っていた門人の渡辺寛太郎（蝙也は頑太郎と呼んでいた）が、呼吸を計って突然、だっと蝙也の背を突放した。

「あ、あれ！」

町が驚きの声をあげるのと、蝙也の口からやっという気合の出るのと同時だった、そしてまさに水に突落したと見た蝙也は、化生の物のように彼岸の堤に立って、

「ならぬならぬ、駄目だぞ頑太郎」

と笑っていた。

踞《かが》みこんで話し耽《ふけ》っているまったくの虚だ、体も神も隙だらけの一点を狙った奇襲だ、あの鋭い仕掛けをどう受けたか、あの体勢でどうして二間に余る川を跳越えたか、まるで謎《なぞ》のような早業である。

――なんという見事な！

思わず歎賞しながらも、町はその反面に例の肯かぬ気が強く盛上ってくるのを感じて、

——でもあたしはやって見せる、必ず、必ず参ったと云わせて見せる！

繰返し自分に誓うのであった。

そのあくる日のことだった、午まえの稽古を終って休息に入った時、蝙也は渡辺寛太郎を呼んで、

「ゆうべは無事に帰ったか」

と訊いた。

「は、どうも、面目次第もございません」

「今さら仕損じを詫《わ》びるにも及ばない、あれから無事に帰ったかと訊くのだ」

「いえ別に、は、——」

「嘘だろう、頑太郎は嘘つきだな」

「とおっしゃいますと？」

「何か落物をしたはずだ」

寛太郎はぎょっとした、——昨夜、蝙也に別れて帰る途中、いやに腰が軽いと思って気付くと、どこでどうしたか大剣が失せている、鞘《さや》だけはあるが中身が無かった。驚いて元の場所まで捜しに戻ったがどうしても分らない、しかし武士たる者が大剣を落したという訳にはゆかぬので黙っていたのだ。

「どうだ頑太郎！」

「は、その、実は、ちょいとした物を」

「ちょいとした物というと、紙入か」

「いや、もそっと大きなもので」

「紙入より大きくちょいとした物か……はは あ、すると印籠《いんろう》か。そうでもない、では袴《はかま》でもおとしたか」

「いや、な、な、長い物のようで」

「ようだとは面妖だな、長い物なら長い物と云わなければ分らぬ。ようだなどと曖昧《あいまい》なことを申すな、――長くてどんな色をしている」

「その、少しばかり光っております」

頑太郎汗だくである、蝙也は堪らず失笑《ふきだ》しながら、傍にあった抜身を取出して、

「強情者、長くて光ってちょいとした物というのはこれだろう」

「あ、どうしてこれを！」

「今頃になって慌てるな、そのほうが背中へ突掛ったとき俺が抜取っておいたのだ」

「――参った！」

昨夜からの参ったを持越してしまった。――蝙也が笑って起とうとした時、若侍があわただしくやって来て、

「城中から急の御使者でございます」

と告げた。――城から急使とはかつてないことである。ただちに支度を改めて客間へ行っ

てみると、かねて昵懇《じっこん》の目附役伊達主水《だてもんど》であった。

「お稽古中お騒がせ申して——」

「いやその御斟酌《しんしゃく》には及びませぬ、急の御使と承わりましたが何か出来《しゅったい》致しましたか」

「実は是非とも御出馬を願いたいので」

と伊達主水は膝《ひざ》を進めた。

六

主水の話をかい摘んで記すと——。

南部藩の士で椙原武太夫《すぎわらぶだゆう》という剣道の達者がいた。この男が南部家の重臣の娘を騙《だま》して出奔し、仙台に誰か手引きする者があって、いま国分町の旅籠《はたご》宿に隠れているところを追手の者が発見した。しかし武太夫は身分こそ賤《いや》しいが腕は相当に冴《さ》えているので、追手の者たちだけでは捕え兼ねるところから、南部家よりの書状を提出するとともに、何分の便宜を頼むと申入れてきた。

「お上にはこれを聞かれて、それでは蝙也の手で捕えたうえ引渡してやれとおおせられたのでござる、——いかがであろうか」

「承知仕った、拙者が捕えましょう」

蝙也はすぐに承諾した。

「早速の御承引でかたじけない、では何かお指図でもあらばただちに手配を仕りましょう」

「なにべつに仔細ござるまい。ああ、——御貴殿の組下に小具足取りの手利きがいましたな」

「鈴木伝右衛門と申す、あれ」

「あの仁をお差廻し願いたい、日暮れ過ぎに出張仕るから」

「承知致した、では何分よろしく、——」

と主水は帰って行った。

蝙也は何ごとも無かった様子で、常のとおり夕景まで稽古を続けた。——やがて目附役から差廻されて、小具足（捕手術）の鈴木伝右衛門が来たから、稽古をしまって支度を換えようとした。ところが町の姿が見えない。

「町はどうした」

と訊くと、内弟子の一人が、

「先程山根様と一緒に中庭のほうにいらしったと存じますが」

「山根?……見て参れ」

云いおいて風呂へ入る、体を流して出る頃に帰って来た内弟子が、

「どこにも見えませぬ」

「山根もいないのか」

「はい、——」

蝙也はちょっと眉を曇らせたが、べつに何も云わず、食事の支度を命じて軽く済ますと、

納戸から拳大の鉛の塊を取出してきて布に包み、中脇差だけ帯して、

「お待たせ申した、参りましょう」

と伝右衛門を促して道場を出た。

その旅籠というのは国分町の端れにある二階造りで、軒に『武蔵屋』と掛行灯《あんどん》が出してある、まああまり上等でない宿屋だった。――蝙也はつかつかと入って行って、

「当家に婦人を連れた南部の武家がいるはず、面談したいことがあると申入れてくれ」

と云った。宿の者は不審そうに、

「はて、南部のお武家……」

「他にも武家の客がいるか」

「いえ、お武家様はひと組だけで、いかにも御婦人連れでございますが、たしか出羽の御藩中とか」

「それに違いない、よいからその者に申せ、南部藩より上意をもって召捕りに参った、宿の周囲は伊達家の人数で固めてある、唯今参るから神妙に致せ――と、分ったか」

「へ、へい」

亭主は蒼《あお》くなって飛んで行った。――伝右衛門は訳が分らぬという顔で、

「失礼ながら不意に踏込むほうが仕損じのないように思われまするが」

「場合によってはそうかも知れぬ」

蝙也は微笑して、

「しかし、不意を襲っても心得のある者なら狼狽《ろうばい》はしないし、却って絶体絶命、窮地の勇を与える怖《おそ》れがあろう。先に知らせておけば、いよいよ来たかとまず覚悟をするが、一応は斬ひらいて遁《のが》れるだけは遁れようと念《おも》う。これが心の虚だ――その虚を与えるためにあらかじめ、や、亭主が戻って来たようだ」

「あ、あの、お武家が刀を抜いて」

亭主が喚きながら戻って来るのを、蝙也は、押しやって伝右衛門に振返り、

「梯子《はしご》段の下にお待ち願いたい」

そう云い捨てると、例の布に包んだ鉛の塊を右手に持って、どしどしと跫音《あしおと》荒く梯子を登って行った。

二階の上り口には、当の椙原武太夫が待受けていた。梯子口のことで暗いが、登って来る跫音と人影は見誤るべくもない、――居合腰になって呼吸を計る、刹那！

「武太夫、上意だ！」

と蝙也が叫ぶ、同時に武太夫の剣が、光のごとく蝙也の頭上へ打下ろされた。――まさに頭蓋骨を斬割った手耐《てごた》え、

（これは蝙也が鉛の塊を投付けたのである。その手耐えは実に骨へ斬込むのに似ているという。武太夫もまったくそう思った）

――斬った。

と思う隙。蝙也は飛鳥のごとく跳上ると、虚を衝かれてあっという武太夫の懐ろへつけ入

りざま、利腕を執って、

「や！」

とひと声。武太夫の体は翻筋斗《もんどり》を切って、だだだだだだと梯子段を転げ落ちた。

「伝右衛門殿、お主の番だ」

蝙也が下へ喚く、

「心得た！」

伝右衛門が叫び返す刹那、――つつッと横手へ人の走寄る気配と、遠くから、

「あ、危ないーッ」

という女の悲鳴とが同時に聞えた。

七

蝙也が反射的に一歩ひらく、とたんにさっと斬込んで来た剣、体を躱《かわ》されたから梯子口の手摺《てすり》へがっと切込んだ、――見ると意外にも山根道雄である、

「や、貴様、山根ではないか」

蝙也が驚いて跳退く、

「くそっ！」

と道雄は刀を外し、狂気のように顔をひき歪《ゆが》めながら、無二無三に斬込んで来た。

「馬鹿者、なんの恨みで蝙也を斬る、待て、待たぬか山根！」

「ええイ、くそっ！」

「おのれ、斬捨てるぞ」

蝙也の体を忿怒《ふんぬ》が走った、山根道雄は前後の判断も喪《うしな》ったらしく、獣のように猛然と斬りつけた。刹那！　蝙也の体が沈んで、

「やっ！」

という凄まじい掛声が四壁に反響したと思うと、山根道雄の手から大剣がすっ飛び、その体は独楽《こま》のようにきりきり舞いをしながら、だあっと階下へ顚落《てんらく》して行った。

「——馬鹿者め」

蝙也は右手に持った脇差を拭いながら、腹立たし気に呟《つぶや》いた、——と廊下を転げるように近寄って来て、

「——先生！」

と云う者がある、——見ると、後手に縛《いまし》められたまま、猿轡《さるぐつわ》を外して、髪を振乱した女……思いもかけぬ町であった。

「おお、おまえ、どうしてここへ」

「や、山根のために、他国へ連れて行かれるところでございました」

「そうか」

蝙也は手早く女の縛めを解放つや、

「武太夫の手引をする者が仙台にあると聞いたが、それでは山根のやつだったのか、——そ

れにしても俺を斬ろうなどとは見下げ果てたやつだ。どこも痛めてはいまいな？」

「はい。中庭にいるところを、いきなり猿轡をかけられ、どうしようもなくここまで担ぎこまれましたが、幸い怪我はございませぬ。今宵のうちにあの椙原という者と連立って江戸表へ出立と聞き……どうなることかと生きた心はございませんでした」

「間に合ってよかった。――人眼についてては面倒だから、おまえは裏へでもぬけて先に帰っているがよい、俺もすぐあとから帰る」

「では――お先に……」

町はすぐに裏梯子のほうへ去った。

椙原武太夫は伝右衛門の手で縛りあげられていたし、彼の誘拐《ゆうかい》してきた娘も無事で部屋にいた。――山根道雄だけは、頸《くび》をほとんど皮一重まで斬放されて絶命していた。

二人を南部藩の追手に引渡し、山根の死体の始末をして、蝙也が家へ帰ったのはすでに九時を廻った頃だった。――玄関には町が案じ顔で待受けていた。

「お帰り遊ばしませ」

「うむ、――洗足《すすぎ》を取ってくれぬか」

「はい」

蝙也は式台に腰をかけて待った。――町はすぐに足盥《あしだらい》を運んで来た。

「お洗い致しましょう」

「うん――」

頷いて足を入れようとしたが、蝙也は急に引込めて笑った。

「計ったな、――町、だが駄目だぞ、こんな熱い湯で蝙也をあっと云わせるつもりだろうが、そう旨《うま》くはゆかぬ」

「まあ――」

町は優しく、口惜しげに睨《にら》んだ。

「今夜こそ大丈夫と思いましたのに」

「段々考えるようだが、まだ俺に参ったと云わせるまでには間があるぞ。まあうめてくれ」

「――とても敵いませぬ」

町はすぐ引返し、手桶《ておけ》を提げて来て足盥へうめた。蝙也はざぶっと足を入れた、いや、実は爪先が入ったくらいであろう。そのとたんに、

「あっ!!」

と叫んで痙攣《ひきつ》るように両足を縮めた。

「や、やったな、町!」

「――――」

「参った、まさに参ったぞ」

水をうめると見せて、実は熱湯の中へさらに熱湯を注いだのである。

――満ちた心気の弛《ゆる》むその虚、一分も外さずその虚を衝いたのである。――蝙也は歎息して、

「兵法の道ほど蘊奥《うんのう》の深いものはない、多年の研鑽《けんさん》にいささか会得したと信じていた蝙也も、

一女子のおまえに狙われれば、こんなに無造作にしてやられる、まだまだ俺などは未熟者だな、――町、まさに蝙也の敗北だ、約束どおり暇をとらせるぞ」

そう云ったが、町はそこへ膝をついたまま袂《たもと》で顔を蔽《おお》っている。――彼女は今こそ、自分の本当の気持が分ったのだ。

「――どうした。なんだ泣いているのか、家へ帰るのがそんなに嬉しいのか？」

「いえ、いえ違います」

町は噎《むせ》びあげながら云った。

「旦那さま、お願いでございます、どうぞ今までどおりお側へおいてくださいませ」

「なに、なにを云う」

「お側へおいてくださいませ、町は……もうとてもお側から離れることができませぬ、たとえ側女でもいといませぬゆえ、どうぞ、どうぞお側においてーー」

真実の叫びだった、今にして知る、――あの時蝙也を憎んだと思ったのは、乙女の胸に生れて初めて芽《きざ》した嫉妬《ねたみ》であったのだ。そして、それはいよいよ暇が出るどたん場になって、はっきりと本当の姿を顕《あら》わしたのだ。町はいつか蝙也を愛していたのである。

「――町、……」

蝙也は思わず女の肩へ手をやった。初めて触れる二人の体は、眼にこそ見えね熱い血潮に脈搏《う》っていた。――夜風に流れて螢火がひとつ、軒をかすめてついと飛んだ。


（「キング」昭和十三年一月号）

荒法師

一

昌平寺の俊恵が荒法師といわれるようになったのはそう古いことではない。……昌平寺は武蔵の国における臨済門の巨刹《きよさつ》の一であるが、その頃はいわゆる関東五山の威望もうすくなり、さして傑出した人物もあらわれず、いたずらに応燈関（大応、大燈、関山）三師の盛時を偲《しの》ぶ臨済宗門のもっとも衰えた時代で、大徳寺の古統をひいている昌平寺もすでにむかしの壮厳はなかった。しかしそれでも慧仙和尚《けいせんおしよう》のもとに老若十余人の僧が研鑽《けんさん》していたし、また諸国から来て挂錫《けいしやく》する修業僧もつねに三五人は欠かなかったのである。……俊恵はもと土地の貧しい郷士の子で、幼いとき孤児になったのを慧仙がひきとって弟子にした、性質のごくおとなしい、頭のすぐれて明敏な少年だったから、和尚もこれは拾いものだといい、檀家の人びとも俊恵さまはいまに大智識におなりなさるだろうと噂《うわさ》をしあっていた。かれは十八歳になったとき京へのぼって東福寺に入り、そこで二年、さらに建仁寺から鎌倉へ来て円覚寺で二年、前後まる六年の修業をして昌平寺へ帰った、そのとき二十四歳になったかれは見違えるような偉丈夫に成長していた、骨太の六尺ちかいからだつきも、浅黒い顔にぐいと一文字をひいたような眉も、熒々《けいけい》と光を放つ双眸《そうぼう》も、すべてが逞《たくま》しい力感に充ち溢《あふ》れていた。相貌がみちがえるようになったのと共に性質もずんと変った、少年の頃から無口だったのがますますひどくなり、偶《たま》たまものを云うときにはなにか嚙《か》んだものを吐きだすような調子だった、「俊恵さまはお変りなすった」「むかし叡山の荒法師と呼ばれたのはあんな風だったろうか」「いかにも荒法師という風だ……」いつかしらんそういう評判がたちはじめ、やがてその名が近在に弘まってしまったのである。

晩春の或る朝はやく、ひとりの農夫が畑へゆこうとして昌平寺の裏をあるいていた、すると頭の上のほうでとつぜん妙な叫びごえが聞えた、びっくりしてふり仰いでみると、寺の境内にある高い榧《かや》の木のてっぺんに誰か人がかじりついていた、まだ足もとは仄暗《ほのぐら》かったが梢《こずえ》のあたりは明るいので、すぐにそれが俊恵だということがわかった、農夫はもういちどびっくりして、しばらくその異様な姿を見あげていたが、やがて恐る恐る呼びかけてみた、「……俊恵さま、そんなところでなにをしておいでなさる」すると樹の上からはひどく肚《はら》をたてたようなこえで呶鳴《どな》り返した、「真如をさがしているんだ」そしてそれっきりまた早暁の空を睨《にら》んで動かなくなった。農夫にはもちろん真如がなんであるかわからなかったので、庄屋の閑右衛門という隠居にきいてみた、隠居はたいそう閉口したようすで、「ああ」だの「うう」だのとしばらく頭を捻《ひね》っていたが、「つまりそれは、……まあ云ってみればこんなものだ」そういいながら指で空に円を描いてみせた。「それが真如でございますか……」「まあそうだ」「すると円いものですな……」「そうだ」「堅いものですかなそれとも柔らかいものですかな」「堅くも柔らかくもない」「色は……」「無色透明だよ」「生きているんですかそれとも」「いや生きてもいないし死んでもいない」「なんだかちっともわかりませんが、いったいその正体はなんでございますかな正体は……」「弱ったな」隠居は自分でもじれったそうだった、「つまりこうだ、この天地の間にある物はすべて移り変る、いまかたちがあっても焼けて灰になり腐って土となる、山は崩れるし川は……つまりそういうようにいろいろと絶えず移り変っている、そのなかで絶対に変らないのが真如だ、殖えもせず減りもしない、焼けも腐りもしない、天地が亡びても亡びない、……まあ云ってみれば真如とはそういうものだ」「そうするとそいつはよっぽど死太いものですな」農夫は解せたような解せないような妙な顔をした、「それで……なにかそいつは薬にでも使うんですかな」それからなお半刻ほど同じような問答が続き、やがて隠居閑右衛門が肚を立てて奥へひっこんでしまったので、農夫は結局なにもわからずじまいだった。このことが噂になりだしてから間もなく、或る日のひざかりに俊恵は大鍬《おおぐわ》を手にして、本堂の裏の片隅をせっせと掘り返していた、季節はもう初夏にはいって、照りつける日光は、境内の若葉に反映して眼に痛いほどぎらぎらと輝いていた、俊恵はまるで頭から水を浴びたように汗みずくで、今はもう身の丈を越すほども掘った穴の中でなおけんめいに鍬をふるっている、朋輩の僧たちがなにを云ってもきかないし、和尚が出て来て叱りつけたけれど耳にもかけなかった、そのうちに檀家の老人が墓地へゆきがけにみつけて、なにげなく呼びかけた、「俊恵さま暑いのにご苦労でございますな、しかしなにをしていらっしゃる」俊恵は鍬を打ちおろしながら呶鳴り返した、「……真如をさがしているんだ」それからすぐに続けて、「……世間にもなし、天空にもなし、地面の下にでもあるかと思って……」そう云った、その声はまるで泣いているようだったと、檀家の老人はあとで語った。

二

それからひとしきり「真如」という言葉がところのはやり物になった。俊恵の奇行はつぎつぎと絶えなかったが、ここでは精《くわ》しく書いている必要はないだろう、こうして年が明け、天正十八年となった五月の末の一日である、慧仙和尚が方丈で客とはなしをしていると、小坊主のひとりが走って来てけたたましく和尚を呼びたてた、「方丈さま早く来て下さいたいへんです」「どうしたのだ」「俊恵さんがいま本堂で御本尊さまと喧嘩《けんか》をしています」「……ばかなことを云うな」「本当なんです、御本尊さまと本当に喧嘩をしているんです」客がいるのでばかなことをと叱りつけたが、和尚はすぐに立って方丈を出ていった。

俊恵は本堂の須弥《しゅみ》壇《だん》の前に立っていた。片手に経巻を持っているのはそれまで読経していたものであろう、須弥壇に向ってぬっくと立ち、右手をぐっと前へつき出しながら、本尊の釈迦《しゃか》如来像に大喝をくれていた、「……きさまは何処《どこ》のなに者だ」それは天蓋をびりびり震わせるほどの声だった、「……身につけている蛮衣はなんだ、螺髪《らほつ》とはなんだ、眉間の白毫《びゃくごう》とはそもそもなんだ、汝《なんじ》はいずれの辺土から来た頓愚だ、云え、仏とはそもなに者か」「俊恵……」はいって来た慧仙和尚がうしろから叫んだ、「そのほうなにをしておる、気でも狂ったか」「…………」俊恵はくっとふり向いた、火を発するかと思える双眼で慧仙をはたと視、膏汗《あぶらあせ》のにじみ出た額を高くあげてかれは叫んだ、「いかにも、俊恵は気が狂ったかも知れません、しかし師の御坊におたずね申す、この釈迦如来は何処のなに者ですか、毛髪の玉と縮れた、身に蛮衣をまとった、この偶像はそもなに者ですか」「さような愚問に答える言葉はない」「ではわたくしから申しましょう、これは」と俊恵は手をあげてひしと本尊を指さした、「これは天竺《てんじく》の迦毘羅衛《カビラバスツ》城主の子で悉達多《シッタルタ》といい、のちに釈迦牟尼《しゃかむに》と呼ばれた人間の摸像《もぞう》でございましょう、だがその天竺の一城主の子が、われらにとってなんだというのです、わたくしは幼少の頃からこの像の前に拝跪《はいき》し、朝な夕な看経《かんきん》供養をしてきました、ひと口に申せばこの釈迦牟尼仏に仕えてきたのです、いったいこれはどういうわけですか、大やまとの国に生れた俊恵がなんのために天竺の一城主の子の摸像を拝さなければならぬのです、まことに樹下石上を家とし、衆生《しゅじょう》を済度するということが僧徒の悲願なれば、この輪奐《りんかん》たる堂塔と異国の像を棄てることが第一ではありませんか、俊恵はまずこの仏像を放逐します」そう喚きながら、かれはひじょうな勢いで須弥壇へとびかかった、和尚はおどろいて誰ぞまいれと叫んだ、「俊恵は気が狂った、誰か来てとり押えろ……」寺僧たちは向うからこのようすを見ていたので、呼ばれるまでもなく走せつけて来た、そして暴れまわる俊恵をとり囲み力をあわせてそこへ捻《ね》じ伏せた、「構わぬから縛って経蔵へ押込めてしまえ」慧仙はそう命じた、かれらは縄を持って来て俊恵をぐるぐる巻に縛りあげたうえ、講堂の裏にある経蔵の中へ担ぎこんだ。俊恵は抵抗をやめてされるままになっていた、眼を閉じ口をひき結んで、埃《ほこり》臭い板敷へ投げだされたきり身動きもしなかった。「よく聞け俊恵……」慧仙和尚はかれの上へ身を踞《かが》め、ひと言ずつ噛んで含めるように云った、「おまえはなま学問にあてられているのだ、堂塔や仏像の否定などは田夫もたやすく口にできる、さような眼前鎖末の事に心をとられるようでは、大悟の境に到る道はまだまだ遠い、修業のはじめには誰しもいちどは昏迷《こんめい》するものだ、いや三度も五度も昏迷し、気も狂うだろう、けれどもそれが妄執《もうしゅう》となっては救う道はない、おのれを超脱せよ、些々《ささ》たる自己の観念に囚われるな、学問は必ずいちどその範疇《はんちゅう》の中へ人間を閉じこめる、その範疇を打開することが修業の第一歩であろう、頭の中からまず学問を叩き出すがよい、跼蹐《きょくせき》たる壺中からとびだして、空濶《くうかつ》たる大世界へ心を放つのだ、窓を明けろ……」俊恵は黙っていた、和尚の言葉はなんの感動をも与えなかったようすである、かれは息も絶えた者のように、蒼白《あおじろ》い顔をのけざまにして埃の上に横たわっていた。

　俊恵の脳裡《のうり》には荒涼たる風景が去来していた、葉の落ちた林がみえる、裸の細い枝が厳寒の風のなかでひゅうひゅうと泣く、枯草のみじめに固くしがみついた涯《はて》の知れぬ荒地、どこから来てどこへゆくともなく灰色に伸びているひと筋の長い道、暗澹《あんたん》と垂れさがった鉛色の雲の下に、ぞっとするほど寒ざむと凍っている沼、……そしてそういう風景のなかをとぼとぼとあるいてゆく人間の孤独な姿が、いつまでもかれの空想をひきずってやまない、人間はいつかは死ぬのである、いかなる富も権力も死からのがれることはできない、営々五十年の努力は金殿玉楼を造り権勢と歓楽を与えるかも知れないが、いちど死に遭うやすべてあとかたもなく消え去ってしまう、この世にあって存在のたしかなるものはまさに「死」を措《お》いてほかにないのだ、かくて死はすべての消滅でありながら、しかも唯一のたしかな存在であるという、この矛盾は果してどう解すべきものだろうか……。

三

かれは六年のあいだこの疑問を解くために修業してきた、しかし追求すればするほどわからなくなるばかりだった、諸山の学堂にまなんだが、そこでは経典の字句の末節を弄《もてあそ》ぶ煩瑣《はんさ》哲学が横行していたし、禅門を叩けば栲栳《こうろう》の仮面をかぶった瑠璃《るり》禅の臭気ばかりが鼻をつく、——生死超脱、口頭でやすやすとそう一喝できるのは、死がいかに避くべからざる宿命であるかという諦観《ていかん》に発するもので、生きてあることを肯定する上には立っていない、万物無常、生者必滅という観念を土台とするならば「生死超脱」はその逃避である、これはどうしても俊恵には承服することができなかった、あらゆる生物がやがては死滅するだろう、いかなる代償を以てしてもそれだけは購《あがな》うことはできないに相違ない、それはまさに動かすべからざる事実である、しかし同時にあらゆる生物が活きてあることも事実ではないか、生物はすべて死ぬまでは生きるのである、死が否定しがたいものであるなら、生もまた否定することはできない、死が必ず現前するものだとすれば寧《むし》ろ生きてあることを肯定し、そのまさしい意義を把握《はあく》すべきが先だ、生死超脱は生きることの上に立たなくてはならぬ、俊恵はその一点に身心を叩きつける思いで修業した、そして今日までに得たものは空々たる「無」だった、かれの脳裡を去来する荒涼たる風景、ひたすら死の道をゆく絶望的な人間の姿、それがどうしようもない力でかれの観念をひきずりまわすのだ。……そのとき世間はどんな状態だったろうか、本能寺に亡びた信長のあとを受けて秀吉がめざましく擡頭《たいとう》してきた、戦えば破り攻むれば必ず降《くだ》し、しだいに諸国をおのれの手に収めたうえ、天正十四年にはついに太政大臣に任ぜられて、天下はその威武の前に慴伏《しょうふく》した。けれどもむろんまだ泰平というには遠い、年々どこかに兵火が揚るし、現に関東には北条氏の強大な勢力が根を張っていて、いま豊臣氏に敢然と一戦を挑み、小田原城を中心にあわただしい風雲が巻き起こっている。こういう世相を仏徒はなんとみるか、――修羅妄執の巷《ちまた》、とよそにみくだすだけである、戦火に逐われる民たちにも一椀の施粥《せがゆ》をすれば能事足れりとしている、衆生済度というのは口舌の理想で、じっさいにはまったく衆生と交渉がない、こういう事実だけをとりあげて当否を論ずるのは誤っているし、それではそこからどう実践に踏みこむべきかを考えると、俊恵にもまるで方途がつかないのだ。かれは仏法そのものにさえ疑いをもった、宗教は理論によってあらわれはしない、発生はきわめて素朴で簡明だ、かれは発生までかえるところに打開の道を求めた、その第一が「釈迦は天竺びとである」というわかりきった点である、天竺びとを「本尊」とすることに些《いささ》かの疑いをもたない仏法のありかた、それがともかくもひと筋の光となってかれの頭にひらめいてきたのだ、したがって本尊放逐はかれの目的ではなく、そこから改めて出なおす手段だったのである。

夜になってから小坊主のひとりが握飯を持って来た、そして自分の手で持ち添えて喰べさせようとしたが、俊恵は眼を閉じたまま石のように動かなかった、「喰べないんですか、喰べないとおなかが減りますよ……」小坊主は気のどくそうになんども念を押したが、うんともすんとも返辞がないので、やがて握飯を竹の皮のまま口の届きそうな所へ置いてそっと出ていった。明くる朝、おなじ小坊主がまた結飯を運んで来たとき、前夜のものが手もつけずにあるのを見た、それからは幾たび来てみてもおなじだった、飯粒を口にしないばかりでなく水も飲まない、「……俊恵さま大丈夫ですか」小坊主は心配そうに覗《のぞ》きこんだ、「少しでも喰べるほうがいいのになあ、それでないと死んじまいますよ……」俊恵はやはり答えなかった、小坊主はいかにも思案に余ったというようすで溜息《ためいき》をついた、それから首を傾げながら、「和尚さまが縛ったりしたんで、よっぽど肚を立てたんだな」と低いこえで呟《つぶや》き、悲しげに経蔵を出ていった。……こうして飲まず喰べず、眠りもしない日が経っていった、五日までは記憶にあるが、それからどれほどの時が過ぎたか覚えていない、けれどもそのうちに外でなにか変ったことが起こったらしく、遽《あわただ》しく寺へ出入りする人の足音や、急にひっそりしたかと思うと、にわかに罵《のの》り喚く声などが、昏沌《こんとん》とした俊恵の意識をときどき現実へひき戻した、だがそれを不審に思うゆとりはなかった、かれは小坊主の口にした言葉を知らず知らずのうちに反芻《はんすう》しながら、ふとそこに迷路の出口がみつかりそうに思え、思想の虚実をあつめて凝視を続けていたのだ、――飯を食わぬと腹が減る、そしてついには死ぬ。そのとおりである、そしてそれが「そのとおりである」ことのすぐ次ぎになにかがある、なにかが、……俊恵は眼をみひらいた。

四

闇の中に眼をみひらいた俊恵は、呼吸をととのえ精神を凝らして智恵光の発するのを待った。微妙な刹那《せつな》とはそういう場合をさすのだろう、しかしそのときかれの眼は観念の世界からまたしても経蔵の中の現実へひき戻された、身をとり巻く塗り潰《つぶ》されたような闇が、どこからともなく微《かす》かに明るみはじめたのである、それは夜から朝への光ではなかった、赤みを帯びているしゅらゆらと揺れる、ときどきはたと闇にかえるが、すぐまたおどろおどろしく光を揺曳《ようえい》するのだ、眼がそのことを認めると間もなく、耳にもしだいに外の物音が聞えだした、……戞々《かつかつ》と地をとどろかす馬蹄《ばてい》の音が、山門から鐘楼のほうへと疾過した、前庭のあたりでするどい悲鳴がおこり、「逃げろ……」という喚きごえに続いて、とりみだした人の足音が境内を横に崩れたった、なにか変事が起こっている、俊恵ははじめてわれに返った、数日まえから朧《おぼ》ろげには聞いていた騒音が、いまはっきりと記憶の表に甦《よみがえ》り、唯事でないという感じがかれを呼び覚ましたのだ。俊恵は身を起こした、そのときいかにも危急を告げるように早鐘が鳴りだした、経蔵の中はいつか赤く揺れる光で満たされ、ぱちぱちと物の焼けはぜる音が間近に聞える、そしてふいに扉の隙間が眼をみひらいたかの如く火焔《かえん》の色に染まった。――寺が炎上している、俊恵は息が止るように思い、よろよろと立って扉へ身を凭《もた》せた、耳を澄ますと騒動は寺の内だけではなかった、遙《はる》かに遠く、おそらく忍《おし》の城下とも思えるあたりでは陣鉦《じんがね》や銃声さえ聞えていた。

「合戦が始まっている……」かれはそう呟《つぶや》いた、早鐘がはたと鳴り止《や》み、逃げ惑う人の足音や、ひき千切るような悲鳴が再び大きく耳をうった、俊恵はわれ知らず叫んだ、「ここを明けろ……」けれども答える者はなかった、「おおい明真、明真はいないか……」小坊主の名を呼びつづけたが、燃えあがる※《ほのお》と、すさまじい呻《うめ》きのほかには、もう人の声さえ聞えなかった。かれは扉から身を離した、そして縛られたままの全身を、力かぎり扉へ叩きつけた、三度、五たび、けれど扉はびくともしなかった、不飲不食のからだはそれだけでも精根が尽き、かれははげしく喘《あえ》いだ、いつの間にかあたりはひじょうに熱くなり、巻きこんでくる煙が眼口を塞《ふさ》ぐように思える、燃えているのは本堂であろう、巨大な鼎《かなえ》でも沸騰するような、ごうごうという※の音が経蔵を押し包んだ。……もうすぐ此処《ここ》も火になる、このままいれば焼け死ぬだろう、そのことがはっきりわかると俊恵はつきあげるように忿怒《ふんぬ》を感じた、死を怖《おそ》れるのではない、寺を焼かれることが口惜《くや》しいのでもない、なんとも説明しようのない、そして自分でも理由のわからぬ烈しい忿《いか》りが、むらむらと肚の底からつきあげてきたのだ、それはかれの血の叫びであった、かれの全身にながれている郷士の血が、仏徒としてのかれの存在をひき裂いて出たのだ、——くそっ、ここで死ねるか、俊恵は再び身を起こした、そのときである、裏門のほうからばたばたと走って来る足音がして、誰かが扉へすがりついた、そして錠を壊すのであろう、手斧の響きがするどく耳をうった、「……明真か」俊恵はそう叫んで扉口へすり寄った、錠の落ちる音がし、扉が開いた、かれは思わず眼を掩《おお》った、扉が開くといきなり、天に冲《ちゅう》する火柱と眉を灼《や》くような火気に面を撃たれたのである、眼がくらんでよろめくかれを誰かが支えた、「俊恵さま早く、早く……」そう叫びながら、その手はかれを掻《か》き抱くようにした、かれはその手の導くままによろよろと走りだした。……明真ではない、それは声と手の触感とですぐにわかった、女である、たしかに女に違いない、しかし誰であるかは見当がつかなかった、……いったい誰だろう、皮膚を焦がすかと思える火気のなかを走りながら、かれは印象にある人の姿をかいさぐってみた。裏門を出たところで「ああ経蔵へ火が移った」という声を聞いた、俊恵はもう眼をあいていたが、ながい断食と精神の苦闘とで、ひどくからだが衰えているから、逃げ惑う人波をぬけてゆくには伴れの女の手に縋《すが》っていなくてはならなかった。どこかで潮のように鬨《とき》をあげるどよめきが聞え、銃声が続けさまに起こった、おそらくかなり間近なところで合戦があるのだろう、女は俊恵をひきずるようにしながらけんめいに走り、やがて道を横に切れて林の中へと駆けこんだ、「……もう少しです、もうすぐですから辛抱して下さいまし」自分でも喘ぎながらそう励ます声が、俊恵の耳に触れるほど近く聞えた、かれにはもう返辞をする力もなく、女の温かい息吹が頬にかかるのを、なかば夢のように感じていた。

五

もう焰の明りもなく、林の中は爪尖《つまさき》もわからないほど暗かった、そこをぬけ出ると畑地で、すぐ左がわに農家の灯が見える、それは墓守り七兵衛の家だった、それでようやく自分を救ってくれたのは七兵衛の孫娘だということがわかった、――そうか、花世だったのか、それならいいと思うなり足から力がぬけてゆき、かれはふらふらと横へ倒れてしまった。それから翌朝までのことは千切れちぎれの印象しか残っていない、娘の叫びごえで七兵衛と伜《せがれ》の弥助夫婦がとびだして来たようだ、かれは三人に抱えられてその家へゆき、納戸のような部屋へ寝かされた、そして温かい薄粥を僅かに啜《すす》ったのを覚えているが、あとはただ昏々となにもかも忘れて眠ってしまった。

起きあがれるようになったのはそれから七日めのことだった。寺のほうへ詰めていたという七兵衛が戻って来た朝、はじめてかれは寝床の上に起き直って食事をしていた、「命びろいをなさいましたな……」老人は枕許《もと》へすり寄ってそう云った、「お経蔵は風下になっていたものですから、本堂の焼けおちるまえに火をふきだしたそうです、客殿だけは残りましたがあとは眼も当てられません」「いったい火をかけたのはなに者なんだ」俊恵はまだなにも知らなかったのである。「石田治部少輔の軍勢でございます」「石田、……治部少輔が攻めこんで来たのか」「なんでも三万の軍勢で、館林《たてばやし》を攻めおとすなりまっすぐに押寄せたのだそうです」七兵衛老人は次ぎのように語った。……豊臣秀吉は天下の威勢を集めて小田原を囲んだが、その一方で上野《こうずけ》から武蔵、上総《かずさ》にかけて散在する北条氏の属城を攻めさせた、総帥は石田三成、その下に大谷吉継、長束《なつか》正家らを将とした兵三万は、草原を踏みにじる如く上野から武蔵へ殺到した。これに対して館林城にいた北条氏規をはじめ、板倉、北大島、西島、足利など十八城では、その城将の殆んど全部が兵をひっさげて小田原へ入っていたので、留守軍はみな館林へ合体して防戦に当った、けれども三万の石田軍は僅か三日にしてこれを揉《も》み潰し、その勢いを駆って忍城へと攻寄せたのである。忍城は成田氏長の守るところだったが、氏長はやはり兵を率いて小田原へ去り、城には氏長夫人と三百そこそこの兵しかいなかった。氏長夫人はいかにも武将の妻らしく館林へ合体することを拒み、微々たる守兵と武器を以て石田軍に挑戦したのであった。「奥方さまのけなげなお覚悟を聞いて」と七兵衛はつづけて云った、「……領民たちは逃げる者もなく、竹槍を持ち米を担いで、ずいぶん大勢の人数が城へ入りました、また城へ入らぬ者もそのところに踏み止《とど》まり、どこまでも後詰の役をつとめようと頑張っております」「だがそれで、どうして寺が焼かれたのだ」「本陣に使うから明け渡せと石田軍から使者があったのです、さすがに方丈さまは承知なさいませんでした、寺を戦の道具には貸せぬ、そう云ってお断わりなすったものですから、とうとう火をかけられたのだそうでございます」慧仙和尚や僧たちは持田村の檀家へたち退いたという、あらましの話を聞いて俊恵はふかい太《と》息《いき》をついた、――まさに修羅の巷が現前したのだ、そう思った、そして自分はこの渦に巻き込まれることなく、求道ひと筋の修業に出よう、仏像を棄て寺を棄て、身ひとつになって仏法の真髄をさぐるのだ、まことに生死を超脱して生きる道、いかなる大事に当面してもゆるがざる不動の一念、そのひとつを把《つか》むまでは雲水を続けよう、それが自分に与えられた使命である、かれはそう心をきめてしずかに寝床へ横たわった。

　明くる日の午後のことだった、俊恵がうつらうつらしていると、ふいにこの家の表でけたたましい叫びごえが起こった、「……どうした花世」「お父っさん早く来て……」娘の声は震えていた、「お城のおさむらいが怪我をして倒れているんです」「どこだ」「そこの栗林の中です」「よしすぐゆくぞ……」お由も来いといいながら、弥助がとびだし、すぐにかれの妻も出ていった。そして間もなく、かれらは誰かを運んで来て、奥の間へそっと寝かしたようすだった、「人に気づかれるな」とか「外に気をつけろ花世」などと囁《ささや》くこえを聞きながら、しかし俊恵はそっと口のうちで経文を誦《ず》していた、ともすればあの経蔵の中で感じたような、わけのわからぬ忿りがこみあげてくるのだ、それでつとめて心を抑えつけ、誦経に心を集めていたのである。その日は昏《く》れがたまでに三人、そういう負傷者が担ぎこまれた、みんな忍城の者か、それとも敵の者もいるのか、寝たままの俊恵にはわからなかったけれど、七兵衛はじめ家族の者が手を尽して介抱するさまはよく聞きとれた。ことに娘の花世はいちばんてきはきとして、傷を洗い、薬草を揉み、繃帯《ほうたい》をするまで殆んど手ひとつにやっているようだった、「……ちょっとしみますから我慢して下さいまし、これで血が止りますから」「…………」「さあようございます、きっとすぐお楽になれますでしょう、決してお案じなさらないでお心やすくおやすみなさいまし、あとでぬく粥をさしあげますから……」まるで病児を労《いたわ》る若い母親のような、心の籠《こも》った温かい言葉を聞いていると、自分が救い出されたときの柔らかい手の触感が思いだされ、俊恵は云いようのない感動がこみあげてきて、思わず眼をつむらずにはいられなかった。……そういうひそやかな気配は、夜明けがたまで続いていた。

六

「ええ邪魔だ、はなせ……」するどい喚きごえで俊恵が眼をさましたとき、夜はもうすっかり明けはなれて、障子には爽やかな朝の光が溢れていた、「でもそんな者はいないのですから」花世の声だった、「つべこべ申すな、訴える者があったから来たのだ、どけ」「いけません、奥には病人がいるんです、待って下さいまし、あれ、……お父っさん」争いは門口だった、「面倒だ、踏みこんで家捜しをしろ」そう呶鳴るのといっしょにばりばりと戸襖《とぶすま》を踏みやぶる音が聞えた、――いかん、と自分を制止しようとしたが、俊恵のからだはもう本能的にはね起きていた、制しようがなかった、手早く法衣を身に着け、数珠を手に襖を開けて納戸を出ると、ちょうど押入って来た三人の鎧武者《よろいむしゃ》とばったり顔をつき合せた。どちらも思いがけなかったが、顔をつき合せるなり俊恵が「無法なことをなさるな」と云った、自分でも意外なくらい圧倒的な調子だった、「……力もない百姓の家へ土足で踏みこみ、家捜しをするなどとは豊臣公の名聞にも関《かか》わりましょう、しずかになさるがよい」「なに……」なにと云ったが相手が法師なので、さすがにかれらも乱暴はできなかった、槍を持ったひとりが大《おお》股《また》にすすみ出て、「無法ではない、この家に落人を匿《かく》まっておると聞いて検《あら》ために来た、家人が邪魔をするから踏みこんだまで、御坊には係わりのないことだ」「それはこなた達の聞き違いであろう」俊恵は平然と云った、「なるほど負傷者は数名いる、重傷でこのあたりに倒れていた者をここへ運んで手当をしてやった、しかしそれが忍城のさむらいか寄手の武者かは知らない、捨てて置けば死ぬので救っただけだ、落人を匿まったなどということは断じてない」「たとえ負傷者でも、城兵なれば検めるのがわれらの役目だ」「よろしいとも……」かれは寧ろ笑みをうかべて頷《うなず》いた、「それが役目ならば検分なさるがよい、但し手をつけることを堅くお断わりする」「………」「見らるるとおりわたしは仏に仕える者だ、僧侶《そうりょ》には敵も味方もない、戦うだけ戦って傷つき倒れた者、また草の上にむくろを横たえた者は、敵味方の差別なく救って労り念仏供養するのが仏の慈悲だ、こなた達はすでに昌平寺を焼いている、これ以上なお無法をするとすれば、臨済五山の宗門を敵にまわすとお覚悟あれ、それだけをはじめにお断わり申す、いざ検分なさるがよい……」三人の武者は言句につまったようだった、俊恵の言葉は道理をつくしている、それを無視するだけの決意はかれらにはなかった、三人はちょっと眼を見交わしたが、「とにかく検めるだけは……」とひとりが云い、思い切りのわるいようすで奥の間へはいっていった。そこには四人の負傷者が枕を並べていた、けれども、みんな甲冑《かっちゅう》をぬいで下着ひとつになっている、石田軍は総勢三万余騎だからたとえ味方でも顔だけで判断はつかなかった。「……うん、みんな重傷とみえるな」槍を持った武者が不決断にそう呟いた、すると次ぎの者が「身動きもできぬ者なら捨てて置いてもいいだろう」と云い「そうだ落人さえ匿まっていなければ……」そんなことを申しわけのように云い合うと、来たときとは人間が違ったように、おとなしく外へ出ていってしまった。

家人は始終のようすを震えながら見ていたが、三人が去ってゆくと花世がいきなり俊恵のそばへ走り寄った。「ありがとうございました俊恵さま、おかげで皆さまのお命が助かりました、わたくしもうだめかと思いまして……」「わたしに礼を云うことはない、無事に済んだのはあなた方に御仏の加護があったからだ、けれども」そう云いかけて俊恵は七兵衛のほうへふり向いた、「これからもまだ負傷者は出るだろう、それを全部この家で介抱するわけにもゆくまい、幸い寺の客殿が焼け残ったというのだからあっちへ運んで世話をしたらどうか、そうすれば寺のことではあるしおまえ方にも迷惑はかからないで済むだろう……」「それはようございますな、わたくし共の迷惑はともかく、ここでは狭くて身動きもできません、ぜひそうさせて頂きましょう」「ではわたくしは村の女手を集めて来ます」花世もそばから嬉しそうに云った。……この渦に巻き込まれてはならぬ、そう思った俊恵がこうして自分からその渦の中へとび込むことになった。負傷者たちはすぐに寺の客殿へ運ばれ、その世話をするために村の女房や娘たちが集まって来た、食事を拵《こしら》える者、薬を作る者、傷の手当をする者、それぞれ分担がきまると、まるで待っていたように、次ぎ次ぎと収容されて来る者が殖えた、みんな重傷者ばかりで、中には手当をするいとまもなく死ぬ者も少なくなかった、そしてそれらのなかには寄手の兵もあったが、運びこむとすぐに甲冑をぬがして敵味方の区別のつかぬようにしたし、俊恵が上に立って指図をしていたから石田軍も手をつけることができず、しまいには却《かえ》って幾らか保護するようにさえなっていった。……こうしているあいだに、戦は包囲の対陣になった。

七

忍城はすばらしく戦った。館林では三千余騎が合体していたのに僅か三日しか保たなかった、忍などは唯ひと揉みと攻め寄せたのに、意外にもその鋒先《ほこさき》はぐわんとはね返された。兵は三百そこそこだし小さな野城のことで防砦《ぼうさい》が厳しいわけでもない、けれど忍城には領民の力が集まっていた、七兵衛の語ったように老幼婦女まで竹槍を持ち米を担いで入城し、外にいる者も城と固い連絡をとって、ひそかに寄手を悩ました。石田軍はやっきとなって攻めたてたが、城兵は存分にひきつけて必中の矢弾丸をあびせ、また不意に斬って出ては縦横に暴れまわった、その戦いぶりの精悍《せいかん》さと領民の協力がひとつになって、三万の大軍を釘付《くぎづ》けにしてしまったのである。

六月も中旬になった或る夜のこと、花世が来てそっとかれに囁いた、「……ご苦労さまですけれど、ちょっと外へいらしって下さいまし」俊恵は頷いて立っていった。……星ひとつみえない暗い夜だった、寄手の陣のあたりは篝《かがり》をうつすのであろう、低く垂れた雲が明るく染まっているが、あたりはひっそりと更けて物音もなく、戦場のすぐそばだということが嘘のようなしずけさであった、「……討死をなすった方をお葬《とむら》い申していますの」花世はそっと云った、「おいでを願って供養をして頂くようにと、お祖父《じい》さまがそう云うものですから」「大勢か……」「八人でございました」それから二人は黙ってあるいた。花世の若わかしい呼吸を聞きながら、俊恵は危ういところを救われたあの夜のことを想い、また今日までの娘の辛労を思った、かれが経蔵にいたことは明真から聞いたそうである、けれどもその明真さえ忘れたほどの騒動のなかで、あの猛火を冒して救いに来るということは、若い娘にとってそうたやすいわざではない、重傷で倒れている者をはじめて助けたのも花世だった、みつかればどんな罪に問われるかも知れないのに、少しもためらわず助けて来て介抱した、どちらも些々たる憐愍《れんびん》や同情でできることではない、それは仏の慈悲にもたとうべきである、俊恵はそう思った、……いや仏の慈悲でもこれほど直接にあらわれることはないだろう、哲学は事実を拒否することに高さをみる、仏法理論は慈悲について高遠な説をたてるが、目前の事実に対しては権力に屈するだけだ、高遠な理論をいかに巧みに積上げても、事実に対して無力なら遊戯と選ぶところはないのである、花世のしたことは仏の慈悲より大きく深い、しかもなんと深く大きいことだろう。俊恵はふと娘のほうへ感動の籠った声で呼びかけた、「……花世、おまえには頭がさがるぞ」「なにがでございますの」娘はびっくりしたようにふり返った、俊恵はもういちど「本当に頭がさがる」と云った、「人間がみんなおまえのようになれたらな……」

導かれていったのは七兵衛の家のうしろにある栗林の中だった、そこには七兵衛と伜夫婦のほかに村の者が十人ほどいて、いま盛上げたばかりの土饅頭《どまんじゆう》を囲んでひっそりと佇《たたず》んでいた、みんな黙っていた。俊恵も人々の目礼を黙って受け、しずかに墓の前へいって立った。下草の繁みからおこる虫のこえを縫って、やがて数珠を揉む音と低い誦経が聞えはじめた、更けわたる林のなかは森閑として、経文を唱える俊恵の声は啾々《しゆうしゆう》たる鬼哭《きこく》を思わせる、しばらくすると七兵衛が呟くようなこえでそれに和し、村人たちもそっとそれにつけだした、他聞を憚《はばか》りながら、しかしいかにも真実のこもった供養が、そうして半刻あまりもつづいたのであった。

それから数日のちに、行田の森で城兵が二十人ばかり斬り死にをしたという評判を俊恵は聞いた。それは真昼のことで、かれらは三の木戸からとびだし、ゆだんをしていた寄手の陣へ面もふらず斬り込んだ、そしてさんざんに敵陣を駆けなやましたが、ついに行田の森へ追い詰められ、ひとり残らずそこで討死をしたのだという、……かれはそれを聞くとすぐに寺をでかけた。もちろんいって供養するつもりだったが、それよりもいってみずにいられない気持があった、それは自分でもわからないあの忿怒、心の底からつきあげてきて抑えようのないあの忿りが、今またがっしとかれを摑んだのだ。行田の森は城の南がわにあった、昌平寺からは寄手の陣をまわってゆかなければならないので、そこへゆき着いたときはもう黄昏《たそがれ》の頃である、水田と蘆《あし》の茂った沼沢にかこまれて、その森は鬱々と昏れかかり、どこかでもの悲しげに蜩《ひぐらし》ぜみが鳴いていた。……かれは法衣をかき合せ、数珠をとりだして、聖域にでも参るような足どりで、そこへはいっていった。

八

捜してまわるまでもなく、死躰《したい》はすぐにみつかった。巨《おお》きな杉の根方に、下草の疎らに繁った土の上に、またひこばえの葉簇《はむら》の蔭《かげ》に、此処にひとり、かしこに二人と斃《たお》れていた。俊恵はふしぎなほどおちついた気持で、死者の枕頭《ちんとう》に立っては供養をしてまわった。……どんなにすさまじく戦ったのだろう、みんな鎧もずたずたになり、どれもこれも満身創痍《そうい》の姿だった、横顔を草に埋めている者もあり、仰《あおむけ》に斃れて眼をみひらいたまま死んでいる者もあった、片腕のない死躰、足を喪《うしな》ったもの、躰首ところを異にしたものなど、形容を絶するすさまじいありさまだった、「……なむ十方の諸仏、仰ぎ願わくば愛護のおん手を垂れて」俊恵は心を凝らし念仏唱名をしながら、三人、五人と供養していった。そして十七人まで数えたときである、草摺《くさずり》のあとも残らず千切れた鎧を着け、鋸《のこぎり》のように刃こぼれのした太刀を持って、湿った土の上に俯伏《うつぶ》せに倒れていたひとりの武者の前に立ち、しずかに経文を唱えはじめると、ふいにその武者が「御坊、無用だ……」とものを云った、あまり思いがけなかったので、かれはぎょっとして息をひいた、よく見るとその武者はまだ微《かす》かに呼吸《いき》がある、かれはすばやくあたりを見まわし、人かげのないのをたしかめてからそばへすり寄った、「こなたは生きておいでだな、傷はどこだ」「いや寄るな……」武者は首を揺すった、「もうながくはない、もうそのときは見えている、しかし……経文は読むに及ばないぞ」「なぜ経文は無用だと仰しゃる」「おれは……」ごくりと武者の喉《のど》が鳴った、暴い呼吸のためにしばらく言葉はとぎれたが、すぐまたけんめいのちからで続けられた、「……おれは成仏するつもりはないからだ」「お言葉ではあるが、それは違います」俊恵は耳へ口を寄せるようにして云った、「こなたに成仏するおつもりがあろうと無かろうと、人間は死ねばみな御仏の手に救われて成仏する、むろん経文などは読むまでもないが、しかしそれは」「黙れ、黙れ」再び武者は首を揺すった、「……さようなたわ言は耳が汚れる、きさまにはおれの、おれのこの姿がみえぬか、おれは武士だぞ」「…………」「武士たる者は、たとえ死んでも成仏はせぬ、悪鬼羅刹《らせつ》となって、この領土と、御しゅくんを守護し奉るのだ、七たび、十たび、人間と生れかわって御しゅくんを守護し奉るのだ……」そう云いかけて、武者はおどろくべき力でくっと顔をあげた、「生きても死んでも、父祖の国土を守り御しゅくんを守る、これがもののふの道なのだ、おれだけではないぞ、きさまがいままで供養して来た者はみなそうだ、成仏しようなどと考える者はいちにんもおらぬ、……無用だ、無用だぞ御坊」それは瀕死《ひんし》の者のこえとは思えぬ烈しい叱咤《しった》だった、無用だ御坊という叫びを聞いたとき、俊恵は慄然《りつぜん》としてそこへ立ち竦《すく》んだ、雷霆《らいてい》が頭上におちて瞬時にかれの骨肉を粉砕したかに思えた、かれはわれ知らず呻いた。

なにか脳裡に打開されようとしている、ながいあいだ追求してきた生死の大事が、衣をはらってその真髄を見せているのだ、かれは瞑目《めいもく》し、一念を凝集させた、……ここにあったのだ、「生きては命のあるかぎり、死ねば悪鬼羅刹となって、七たびも十たびも人間に生れ更《か》わって、あくまで父祖の国土と御しゅくんを守護し奉る」という、「断じて成仏せず」という、微塵《みじん》の惑いもなく唯ひとすじに貫きとおした烈々火の如き信念、生を生とせず死を死とせず、現世も未来もあげて「守護し奉る」という信念ひとつに生きる、これこそ生死超脱の境地ではないか、これこそ唯一不滅の道ではないか、……そうだ、これだ、ここにあった。俊恵はかっと眼をみひらいた、五山の学堂にまなんでも得られなかった、大蔵経典も教えてはくれなかった、結跏《けっか》参禅の修業も打開し能《あた》わざるものが今こそかれの眼前にあらわれた、さんらんたる光輝を放って今こそかれの面前にあらわれたのだ。

「生あるものは必ず滅す、善い哉《かな》」俊恵は片手をつきだして云った、「……生きることが目的ではない、死ぬことが終りではない、生死を超えて生きとおす信念、なにものが亡ぶるとも信念の亡ぶることはないのだ、見ろ……この領土は敵に侵犯され、領主も兵も孤城を守って戦っている、この事実を目前にしてなんの仏法、なんの悟道だ、おのれはこの地に生れこの郷土の恵みを享《う》けて育った、これをよそにして生死の大事があるか、足を地につけろ、道はここにある、喝！」言葉の終りは叫びになっていた、叫び終ると同時にかれは数珠をひき千切った、ばらばらと飛散する数珠玉を踏みにじって、かれはしずかに眼の前にいる武者を抱き起こした、それは疾《と》うにもう息が絶えていたけれど、俊恵は生きている者に対するように囁いた、「唯今のごいち言、胆に銘じました、こなたには及ばぬまでも御遺志を継いで城へはいります、ぶしつけながら鎧を借ります」そう云いながら死者の鎧を解こうとした、するとしずかな人の足音がして、――お手伝いを致しましょう、そう云いながら花世が近寄って来た、俊恵は思いがけなかったのであっといった、「……お帰りが夜道になってはと案じられたものですから」云いわけをするように花世はちらとこちらを見あげた、「此処だということがどうしてわかった……」「おあとから蹤《つ》いてまいりました、たぶん此処へいらっしゃるのだと思いまして……」かれはじっと娘の顔を見まもった、花世はその眼を眩《まぶ》しそうに避けながら、すぐに死者の鎧を解きはじめた。その姿を見やるうちに、まだこれまでに覚えたことのない、新しい火のような感動が胸へあふれてくるのを俊恵は感じた、花世の眩しそうな眼つきや、どこかに軽いおののきのみえる身ごなしや、こちらへ見せている横顔の寂しげな色が、なにを表白しているかということにはじめてかれは気づいたのだ、それはまるで痛みのように、じかにかれの胸へつきとおり、そこで火をふきだすように思えた、「生きる」ということがどういうものであるかを、生れてはじめてみつけたように思えた、「……わたしは城へはいる」かれは叱りつけるような調子でそう云った、花世はそっと頷いた、なにもかも知っているというようすだった、「すべては次ぎの世のことだ、いいな、花世」「はい……」「約束するぞ」叱りつけるような調子だったが、そのなかに隠れている意味はまさしく娘の心に通じたようだ、花世はもういちど「はい」と頷きながら、解きはなした鎧を持って立った、「……お着せ申しましょう」
うむといいながら俊恵は法衣をぬいだ、これが門出である、花世の頬へ涙がつつと糸をひいた、昏れはてた森のどこかで、そのとき思いだしたように、また蜩が、かなかなと冴《さ》えた音をはって鳴きはじめた。

程なく寄手の陣へ浅野長政の軍勢が到着した。浅野軍は武蔵のくに岩槻《いわつき》城を攻め落して来たのだが、その余勢を駆って忍城へ迫り、なお躊躇《ちゅうちょ》する石田本軍をしりめに激しく戦って、ついに城の一角へ突入することができた、それは忍城にとって正に危急存亡の刹那であった。けれども石田三成はそこで浅野軍に功を奪われることを快しとせず、敢えて後援の兵を動かさなかったので、城兵の一隊は猛然と決死の反撃をいどみ、ついに突入した浅野軍の将士百余騎を討ってこれを城外へ駆逐した。……このとき城兵のなかに一人の僧形の武士がいて、殊にめざましく戦うのを浅野軍の兵たちは見た、かれは草摺の千切れた鎧を身に着け、槍をとってまっ先に進んで来たが、そのまま面もとらず寄手の人数のまん中へ突っ込み、阿修羅の如く戦って討死をした。ま一文字に突っ込んで来たありさまもすさまじかったし、むらがる人数の中で一歩もひかず奮戦した闘いぶりも類の無いものだった。浅野軍の兵たちは後になってからも、そのときの話がでるたびに、「あれはたしかに名のある武士だったに違いない」と云いあった、「……あとにもさきにもあれほど大胆不敵な戦いぶりをする者を見たことがない、敵ながらまったく惜しい武士だった」

（「講談雑誌」昭和十九年四月号）

初《はつ》蕾《つぼみ》

一

「花はさかりまでという、知っているだろう」

「…………」

「美しいものは、美しいさかりを過ぎると忘れられてしまう、人間いつまで若くていられるものじゃない、おまえだってもう十八だろう、ふじむら小町などと云われるのも、もう半年か一年のことだ、惜しまれるうちに身の始末をするのが本当じゃあないか」

「それはわかってますけれど」

お民《たみ》は客の盃《さかずき》に酌をしながら、ふと考えるような眼つきになった。

「身の始末をするにしたって、ゆきさきのことを考えますからね」

「私の世話じゃあ不安心だと云うのかえ」

「貴方《あなた》と限ったことじゃあないんです、これまで貴方には誰よりも我儘《わがまま》を云わせて頂けたし、いちばん気ごころもわかって下さるから、お世話になるとすれば他にはありません。でも、そういう身の上の人をなんにんも知っていますけれど、たいていが末遂げないものですからね」

「この場合はそれとは違うじゃないか」

喜右衛門は盃をおき煙草を取った。

「私のは、いろけは二の次にしての話だ、田河屋を買う金も、私がたて替えるというかたちにして、あがって来る物から年割りで返して貰ってもいい、私としては気楽に我儘の云える家、のんびりと手足を伸ばして寛《くつろ》げる場所、そういうことだけでも満足なんだよ」

「それもよくわかるんですけれど、でもそれではもし……」

お民はじっと客の眼を見まもった。

「もしあたしに思う人があるとしたら、それでも構わないと仰しゃいますか」

「おまえに思う人だって」

「もし仮にそんな人がいて、時どき逢ったりなんかするとしたら、幾ら貴方だってああそうかで済みはなさらないでしょう」

客はお民の眼をしずかに見返した。それはなにか意味をかよわせるような視線だった、お民はわれ知らず眼を伏せた。

「私が身の始末をしろと云うのはそれなんだ、好いた好かれたとかいうことは花の散らないうちの話で、添い遂げられる縁ならいいが、さもなければやがて悲しい別れをするか人にうしろ指をさされるようなことになりやすい、そんなことにしたくないから相談をするんだ、世間を知らないわけじゃあないだろう、よく考えてみて、気持がきまったら返辞を聞かせておくれ、また二三日うちに来るからな」

お民はなにも云えずに眼を伏せていた。この人は知っているのかもしれない、ふとそういう気がしたからである。もしそうなら、梶井さまの親御たちと話しあいのうえで、こんな相談をもちかけたのではないだろうか、半之助さまと自分との仲をさくために……そう考えると、それがもう紛れのない事実のように思え、お民はひそかにせせら笑いたい気持になった。

「どうせ泣くように生れついたんだ」

お民は客を送りだして、あと片付けに戻ったまま、小窓に倚《よ》って、自嘲《じちょう》するようにこう呟《つぶや》いた。

「花がさかりまでのものなら、散るまで好きなように生きるだけさ、初めからそういう積りなんだもの、どうなったって悔むことなんかありゃあしない」

「どうせ泣くように」

すてばちに似たその言葉は、決して出まかせのものではない。最も幼い頃、記憶の初めともいえるものが既に悲しい泣声に濡れている。それは大きくて広い家の土間だった、ひと抱えもありそうな柱や、鼈甲《べっこう》色に光る框《かまち》や、重そうな杉戸が、うす暗い淀《よど》んだ空気のなかに、恐ろしいほどがっちりと威圧的に見えた。兄の太市は手をひかれ、お民は母に背負われていた、母は上り框のところに手をついて、なにか頼みながら頻《しき》りにおじぎをする。向うの帳場格子の中には人が三人ほどいたが、算盤《そろばん》をはじいたり帳面を繰ったりするだけで、誰もこっちの相手にはなってくれない。母は歌うような調子でなにか云っては、いつまでもおじぎをし続けた、そしてしまいには五つになる太市にまでおじぎをさせ、いっしょに頼みを云わせた。

……そこが鳥羽港の「山越」という船問屋の店であり、母が米を買う銭を借りにいったのだということは、それから数年のちに知ったのである。「山越」の船で船夫をしていた父が、熊野灘《くまのなだ》で難破した船といっしょに死ぬまで、幾たび同じことを頼みに母子三人でその店へいったかわからない。お民も母や兄といっしょにおじぎをし歌うような調子で店の人に頼み言を云った。幼なごころにも情けなく恥ずかしくて、しまいにはおろおろと泣きだしながら。……父が死んでから、母はしるべをたよってこの二見《ふたみ》へ来た。二見浦の浜にある藤屋という宿へ、下女奉公のような勤め口があり、太市とお民と三人、物置よりみじめな小屋をあてがわれて新しい暮しを始めたのである。もちろんそこの生活も苦しかった。母の稼《かせ》ぎでは三人の米も満足には買えず、九つになる太市も八つのお民も、走り使いをし、子守りをし、水を汲《く》み、掃除の手伝いをした。宿の主婦が評判のしまりやで、使い走りも子守りも、ちゃんと度数で駄賃がきまっていたから、時にはその度数を多くしたいばかりに、海から吹きつける寒い風に曝《さら》されながら、夜おそくまで使いがありはしないかと待ち更かすこともあった。

二

兄の太市が十二で死に、母はお民が十三の年に亡くなった。太市は客の残りものを食べた中毒で、烈しい吐瀉《としゃ》を続けながら医者にもかけることができず、僅か五日ばかりで骨のように痩《や》せて死んだ。母はそのまえから脚気を病み、蒼《あお》くむくんだ顔をして、肩で息をしながら足を曳《ひき》ずるように歩くという風だった。太市が死んでから眼立って弱り、薪《まき》ひとたば持つのも苦しそうだったが、宿の者に気づかれるのを恐れて、倒れるまで達者なように装いとおした。母が倒れたきり動けなくなると、宿の主婦はお民に奉公へ出ろと云いだした。藤屋の主人の妹が、宿屋街の地はずれで「ふじむら」という小料理茶屋をやっていた、そこで小女が要るからゆけという、——どうせおまえの働くくらいじゃおっつかないが、あとは私が足しまえにしておっ母さんの面倒はみてあげると、それが気にいらなければおっ母さんを伴《つ》れて好きな処へ出ていっておくれ。

宿の主婦ははっきりとこう云った。お民はおっ母さんの側にいたかった、自分で看病がしたいし、なにより側を離れるのが厭《いや》だった、けれどもそこを追出されれば、母を抱えて乞食《こじき》でもする他はない、十三になったばかりのお民は、それでも母には笑ってみせ、近いから毎日でも来られると慰めて、ふじむらへ奉公に出たのである。

……そのとき藤屋の主婦はふじむらから、お民を五年間の年期奉公にして五両という金を取っていた。母はそれから九十日ほどして亡くなったが、医者にはもちろん、薬もろくろくのませず、葬《とむら》いなど真似ごとというにもひどいものだったのに、それが更に三両なにがしという借分になって証文に書き込まれた。

こういう始末を知ったのは、お民が十五になって、客の接待に座敷に出るようになったときのことだった。幼い頃から世間はこわいもの、人は信じられないものと考えていたので、そうわかっても今さら藤屋を恨む気持はなかった。それよりも、すでに自分が美しく生れついたこと、客たちに人気があるので、家人が大事にし始めたことなどを知って、云いようのない自信が身内にうまれ、新しい明け昏《く》れのほうへとぐんぐん惹《ひ》かれていった。

……それからの三年あまりは夜の明けたような生活だった。ふじむら小町などと呼ばれて、客もよく付き、面白いほどみいりがあった。通って来る客のなかには好きな相手もできたし、伊勢の山田の御師の息子で、仁太夫という名のおとなしい若者には、ずいぶん危ないところまでいったが、「山越」の店でおじぎをした幼い日のこと、物置のような小屋の隅で冷たくなっていた母のことを思いだして、なんだいという気持になり、間もなくきっぱりと別れてしまった。

――信じられるのは自分だけだ、世間や人を信じたら泣かされるにきまっているんだ、好きも嫌いもあるものか稼《け》げ稼げ。

そういう風に自分を唆しかけていた、八両なにがしという借金を返し、着物も二枚、三枚と作れるようになったのは、十八になった今年の春からだった。そこへ梶井半之助が現われたのである。……初めは「島喜」という名で知られた島屋喜右衛門の案内で来た。「島喜」は鳥羽で廻船問屋をしている富豪で、藩侯稲垣家のお勝手御用も勤めている。喜右衛門はもう隠居だったが、藩家の用事は自分が扱っているので、重役たちを伴れてしばしばふじむらへ来た。半之助の父は梶井良左衛門といって、稲垣家の港奉行だったから、その関係で半之助をも伴れて来たようだった。

……お民は初めから彼に惹きつけられた、けっして美男ではない、笑うと眼が糸を引いたように細くなるし、背はあまり高くないし、声は少し鼻にかかるし、酔ってうたう歌は調子ぱずれだし、どこといってとりえのない風貌《ふうぼう》である。しかしぜんたいの人柄がいかにも自然で、みえや衒《てら》いが少しもなく、向いあっていると、ゆったりと大きな温かいもので、静かに押包まれるような気持に唆《そそ》られる、……温かくふんわりと包まれる、お民はその感じに全身をつかまれ、まるで崩れるように彼のふところへとびこんでしまった。

「どうせいっしょには成れないんだ」

初めに彼はこう云った。

「お互いにあっさりいこう」

ええそうしましょうと云って僅かに半月、五たびめに逢ったとき、むしろお民のほうからすすんでふかい契りができてしまった。

「いっしょになんかなれなくってもいいの、ただあなたが好きだというだけ、こうして会うほかにはなんにも望みはないわ」

「夫婦になっても三年か五年、くすぶった気持で厭いや一緒に暮すよりも、好きなうちこうしてたのしく逢い、飽きたらさっぱり別れてしまう、これが人間らしい生き方じゃあないか」

「その約束をしましょう、好きなうちは逢う、飽きたら飽きたと隠さずに云う、そしてあとくされなしに別れる、……きっとですよ」

こうして夏から秋ぐちまで、ひとめを忍ぶ逢《お》う瀬がつづいたのである。

三

喜右衛門が来て二日経った。明日あたりはまた返辞を聞きに来るであろう、しかしお民の気持はどっちともきまらなかった。……喜右衛門から世話をしようという話の出たのは、夏のはじめ頃だった、この二見浦で同じ料理茶屋をしている田河屋というのが売りに出ている。それを買ってお民を主婦に入れるからという条件なのだ。半之助という者がありまだ十八の若さで、そんな老人の世話になることはなかったが、この頃になってお民は迷いはじめた、それはもう三月もからだが変調だからである。もしこれがまちがいでないとすると、そして半之助に迷惑が掛けられないとすると、少なくとも身二つになるまでは誰かの世話にならなければならない、それには十三で奉公に来たときから可愛がっても貰い、我儘もゆるしてくれた喜右衛門が誰よりも頼みやすかった。

――事情なんか訊《き》かずに、なにもかもひきうけてくれるだろう。

そう思っていた。いろけなどは二の次だと云うし、それが嘘でないこともわかるので、とに依れば半之助との仲も黙認して貰えるかもしれない、そんな勝手な想像さえしていた。それで先夜ふと仄《ほの》めかしてみたのだが、案外にも喜右衛門は承知しなかった。世話をする代りにはそういうものをすっかり始末しろと云われた。……それは相手が半之助だということを知っているからのようだった。二人の仲をさくためにそういう手段を講ずるようにも思えた。身勝手な空想はすべて破れ、二つに一つの現実へつき当ったのである。身の安全をとるか半之助をとるか。

「どうせ泣くように生れついたんだ」

と、お民はなんども呟いた。

「物置みたいな小屋で死んでいったおっ母さんのことを思えば、不仕合せになったところでたかが知れている、いっそゆくところまでいってみるがいいのさ」

そういうつきつめた気持のあとから、しかし身内にある小さないのちのことが棘《とげ》の刺さるように心を咎《とが》め、喜右衛門の世話になろうかと迷いを誘われるのだった。

午後になってから思いがけなく、半之助は四五人づれで来た、人を伴れて来たのは初めてで、もうかなり酔っていた。お民は親しい口もきけず、そっと眼で心をかよわせるばかりだったが、やがて彼が手洗いに立つと、廊下まで追っていって縋《すが》り付いた、彼の息には悪酔いをしたときのいやな匂いがあった。

「きょうで七日ですよ、どうなすったの」

「こんど納戸役というのに成ったんだ、そのことでずっと暇がなかったものだから」

彼は蒼い顔つきで、それでも笑いながらそう云った。

「あのれんちゅうは役所の新しい同僚だ、恐ろしく酒の強いやつがいるから加減をしてくれ」

「ゆっくりしていらっしゃるのでしょう」

「みんなを帰してからだ」

少し話があるんですからと云って、お民は半之助の手を自分の胸へ抱き緊め、溢《あふ》れるようなまなざしで男の眼を見た。……座の空気はちぐはぐだった、中に一人、それが酒の強いという人だろう、色の黒い怒り肩の、ぎすぎすした調子で話す青年がいて、それが頻《しき》りに半之助をやりこめていた。内容はよくわからないが、「人間」とか「秩序」「道徳」「尊厳」などという言葉のむやみに出る、かたぐるしい議論ばかりだった。そして彼等を帰すどころか、却《かえ》って半之助のほうが捉《つか》まってしまい、間もなく席を替えようと伴れだされていった。

別れ際に、

「すぐ帰って来る」

と云ったが、日が昏れても戻らないし、客の多い夜で、表も奥もいっぱいになった。これなら、戻ってくれないほうがいいと、諦《あきら》めていた。……昏れるじぶんはよく晴れて、星がいっぱいだったけれど、宵《よい》さがりから小雨になり、九時をまわると本降りになったので、たてこんだ客も早くひきあげ、十時には二た組ほど残るだけになった。お民はお伊勢参りの客に出ていた。三人づれの江戸の人で、裕福な商人とみえる中年の人たちだった。こちらにはよく通じない洒落《しゃれ》を云われるので困ったが、おちついた静かな座敷は気持は楽だった。……十時ちょっと過ぎだろうか、酒を運んで来たお房という女中が、

「お客さまよ」

といってめくばせをした。

「離れにいらっしゃるわ」

お民はその意味を悟り、会釈をしてそこを立った。離れへゆくと半之助が来ていた。白壁のように蒼ざめた、生気のない、硬ばった顔で、眼だけが大きくぎらぎらした光を帯びてい

る、これまでいちども見たことのない顔つきだった。そして頭からずっぷりと雨に濡れていた。

「そんなに濡れてどうなさいました」

「人を斬って来た」

ああとお民は声をあげた。ふいに眼が昏《くら》んだ感じで、立っていることができず、男のほうへ手を伸ばしながら崩れるように坐った。

四

ありあう着物を着せ、濡れた物を厨《くりや》へ乾かすように頼んでから、お民は熱くして来た酒をすすめながら仔細《しさい》を聞いた。……相手は森田久馬という、あの酒の強い男だった、ふじむらを出て二軒ばかり呑み、鳥羽へ帰る積りで五十鈴川を渡った、その渡し舟の中で喧嘩《けんか》になり、向うへあがった草原ではたしあいをした、そして彼は久馬を斬ったのである。

「それはそれだけのことだ、立会った者も三人いるし、作法どおりのはたしあいだから恥じることもなし、後悔もないんだ、けれども喧嘩の原因はおれが悪い、それがやりきれないほどおれを苦しめるんだ」

「でもあの人のほうが半さまをやりこめにかかっていたじゃありませんか」

「そうじゃない、森田は正しいことを云っていたんだ、おれはあいつを斬ってから、雨のなかを当てもなく歩きまわるうちにそれがわかった、おれがどんなに下等な卑しい人間だったかということも、……おまえとこういう仲になっていながら、好きなうちは逢おう、飽きたらさっぱり別れよう、そんな約束まで平気でした、それが人間らしい生き方だなど云って」

半之助はそこで激しくかぶりを振り、盃の酒を毒でも服《の》むように呷《あお》った。

「……森田はこう云った、そういう考え方は人間を侮辱するものだ、幾十万人といる人間の中から、一人の男と女が結び付くということは、それがすでに神聖で厳粛だ、好きなうちは逢う飽きたら別れる、いかにも自由に似ているがよくつきつめてみろ、人間を野獣にひき下げるようなものだぞ、……きさまは自分を犬けものにして恥じないのか、この言葉がはたしあいの原因になったんだ、お民」

「でもそれは、それは半さまひとりがお悪いのじゃあなく、あたしだってよろこんでお約束したことだし、二人の身分ちがいということが」

「いやそのことだけじゃないんだ、きょうまでのおれの生き方すべてが、ごまかしと身勝手とでたらめで固まっていた、それがおまえとの仲まで根を張ってきたんだ、おれは雨に濡れて闇のなかを歩きながら、……幾十万という人間のなかから、一人と一人の男女が結びつく、それがどんなに厳粛な機縁かということを身にしみて悟った、お民にはわからないか」

「…………」

お民は黙って俯向《うつむ》いていた。

「顔をおあげ、お民、相談があるんだ」

半之助はつと手を伸ばしてお民の肩を押えた。

「おれはこれから江戸へゆく、そして人間らしい者になってくる、どんな苦労をしてもやりぬいてみる決心だ、もちろん困難だし、なん年経って望みが果せるかわからない、だから待っていてくれとは云えないが、もし、……もしおれが人らしくなって帰り、そのときまだおまえが独り身でいたら、おれの妻になって貰いたいんだ」

「待っていろとは仰しゃいませんのね」

お民はやや暫《しばら》く考えてから、こう云ってそっと男を見上げた。

「約束ではないんですね」

「約束じゃあない、いつ帰るとも、いや生涯かえれないかも知れないんだから、待てと云うことは今のおれにはできない、ただ、ちょうどいい折だから云っておこう、……お民、おれは本当におまえを愛していた、心から愛していたんだ、あんな約束はしたけれど気持には嘘はなかった、これだけがおまえに遣《や》れる餞別《せんべつ》だよ」

半之助のぐいぐいと高まってゆく感情には、とうていお民は付いてゆけなかった。はやくからそういう世界にいて、好いて飽かれた、契る別れるなどの、単純なうれし悲しさは、見もし自分で味わいもしたが、人間を侮辱するとか、厳粛な機縁とか、この際になって「本当に愛していた」などと云われることには馴れていなかった。彼女にはただ男がにわかに自分から離れて、別の世界の人になってしまったように思え、——とうとう泣くときが来た、という悲しさのなかで息をひそめるばかりだった。

「男なんて子供みたいなものだ」

半之助を送りだしてから、すっかり更けた冷える夜具の中で、お民は独りこう呟いた。

「これから江戸へいって人間らしくなる、なん年かかるか、人間らしくなって帰れるかどうかもわからない、けれどいつか帰ったら嫁になってくれなんて、……女がこんな境涯にいて、それまでまちがいもなしに待っていられると思うのかしら、どうして食べてゆくと思うんだろう」

もう逢えないという悲しさのなかで、お民は泣き笑いをするように男の単純さを嗤《わら》った。その日その日の生活に追われ、食う、着る、寝るの苦労を骨身で味わってきたお民には、それ以上の考え方はなかったのである。

「でもこれで迷うこともなくなったわ、稼げるうち面白く稼いで、あとは島喜さんのご隠居に頼むんだ、子供が生れたら、どこかへ遣って、身軽になって、田原屋をりっぱに売りだしてやろう」

夜具の衿《えり》をひきあげて、それで涙を拭きながら、お民は自分を唆しかけるようにそう云った。

「そしてもう、好いた好かれたはこれっきりだよ、お民ちゃん、これからは情のない女になって稼ぐんだ、しっかりするんだよ」

五

志摩のくにに鳥羽の城下から、日和山を西へ越えたふところに西沢という閑静な村がある。

鳥羽とは僅かな距離だが、山ひとつ越えるために、環境が鄙《ひな》びているし、うちかさなる丘陵のかなたに、朝熊《あさま》山をのぞむすぐれた眺めがあるので、春秋には城下の人たちがよく遊山に来た。……その村のうちに古くから「島喜」の隠居所があった。ほんの小さなありふれた建物で、厨《くりや》を入れて二十坪ばかりしかない、庭もざっとしたもので、白ちゃけた石が五つばかり、あとは家をとり巻いて松が林を作っていた。久しく閉ったきりで、時どき人が掃除にくるくらいのものだったが、去年の冬から武家の老夫婦が来て、そのままもう一年ちかく住みついていた。

老人といっても主のほうは五十五六、夫人は五十歳ほどだろう、静かな人柄で、召使も置かず、ほとんど訪ねて来る人もなく、ひっそりとつつましやかに暮していた。……村人たちは知る由もないが、二人は梶井良左衛門と妻のはま女である。半之助が森田久馬を斬って、そのままゆくえ知れずになった。幸い久馬は死なずに済んだが、良左衛門は責を負って致仕した。それまでには及ぶまいと云われたけれど、我子のゆくえ知れずということが面目にかかわり、どうしても致仕せざるを得なかったのだ。彼は貯蓄も家財もきちんと整理し、すべてをきれいに返上して城下を立退いた、その始末の潔さが藩侯にきこえて、「終身十五人扶《ふ》持《ち》を遣わす」こと、「領内に永住する」ことの二つのお沙汰があった、特別の沙汰だったのでお受けをしたが、それさえ彼には心ぐるしいようだった。……家がみつからないので、すすめられるままに島屋喜右衛門の隠居所を借りたが、これも旧職を利用するようで、おちつくまでにはずいぶん気を病んだものであった。

夏を送り秋を迎えたが、明け昏れの無為にはなかなか慣れなかった。庭はずれに菜園を作り、二人で蔬菜《そさい》を育てたり、思いついては庭前の松の枝を揃《そろ》えたりする他に、なにをこれという仕事もなく気持も動かない。

「こんなことなら、せめて碁将棋でも覚えておけばよかった」

良左衛門は思い余ったという風にしばしばそう呟いた。

「なんにも仕事をしないということがこんなに疲れるものだとは気がつかなかった、肩ばかり凝ってどうにもしようがない」

「毎日きめて山でもお歩きになりましたら」

「このまわりはたいてい見尽したし、なにしろ風流というものに縁遠い性分だからな、山水をたのしむなどといった芸がまったくないんだから」

「お書物の行李《こうり》でも明けましては」

と、あるとき見兼ねてはま女が云った。

「これからは夜ながになりますから、御書見でもあそばせば、幾らか気保養にはなりますでしょう」

良左衛門は返辞をしなかった。黙って向うを見ている肩つきの、きびしい冷やかな姿勢に気づいて、はま女は息をひきながら、ああいけなかった、と思った。なにもかも返上したなかで、行李三つに入れた書物だけは、この家へ持って来てあった、それは半之助のものだった、幼少の頃から学問の好きな子で、藩の学塾では秀才といわれ、十七歳のときには塾の助教を命じられたくらいである。良人《おっと》がそういうことに興味をもたないし、もとよりはま女にはわからなかったが、二十二歳のとき彼の思想が老子の異端に類するといわれ、助教の席を逐われてしまった。ようすの変ったのはその後のことだったが、彼の蔵書はその筆記類といっしょに、行李に納めて持って来たのだった。……あの出来事があってから、「半之助のことは決して口にするな」と云われていた。書物の行李をあけるということから、良人は恐らく、半之助のことを思いだしたのであろう、心づかぬことを口にしたと思い、はま女はそっと良人の側から離れた。

霜月になったが、例年より暖かい日が続き、中旬すぎてから初めて霜をみた。その夜のことである。久しぶりに少量の酒を呑んだので、良左衛門は宵のうちに寝床へはいり、はま女が独り燈《あか》りをひき寄せて解き物をしていた。すると九時頃だったろうか、良人が呼ぶのでいってみると、表へ人が来ているのではないかと訊いた。

「さっきから赤児の声がするようだが」

「心づきませんでしたが、見てまいりましょう」

こんな時刻に来る者もなかろう、そう思いながら、手燭《てしょく》に火をうつし出してみた。門ぐちには人のいるようすはなかったが、どこかで赤児のぐずり泣きの声が聞える、はま女は外へ出て、手燭をあげながらあたりを見まわした。玄関をかこうように網代《あじろ》の袖垣がある、その垣の下に厚い布子《ぬのこ》袢纏《はんてん》でくるんだ赤児とかなり嵩張《かさば》った包みとが置かれてあった。……はま女は、

「どなたかおいでなさるか」

と呼んでみた。

曇ったのだろうか星ひとつみえず、風もない静かな夜であった。もういちど呼んで耳を澄ましたが、答える声も聞えず、人のいるようすもない、はま女は赤児を抱きあげ、ともかくも手燭を玄関に置いて部屋へはいった。

六

「まさか捨て児ではあるまいな」

「こんな処まで来て児を捨てる者もございますまいが、どうしたことでございましょうか」

「包みになにか書状でもありはしないか」

良左衛門も起きて来て、そう云いながら包みを解いてみた。着替えが二三枚に襁褓《むつき》、それと臍《へそ》の緒書があるだけで、手紙のような物はみあたらなかった。町なかなら知らず、わざわざこんな山里へ来て捨て児をするということも考えられない、なにか必要があってそこに置き、戻るのに手間どっているのだろう、そう語りながら待ってみたけれど、更けてもそんなようすはなく、乳を求めて泣く児をあやしすかしながら、夫婦はほとんど眠らずに夜を明かした。

「どれ少し代ろう」

明け方になって良左衛門が児を抱き取った。

「……夜が明けたら名主へ届けるんだな、これは捨て児に違いない」

「この村には乳呑み児のある家はございませんでしたろうか」

「村に無くとも城下には有るだろう」

「いいえ」

はま女はさりげない調子で云った。

「もし村に乳があって貰い乳ができたら、わたくし育ててみようかと思いまして」

「ばかなことを云ってはいけない、こんな身の上になって、今さら子を育ててどうするのだ、まして氏も素姓も知れぬものを……」

こう云いながら、彼はふと妻のほうへ眼をやった、厨へ立ってゆく妻のうしろ姿に、なにやらさびしげなけはいが感じられたからだ。……彼は抱いた児の顔を見た、児は眠っていた、黒い髪のたっぷりある、唇つきのひき緊った、眉のはっきりした品の良い顔だちである、彼は自分の手に伝わってくる赤児の体温の、湿っぽい感じに遠い記憶をよびさまされた。

「半之助をこうして抱いたことがあった」

心の内で彼はこう呟いた。

「あれからもう二十余年になる、そしてもし半之助にあんな事さえ無ければ、もうこのくらいの孫を抱いていたかも知れない、……はまもそう考えたのではなかろうか」

おそらく妻も同じように考えたのであろう、あれ以来どんなことがあっても半之助のことは口にせず、お互いに案ずるそぶりもみせなかった、しかし一日として忘れたことはないのである。半之助が学塾の助教を免ぜられたのは、彼の才能を嫉《ねた》む人たちの讒誣《ざんぶ》であった、学問をし儒学にはいれば老壮を敲《たた》くのは自然である。朱子以外に眼をつむることは、単に御用学者としても怠慢といわなければなるまい、半之助が塾生に老子の講義をしたのなら別だが、異端の風があるなどという漠然とした理由で、結局つめばらを切らされたかたちになったときは、親としてずいぶん不憫《ふびん》にたえなかったのである。それから性格が変って、酒を呑んだり、茶屋でいりをするようになり、ついに森田との間違いを起こしたのだが、そんな風に気持の崩れていった原因を思うと、彼だけを憎むわけにはいかなかった。この頃ではむしろどこかで無事に生きているように、強くたちなおってくれるようにとひそかに祈ってさえいるくらいだった。

「そうだ、半之助も今どこかで人の情けをうけて暮しているかもわからない」

良左衛門は冷えきった朝寒から赤児をまもるように、布子を頭のまわりに掻《か》き寄せながら、しずかに火桶《ひおけ》の側を立った。

おまえにその気持があるなら育ててみよう、そう云われたときはま女の眼には一種の感動があらわれた。彼女もまた良左衛門と同じ気持を良人の上に感じたのである。朝食のあとで、良左衛門は自分から名主の家にゆき、捨て児のあったことを告げ、乳呑み児のある家がないかどうか訊《たず》ねた。

「お育てなさるのでございますか」

と名主の老人は気遣わしげに首を傾《かし》げたが、幸い半年ほどの乳があるから、ともかくあとから伴れてまいりましょうと答えた。……老人はすぐに若い百姓の女房を伴れて来た、喉《のど》をならして吸い付く顔を見ながら、若い女房はその児の親を詛《のろ》うように云って涙ぐんだ。このあいだに良左衛門は名主とたちあいで臍の緒書をあけてみ、宝暦四年六月某日誕生、名は松太郎ということをたしかめた、姓も親の名もないのは、生んだとき既に、手許《もと》に置けない事情があったのであろう、それなら不仕合せな過去と縁を切る意味で名を変えるほうがよいと思い、良左衛門は改めて小太郎と呼ぶことにした。

百姓の女房は四五日せっせとかよって来てくれた。このあいだに良左衛門は城下の島屋へ使いを遣り、あらましの事情を書いて適当な乳母の世話を頼んだ。喜右衛門は五日めに、まだ娘のようにうら若い女をつれてやって来たが、しかしずいぶん気まぐれなことだと、笑いながら意見を云った。

「こういうことはとかく末のうまくゆかぬものです、おやめなさるが宜しくはございませんか」

「そうも思うが、門へ捨てられたのもなにかの縁であろうし」

と、良左衛門はふとまじめな調子でこういった。

「それに爺婆さし向いの山家ぐらしも退屈なものだからな」

「お孫さま代りでございますか」

喜右衛門はわざとのように渋い顔をした。

「うまくまいればようございますがな」

七

喜右衛門の伴れて来た女は名をうめといった。伊勢のくに松坂の者で、いちど嫁して子を生んだが、婚家との折合いがわるく、生れて五カ月の乳呑み児を置いて離縁したのだという、小さな商人の家に生れて年は十九、幼いじぶん父母に死別して、苦しい育ち方をしたそうだが、そのためだろう、見かけは年より若く娘むすめしているのに、起ち居や言葉つきはずっと世慣れて、少しはすはに思えるほどぱきぱきとしていた。

「初めに云っておきましょう」

はま女はまずこう云った。

「お乳をやるときは清らかな正しい心で、姿勢もきちんとするようにして下さい、乳をやる者の気持や心がまえは、乳といっしょにみな児へ伝わるものですからね、小太郎はさむらいの子ですから、それだけは忘れずに守って頂きますよ」

うめは眼を伏せてうなずいた。――よくわからないのだな、はま女はそう気づき、当分のうち自分で教えなければなるまいと思った。……じっさいうめには欠点が多かった、寝るときに脱いだ着物をそのまままるめておくし、少し急ぐとひっ掛け帯で歩きまわる、お乳に障るから化粧は控えるようにと云っても、忘れるとすぐ臙脂《えんじ》や白粉《おしろい》をつける、肌着もなかなか脱ぎ替えない、足袋は裏の黒くなるまではく、児が泣いたりぐずったりすると、時間に構わず乳を含ませる、添乳をしたまま寝たがる、とりあげて云えば眼につくことばかりで、なるほどこれでは婚家ともうまくいかなかったであろうとうなずけた。……しかし唯一つ、赤児の世話だけは親身になってした。どこがどうと云えないところによく気がまわる、虫気で寝そびれる夜が続くとき、風邪けで具合の悪いときなど、背負ったまま幾夜か寝ずにいて厭な顔もしない、その点がはま女の気持をひきつけた。——子供にさえよくしてくれれば、あとは少しずつ根気で教えていってもよい、そう考えるようになったのである。

　はま女の努力がなまやさしいものでなかったのと同様に、うめにとってもそれは辛抱を要することだった。十九という年になってから、まるで違う生活のなかにはいったのである、しかもそれが規矩《きく》のきちんとした、作法の厳しい武家となると、こまかい習慣の差はもちろん、心がまえまで変えなければならない、それが日常瑣末《さまつ》なことに多いので、面倒くさいと思うともう手も足も出なくなる、事実そう思うことがしばしばあった。——あたしにはとてもできない、これでいけなければ出てゆくまでさ。そんなやけな気持になったことも、三どや五たびではなかったのである。はま女とは違った意味で、うめが辛抱したのもつまり小太郎という者があるためだった。ながいことではない、精ぜいもう八月、誕生が来て乳ばなれするまでだから、彼女はそう考えながら、できるだけ家人に逆らわないように、教えられることに従うようにと努めていった。

「あなたは習字をなさらないか」

　年が明けて二月になったある日、はま女がなにか思いついたというようすでそう云った。

「読み書きぐらいは覚えておいて損のないものです、よかったらお手引きぐらいはしてあげますから」

その頃にはうめの気持も少しずつはま女のほうへ傾いていたので、すなおに教えて頂きたいと頼んだ。これが新しい生活へふみだすきっかけとなった。姿勢を正し墨を摺《す》る、手本を披《ひら》き、紙をのべ、呼吸をととのえてしずかに硯《すずり》へ筆を入れる、快い墨の香が立って、云いようもなく心が鎮まる、……はじめは肩が凝り気に詰ったけれど、かな文字を五つ七つと覚えはじめるにつれ、習字をしたあとの清《すが》すがしくおちつく気持と、なにかしらよいことをしたという満足感は、うめにとっては初めての大きなよろこびであった。

「乳をやるときは清らかな正しい気持でと仰しゃった、あれはこのような気持をいうのだな」

うめはある時ふとそう気がついた。

「紙へはじめて筆をおろすときの、姿勢の正しいおちついたこの気持……ほんとうにこういう気持でやる乳なら、児に対しても恥ずかしくはないだろう」

眼が明けば、今まで見当のつかなかったこともずんずんわかるようになる、家常茶飯いちいち面倒だと思った事がらが、いつか自分からそうしなければ済まぬようになり、初蟬《はつぜみ》の鳴きだす頃には良左衛門など、

「まるで人が違ったようだ」

と云いはじめた。

はま女がよろこんだことは云うまでもあるまい。時どき訪ねて来る喜右衛門も、

「たいへんな御丹精でしたな」

とはま女の努力につけて感歎《かんたん》のこえをあげた。……ある日そういう話のあとで、はま女とうめとの約束について喜右衛門に相談をもちだした。誕生までという期限をもう少し延ばして貰えないかというのである。

「小太郎もあのとおり馴れてしまったし、せめて立ち歩きのできるまでいてくれると助かるのですがね」

「そうでございますな」

喜右衛門はなにか考える風だったが、やがてこう云った。

「ではそのまえに一つうちあけたお話を致しましょう」

八

約束の期限を延ばしてくれぬか、そう云われたときうめはよろこんで承知した。

「島屋の御隠居さまは御承知でございましょうか」

「喜右衛門どのには話しました」

「それではお世話になりとうございます」

こう云いながら、うめはそのときなにゆえともなく、肩をすぼめるような身振をした。……誕生までという約束は、梶井家に対してと同様、彼女が自分のためにかたく心にきめたものであった、それ以上はいけない、児に愛をもってしまっては身がひけなくなる、深い愛情のうまれないうちに出よう、そう決心をしていたのだ。然し惧《おそ》れていたその愛情はすでにぬきさしならぬ激しさで、彼女を小太郎にむすびつけた、それだけではない、今では小太郎をとおして梶井夫婦にまで、その愛情はつながってしまったのである。

「こんな積りではなかった」

うめはそのことに気づくたびに慄然《りつぜん》とした。

「これでは半さまにも申し訳がない、どうにか考えなくては」

うめがお民であることは念を押すまでもないだろう、これまでの事はすべて喜右衛門に相談のうえでやった。初めは生れたらどこかへ遣る積りだったが、半之助という父があり、梶井家というものがある以上、いちおうは縁をたぐってみるのが本当だ、もし縁のないものなら仕方がないから、そういうことで門ぐちへ捨てたのである。乳母になって来ても、それは乳ばなれまでのつきあいで、あとは一日も早く身軽になって出なおす積りだった。……けれども日がゆき月が経つにしたがって、お民の考え方はしだいに変ってきた。

「乳をやるには清らかな正しい気持で」

――そういうはま女の言葉がわかってから、次ぎ次ぎといろいろなことに眼が明いた。

――好きなうちは愛し合おう、飽きたらさっぱりと別れよう。そういう考え方が人間を侮辱するものだということも、その意味どおりにではないが理解できた。

――幾十万人という人間の中から、一人の男と一人の女が結びつく、これはそのまま厳粛で神聖なことだ。そういう言葉も、かなしく痛いほど身にしみてわかるようになった。

二人の人間がむすびつき、心をひとつに愛し合うことはあそびではない。育ってゆく小太郎を見るごとに、その気持はお民の胸を緊めつけた。はま女から躾《しつ》けられたことの端《はし》はしが、更につよくその気持を支え力づけてくれた。――早く身軽になろう、そう考えていたのが、今では、

「この家を出たらどうなるだろう」

という不安と惧れに変っている、この家を出てむかしの生活へ帰る自分を考えると、お民は肌寒くなるような厭悪《えんお》を感ずるのだった。

「半之助さまには申し訳がないけれど」

お民はそう考えながら、はま女の頼みにこちらから縋《すが》り付く思いで、

「立ち歩きのできるまで」

梶井家にとどまることになった。

六月に誕生日を迎え、秋には小太郎は歩きはじめた。しかし冬になっても、その年が暮れても、約束の期限について家人からなんの話もなかった。そればかりでなく、年が明けると良左衛門が素読を教えようと云いだし、毎日きまって少しずつ稽古をしてくれるようになった。……習字は千字文を続けていたし、夜には縫物の手ほどきも受けた。小太郎は麻疹《はしか》を軽く済ませたあと、よく肉付いて丈夫に育ち、眉つき口もとなど、びっくりするほど半之助に似はじめた。――もし御夫婦に気づかれたらどうしよう、そういう心配はあったけれど、お民はそれが身のふるえるようなよろこびで、人眼のない処では我知らず抱き緊めて、いやが

るほど頰ずりをせずにはいられないのだった。

こうして月日は経っていった。三年となり四年となった。とりかわした約束はそのままで、どちらからも触れようとせず、お民はいつか梶井の家族と同じ気持で、明け昏れを送っていた。……小太郎は六つのとし疱瘡《ほうそう》にかかった。そのときお民は痒《かゆ》がるのを掻かせないために、七昼夜というもの一睡もせずに看病をした、おかげで小太郎は痘痕《あばた》を残さずに済んだが、お民は過労にまけて倒れ、余病が出たりして三月あまり寝たり起きたりが続いた。

宝暦十一年を迎えた正月、小太郎は袴着《はかまぎ》の祝いをした。その祝宴の明くる日、城下から俣《また》野《の》考太夫という老臣が訪ねて来た。俣野はもと納戸奉行をつとめ、良左衛門とはごく親しくしていたが、こちらが蟄居《ちっきょ》をかたく守っていたため、訪問を遠慮していたのである。現在では国家老の席にあり髪毛なども眼立って白くなっていた。

「実は珍しい知らせを持って来た」

久闊《きゅうかつ》の挨拶が終ると、考太夫はこちらの眼を見ながらそう云いだした。

「おそらくこなたには想像もつくまい、半之助どののいどころがわかったのだ」

九

鋭い痛みを感じたように眉をしかめながら、しかし頓《とみ》には信じかねるような良左衛門の顔を、考太夫は微笑の眼をやりながら云った。

「去る十一月のことだ、殿が昌平黌《こう》の仰高門日講に出られた、すると講壇にのぼったのが半之助どのだった、お側に付いていた者が気づいて申上げ、講義のあとで係りの者に尋ねると、それに相違ないことがわかった、それで殿は大学頭に会われた、仔細を問われたところ、七年まえに堀尾佐吉郎という教官の塾へはいり、それから学問所へ通ううち、才能を認められて助教に挙げられたのだそうで、もちろん身の上は隠してあるから、処士としては極めて異例だということだった。殿にはひじょうな御満足で、旧過は構いなし、儒臣として新たに召抱えるという仰せで、江戸邸ではすでに家臣の待遇をうけているそうだ」

「しかしあのような事があって」

と良左衛門はにがにがしげに云った。

「お上の御意はともかくも、半之助がさような御恩典をお受けする筈はないと思うが」

「若い者にはまたそれだけの思案があるのだろう、殿の御帰国はこの十日だ、おそらく半之助どのはお供をするだろう、そのときは意地を張らずに、褒めて迎えてやってほしい、こなたの快く迎えてやることが、半之助どのにはなによりの褒美《ほうび》だと思う」

隣りの部屋で体を固くしながら、話をここまで聞いていたお民は、それ以上は座にいたたまれず、胸ぐるしい気持で廊下へ出ていった。——あの方がお帰りになる、半之助さまが、そのことだけが頭いっぱいになって、どうしていいかもわからず、なにもかも見えなくなる感じだった。

「ばあや、どこへゆく」

小太郎がそう叫んだ。

「坊も伴れていって、坊も……」

門を出ようとすると小太郎が追って来た。しかしお民は、

「すぐ帰りますから」

と云い捨てたまま、なかば夢中でずんずん歩いていった。……どこへゆくとも知らず、どこをどう辿《たど》ったかもわからない、気がついたときは、日和山の梅林の中へ来ていた。子供を伴れて、よく海を見に来る処である。東南にひらいている斜面のかなたに梅と松との林を越して、鳥羽湾の碧《あお》い海と、美しい島々が眺められる、――ああいつもの場所だ、そう気づくのと同時に、もう小太郎とここへ来ることもできない、という悲しさがこみあげて、お民は思わず両手で面を掩《おお》いながら泣きだした。

「どうしてお泣きなさるの」

とつぜんうしろでそういう声がした。とびあがるほど驚いてふり返ると、はま女が小太郎を伴れて立っていた。

「……半之助が帰って来るのです、よろこんでもいい筈ではないか、あなたがお民どのだということも、小太郎が半之助の子だということも、わたしたちにはずっと以前からわかっていたのですよ」

「でも御隠居さま、わたくしは決して」

「仰しゃるな、喜右衛門どのから、あなたの気持はみんな聞いています。過ぎ去ったことは忘れましょう、半之助が帰って来ること、小太郎をなかに新しい月日の始まること、あなた

はそれだけを考えていればいいのです」

「わたくしにはできません」

　お民は泣きながら云った。

「わたくしには、梶井家の嫁になる資格はございません。そうする積りもございませんし、半之助さまに対しましても」

「もういちど云います、過ぎ去ったことは忘れましょう、七年まえのあなたと、現在のあなたとの違いは、わたしたちが朝夕いっしょにいて拝見しています、旦那さまがなぜ素読の稽古までなすったか、あなたにもわからないことはない筈です」

　はま女はそう云ってつと傍《かたわ》らの梅の枝を指さした。

「ごらんなさい、この梅にはまた蕾《つぼみ》がふくらみかけていますよ、去年の花の散ったことは忘れたように、どの枝も初めて花を咲かせるような新しさで、活き活きと蕾をふくらませています、帰って来る半之助にとって自分が初蕾であるように、あなたの考えることはそれだけです、女にとってはどんな義理よりも夫婦の愛というものが大切なのですよ」

　お民は梅の枝を見まもった。小太郎がそっとすり寄った。そして、

「ばあや」

　と低く呼びながら、お民の手に縋りついたとき、彼女は子をひき寄せ、重くつつましく頭を垂れた。

「顔をおあげなさい、民さん、……よく辛抱なすったことね」

「おかあさま」

お民はそう云って眼をあげたが、まるでなにかの崩れるように、泣きながらはま女の胸へ凭《もた》れかかった。

(「講談雑誌」昭和二十二年一月号)

壱両千両

一

「相談にも色いろある、が、拙者は、杉田さんを深く信じ、杉田さんのためを思ってですね、――すか、ここをよく聞いて下さいよ、貴方《あなた》の将来ということを思ってですね、底を割ってこの御相談をする訳です、すか――」

池野源十郎は酒肥りのてらてら光る顔を撫《な》でながら、相変らず無駄の多いことを仔細《しさい》らしく云う。すかというのは彼の口癖で、「いいですか」のつづまったものだ。千之助はもう飽きている、べつに短気な性分ではないが、源十先生と話しているとすぐに退屈してくるからふしぎだ。

「貴方もご存じのとおり、こう世の中がめちゃくちゃになっては、二十人やそこらの門人の月謝ではとても門戸を構えてやってはまいれない、すか、掛値のないところかような時勢にはこっちも思案を変えなければならぬ、さもないとそれこそ裃《かみしも》をきて飢死ということになりかり成る、そうでしょうがな杉田さん」

「それでどうしようというんですか」

「門人に教える腕を別の方面に活かして使おうというわけです、我々にはぬけ商売や買占《かいしめ》をする資本も才覚もない、正直のところですね、すか、――ところが世間にはそういう大きな稼《かせ》ぎをする連中がいて、これはまた我われの腕を欲しがっている、もちろん多少の危険は伴うが、それに準じて謝礼も纒《まと》まっている訳です」

「詰りぬけ商売の用心棒ですね」

「要約して云えば虚名を棄てて実をとる訳です、そこでもし杉田さんが腕を貸してくれればですね、すか、嘘のないところ礼金は七分三分ということにしてもいい、まあお聞きなさい、さし当りいま頼まれているのはさる大藩の重役だそうで、仕事も相当おお掛りなものらしい、なにしろ、今日明日という急な依頼なんでな、掛値のないところこの一つでも」

「折角ですが私の柄ではないようです」こう云って千之助はそこにある金包みを取った、「ではこれは頂いてまいりますから」

「まあお待ちなさい杉田さん、も、もし礼金の割がその、不足ならですね、すか」源十郎は狼狽《ろうばい》して立って来る、「正直なところその、四分六、いや貴方のことだから五分五分ということにしてもいいと思うんだが」

源十郎は玄関までついて来ながら、諄《くど》くどみれんがましいことを並べたてる。だが千之助はもう返辞もせずにさっさと外へ出てしまった。……とうとうおれも足許《もと》に火がついてしまった。埃《ほこり》立った道の上の白じらと明るい午後の日ざしを見ると、千之助はふと眉をひそめながら溜息《ためいき》をついた。

彼は自分の不運を世間や他人のせいにするほど楽天家ではなかったが、それにしても不徳と無恥に汚れた厭《いや》な時代だった。

杉田の家は出羽のくに庄内の家臣で、千之助は勘定方に勤めていたが、役所の内部の頽廃《たいはい》不正についてゆけないため、奉行の渡辺仁右衛門と衝突して退身した。退身しなかったら闇討ちにされたかも知れない。

——江戸へ来て三年、食い詰めて池野道場の師範代に雇われた。日本橋の槇《まき》町にあるその道場は、「念流指南」と看板を掲げているが主の源十郎は竹刀《しない》を持ったことがない、稽古は千之助にすっかり任せ、自分は刀剣売買の仲次ぎのような事に奔走していた。

だが門人は三十人足らずだから充分それで間に合ったが、それに準じて彼の受ける月謝も二分二朱というつつましいものであった……。

然しともかく一年半ばかりはそれで暮したうえ、相長屋の貧しい人たちにも時に僅かながら援助ができたのである、それが遂に道場閉鎖ということにたち到ったのだ。一昨年から不作凶作が続いて、今年はもう春さきから市中に施粥《せがゆ》のお救い小屋が出た、むろん恐るべき諸式高値で、池野念流先生も刀剣売買の鞘《さや》取りぐらいでは好きな酒が飲めなくなったとみえる。

「さる大藩の老職の依頼、——大掛りなぬけ商売、……不正な仕事の用心棒か、ふむ」

千之助は眉をしかめる、庄内の勘定奉行の老獪《ろうかい》な顔が眼にうかぶ。

「あの連中も今ごろはそんな事をやっているんだろう、汚吏奸商《かんしょう》、上に立つ者ほど悪徳無良心なのはふしぎだ」

弾正橋を渡ると、「お救い小屋」があった。まわりには、もう夕方の施粥を待つ人たちが、河岸に沿って哀《かな》しい列を作っている。老人も女房も子供も、欠け丼《どんぶり》や鍋《なべ》などを持って、肩をすくめ頭を垂れ、罪でも犯した者かなんぞのように悄然《しょうぜん》と並んでいる。千之助はそっぽを向いた。慣れた景色ではあるが見ればやっぱり胸が痛い、まして今日は我が身の上だ、いっそうこたえたとみえて足早に通り過ぎると、――向うから来た娘に呼びかけられた。

「あら、今日はもうお帰りですか先生」

小柄ではあるが胴より脚の長い、俗に小股《こまた》の切れ上ったという軀《からだ》つきで、浅黒い細おもての眼鼻だちが、利巧できかぬ気性を彫りつけたようにみえる。年はもう厄の十九、名はおよねという、同じ路地内に住む娘だった。

「ああもうお帰りだ、そっちは遅いじゃないか」

「お医者さんが来ていたもんですから、――ごめんなさいまし」ゆこうとして振返った、「富さんが道場へいきゃあしませんでしたか」

二

「いや来なかったね、富兵衛どうかしたのか」

「おめにかかるんだって、ばかに急いでましたけれど、ではお宅かも知れませんわ」

「あいつはいつも急いでる、――まあいっておいで」

八丁堀長沢町に孫兵衛店《だな》と呼ばれる一画がある。一棟に五軒ずつある長屋が十八棟、五つの路地に庇《ひさし》を並べ接して、百幾十かの世帯がごたごたと暮している。北の端の路地を入った奥の棟の三軒めが、杉田千之助の住居だった。

――此処《ここ》でもお救い小屋へでかけた者が多いのだろう、泥溝板《どぶいた》の上に傾いた日の光が明るく、遊んでいる子供たちも数は少ない。千之助は自分の住居を通り越して、五軒めの端にある鋳《い》掛屋《かけや》の又吉の戸口を訪れた。

「お兼さんいるか、――お兼さん」

声をひそめて呼ぶと、赤児に添乳でもしていたのだろう、「はい」と低く答えて、顔色の冴《さ》えない女房が衿《えり》を掻《か》き合せながら出て来た。

「まあ先生ですか、お声が違ったから誰方《どなた》かと思いました、こんないい恰好でごめんなさいまし」

「今朝はなしたものだ、足しにもなるまいが」千之助は懐中から、包んだ物を出してそこへ置いた、「なんとか出来たらまたするから――」

お兼はまあと云って顔を伏せた、言葉が出ないのだろう。千之助はてれたように急いで自分の住居へ帰った。――ところが、あがって刀を置くなりとびこんで来た若者があった。双子縞の思いきって身幅の狭い着物に平絎《ひらぐけ》を締めて、いっぱししょうばい人を気取った恰好だが眼尻の下った獅子鼻《ししばな》の好人物らしい顔をみると、折角の装《つく》りがまるで帳消しになっている。建具職で名は富三、向う長屋の端に住んでいるが、家はいつも閉めっ放し、仕事もそっちのけで下手な賭《か》け事に夜も日もない男だ。

「お帰んなさいまし、早うござんしたね」

「あいそがいいな、どうしたんだ」

こう云いながら千之助は台所へゆき、水甕《みずがめ》から半挿《はんぞう》へ水を取って双肌《もろはだ》をぬぐ。

「こもってるじゃありませんか、ちょいと明けましょう、まるで梅雨でも来るみてえに蒸していけねえ、明けますよ先生」

富三は部屋をぬけて裏戸を明ける。庇間《ひあわい》三尺で向う長屋の裏口が見える、簾《すだれ》を下ろすと軒に吊《つ》った風鈴に当ってちりちりと鳴った。——千之助は肌を入れ濡れ手拭で鬢《びん》のあたりを拭きながら出て来る。

「お願えがあるんですがね、先生」富三は揃《そろ》えて坐った膝《ひざ》の上へまじめに両手を突張る、「あっしゃこんどこそ身を固めます、ぐれた暮しにゃあ自分ながらあいそが尽きました」

「強請《ゆすり》がましいこと云うな、吃驚《びっくり》する」

「冗談ごとじゃあねえんです、本気ですぜ先生」

「なお吃驚だ」千之助は火鉢の火を掻き起こして炭をつぐ、「用というのはそのことか」

「先生は小言を仰しゃらねえ、ずいぶん迷惑をお掛け申しているが、苦い顔いちどなすったことがねえ、けれども小言てえものは云われねえほうがこたえるもんだ、ほんとですぜ、で、さっぱりと、こんどこそ足を洗います、それに就いてお願えがあるんだ、——もう一遍だけ、ひとつ黙って一分、貸しておくんなさい」

「そうくるだろうと思った、富兵衛が坐ればいうことは定《きま》っている」

「暮六つまでにどうしても要るんです、嬶《かかあ》があれば嬶を質に置いて作らなくちゃあならねえ、ぎりぎり結着待ったなしなんですから」

「このまえはお袋を質に置くといったぜ」千之助は台所から米のしかけてある土鍋を持って

来て火鉢へ掛ける、「いっそおまえ、自分を質に入れたらどうだ」

「もう本当にこれっきり、これで帳尻を締めます、なにしろ鶴の百三十五番、一三五のかぶで、富の字の三つ重ねという縁起ぞろい、当ること疑いなしってえ札なんですから」

「なんだと思ったら、また富くじか」

「五年ぶりの千両富、富岡八幡の興行なんで、鶴の百三十五番てえのをでん助が持って来たんですよ、富岡の富に富くじの富、それにあっしの名前と富の字の三つ重ね、番号がちょうどかぶとくるんですから、こいつを買わなきゃあ生涯の恨みだ」

「こっちは今の恨みだ」千之助は云われたものを、そこへ出す、「然しこれでよせよ」

「やっぱり先生だ、かっちけねえ、このとおりです、当ったらあっしは百両、残りはそっくり先生に差上げますからね」

「先に礼を云っておこうか、障子を閉めていってくれ」

　富三は横っとびに出ていった。

三

　かたちばかりの夕餉《ゆうげ》の膳ごしらえをして、坐るとたんに台所を明ける者があった。

「ね先生もう飯はお済みですか」と云う。

　隣りにいる魚屋の熊五郎だ。

　こっちから返事をするより先に、その隣りの台所が明いて、「おまえさんお帰りかえ、遅かったねえ」という声がする、これは女房のとらだ、洒落《しゃれ》でも誹謗《ひぼう》でもない、本当に亭主は熊五郎で女房はとらという名である。

「慌てるな、べらぼうめ、おらあ先生に物う申してるんだ、まだ家へ帰ったんじゃあねえ、すっこんでろ、――先生もうお済みですか」

「いま始めるところだが」千之助は台所へ立ってゆく、「――なんだ」

「それじゃあちょいと待ってくんねえ、めじの良いのがあるから刺身にしてあげようと思ってね、少しばかり残して持って来たんだ、なあに礼を云われる程ありゃしねえ、ほんの猫のひてえだ、お手数だが皿あ一枚たのみますや」

「せっかく貰っても芋粥《いもがゆ》じゃあ刺身が泣くな」

「なあに床上げの御膳と思やあ、御祝儀の内だ」

手早く作って熊五郎は「へえお待ち遠」と戸を閉めてゆく。千之助は膳へ戻って食事を始めた。――隣りの話し声が例によって筒抜けに聞えて来る。

「此処《ここ》に手拭となにが出してあるからね、おまえさん、ちょっとひと風呂あびて来て下さい」

「箆棒《べらぼう》め、こんなに遅くなって垢《あか》っ臭え湯へへえれるか、それより腹が減って眼が廻りそうなんだ、すぐ飯にしてくれ」

「あら困った、おまえさん、お菜はこれから作るんだけど」

「定ってやがら、一日じゅうとぐろを巻いてやがって、亭主が腹を減らして帰えるのに、飯の支度も出来ちゃあいねえ、足を洗ってるんだ、雑巾をよこしな」
「あいよおまえさん、それあ、わかってるけど、作りたての温かいところをあげようと思ってさ、おまえさん」
「ごたいそうなことを云やあがって、なにを食わせようってんだ」
「きんぴらなのよ、おまえさん」
「おきやがれ、塩鮭《しおざけ》の焼いたのやきんぴらあ冷たくなってからが美味《うめ》えもんだ、うっちゃっときゃあ舌を焼くようなぬたでも拵《こしら》え兼ねねえ——着物はこいつか、おい三尺がねえぜ」
「あら、そこへ出しといたよ、おまえさん足もとにないかしら、おまえさん」
「此処にゃあ女の腰紐《こしひも》ッきりありゃあしねえ」
「あら厭だ、——まあ厭だおまえさん、ほほほほ、ばかだわあたし、自分のを出しちゃったのよ、おまえさん、あたしどうかしているのね、おまえさん」
「どうするものか、てめえの馬鹿とのろまは生れつきだ」
「あ、ちょっと、おまえさん手拭を貸して、おまえさん衿のここんとこがまだ濡れてるじゃないの、おまえさん」
「止《よ》さねえか擽《くすぐ》ってえ、自分で拭かあ、——ああ忘れてたおとら、盤台の中にへえってるものがあるから出しな、勿体《もったい》ねえがてめえに持って来てやったんだ」
「あらなんだろうね、おまえさん、——あらあらくさやだわ、これあたしにかえ、おまえさん、勿体ないわよ、おまえさん、こんな高価《たか》いものを、口が曲りゃあしないかねえ、おまえさん」

「その甘ったるい声を止さねえか、夫婦んなって八年も経つのにおまえさんおまえさんッて、げえぶんが悪いばかりか頭ががんがんすらあ、飯あまだか」

「あい、もうすぐよおまえさん、——八年だって十年だっておまえさん、おまえさんはあたしにとってはおまえさんなんだもの、しょうがないじゃないの、おまえさんが悪ければおまえさんの代りにおまえさんをなんと呼んだら」

「ええうるせえ勝手にしろ、おらあみぞおちが痒《かゆ》くなってきた」

隣りの会議は、千之助にとっては慰安の一つである、彼はこころ楽しく夕餉を済ませた。然しあとを片付けて、さて行燈《あんどん》の前に坐ると、明日からのことがまた胸につかえてくる、——世間はひどい不景気だ、手に職をもちながらお救い小屋で露命をつないでいる者が少なくない。内職などもあることは有るが奪い合いで、しぜん手間賃なども話にならない安さである、日雇い人足はもちろん、棒手振《ぼてふ》り行商の類も同業が多くて共食いのかたちだ。こんな中へ、なに一つ芸のない彼がどうまかり出たらいいだろう。

「辻に立って太平記でも読むか」

こう呟《つぶや》いてみてすぐ首を振る。これも殆んど氾濫《はんらん》状態なのだ。太平記読などは享保《きょうほ》時代のことで、とっくに寄席講釈へ発展解消していたが、半年ほど前に浅草で浪人者が三河後風土記を読み出して以来、あっちにもこっちにも真似る者が現われ、現在ではちょいと繁華な辻にはたいていてい立ってやっている——こう考えてくると息が詰りそうになった。

「これは始末にいけない」千之助は堪らなくなって立った、「六兵衛でも見舞ってやろう、あんまり面倒くさければこの世におさらばだ」

こんなことを呟きながら、脇差だけで外へ出ていったが、向う長屋の端に六兵衛の住居がある。元は飾職をやっていたが、二年まえに痛風で臥《ね》たっきり起きられない、孫娘のおよねが大根河岸の「八百梅」という料理茶屋に勤めて、その稼ぎで辛くも生計を立てている。長吉という伜《せがれ》は、十年ほどまえ、女房に死なれてからぐれだして土地にいられなくなり、上方へ出奔したまま消息がなかった。——声をかけて上ると、六兵衛はまっ暗がりに臥ていた。

「灯をどうしたね、消えてしまったのか」

「点《つ》けなかったんでさ」老人は寝返りをうつ、「油が勿体ねえから、いま点けましょう」

「いやこのままがいい、盲問答も乙なものだ、よね坊が医者が来たとか云ってたが、具合でも悪かったのかい」

「なアにあいつが呼んで来たんでさ、店へ来る客に聞いたんでしょう、痛風を治す上手な医者があるってんで、——よせばいいのに、金を捨てるようなものですからね、ろくに触ってみもしねえ、これは骨の病だ、全快はおぼつかないが痛みは止められるってね、詰りは高価い薬の押売りでさ、高価い代りにひとめぐりのめば十分だ……のりとは定ってますよ」

四

「だが人間てな、いいもんですね、先生」六兵衛は息をついて云う、「四十四五でしょう、その医者、もう白髪まじりで、蜜柑《みかん》の皮みてえな鼻をしてましたっけ、こう容態ぶってから、痛風は骨の病だ、なんてね、——あっしゃあすっかり嬉しくなりましたよ」

千之助は思わず苦笑した、塞《ふさ》がっていた胸が僅かに軽くなる、六兵衛はちょっと寝具合を直し、溜息をついて、また続けた。

「こうして寝ていると、いろんな人間のことを考げえまさ、六十五年、短けえ月日じゃあなかった、それもまことにしがねえ、恥ずかしいような境涯ですがね、生れて来ねえほうがよかったなんて、親を怨んだことも度たびでしたが、——それでも思い返してみると無駄じゃあなかった、生きて来たればこそあいつにも会えた、あの男とは兄弟の約束をした、こいつとは喧嘩《けんか》もしたがよく飲みもした、お互いに苦しい中で心配したりされたり、……考げえるとみんな懐かしい、気にくわねえげじげじだと嫌ったやつにも、やっぱりいいところがあったのを思いだすって訳でさ、——あっしが親方んところを出て、木挽町《こびき》へ初めて飾屋の店をもった時のこってさ、兄貴分に当る男が地金の世話をするってんで、五両ばかり預けた、あっし共にゃあ、ひと身上です、おまけに八方借りで、店を持った初っぱなの、それこそ血の出るような金でしたが、それを持って逃げられた、……あっしゃあ十日ばかり気違えのようになって捜し歩きましたよ、匕首《あいくち》をのんでね」

老人の調子はまるで楽しい事を回想するかのように和やかな温かい感じだ、深い溜息をついて、また続ける。

「——だがその男にも事情があったんでさ、ずっと後でわかったんですが、死ぬほど想い合った女があって、それと駆落ちをしたんですね、さもなきゃあ心中するところだったそうです、……五両、匕首、駆落ち、——人間てないいもんです」

一刻ほど話して家へ帰ると、千之助はずっと楽な気持になっていた。これまでにも六兵衛から色いろ話を聞いた、みんな有触れた平凡な話題で、おまけにたいていが悲運や貧苦や不遇とからみ合っている、にも拘《かかわ》らずその貧乏や不仕合せのなかに、云いようもない深い味わいがあり、人の世に生きることのしみじみとしたよろこびが感じられる。最も数の多い人たちは、みなそのように生きているのだ。物や金には恵まれない、僅かな蹉《さ》跌《てつ》にも親子兄弟が離散したり、心にもない不義理をしたりする、然しそれでも人は互いに身を寄せ合い、力を貸し合い、励まし合って生きている。「遠い親類より近い他人」とか「渡る世間に鬼はなし」とかいう言葉は、この人たちの涙から生れたものだ。——千之助は老人の話を聞くたびに、素のまま飾らない生き方、本当に人間らしい生き方がわかるように思う。

「あの病人を抱えて、十九のおよねでさえ生きてゆく、どうだい先生」千之助は苦笑しながら自分にこう問いかけた、「五躰《ごたい》満足な男が、なにもそうあわてふためくことはないじゃないか」

茶でも淹《い》れようと思っていると、路地を入って来た足音がこの家の前で停り、戸口へどしんと軀をぶつける音がした。振向くと、がらがらと戸が開いて、誰かが土間へ転げこんだ。

「誰だ、——定公か」

こう云ったが返辞がない、いって障子を明けると、くの字なりに軀を折って苦しそうに喘《あえ》いでいる、よく見るとおよねである。千之助は肩を持って援《たす》け起こそうとしたが、ひどい酒の匂いをさせて、海月《くらげ》のように力がない、両手を脇の下へ入れて抱きあげるように部屋へ入れた。――戸障子を閉めて戻ると横になったまま、「済みません、少し休ませて下さいまし」と云う、舌がもつれている。千之助は座蒲団を折って頭の下へ入れてやった。

「水をやろうか、苦しいだろう」

「先生そんなこと、罰が当りますよ」

彼は立って、湯呑へ水を汲《く》んで来てやった。およねは九分どおり息もつかずに飲み、ちょっと頂いて置くと、また横になって眼をつむった。

「橋のところまで来たら急に酔いが出てきちゃって」そんなことを呟く、「お祖父《じい》さんに心配させるのが厭ですから、少しさめるまで休まして頂こうと思って」

千之助は我知らず眼をそむけた。

「こんな恰好をお見せしては、あいそをつかされるわねえ、先生」暫《しば》くしておよねはこう呟いた、「でもしようがない、もうどっちでもいいんだもの、――夢もおしまい、みんなおしまいになっちゃったんだから、おんなじことだわ」

千之助はそっと振向いた。およねは眼をつむっている、つむっているその眼尻から、涙が頬へ糸をひいている。

「――先生」

と呼ぶので答えると、そろっと片方の手を出した。千之助がそれを握ってやると、急に寝返りをうち、男の手のひらへ顔を伏せて泣きだした。俯伏《うつぶ》せになった背中が烈しく波をうち、彼の手はひたひたと涙で濡れた。

五

「珍しいじゃないか、よね坊が泣くなんて」千之助はわざと笑いながら云う、「店でなにかあったんだね、話してごらん、誰かに悪口でも云われたのかい」

　およねは答えなかった、四半刻ばかりも経つと起上って坐り、涙を拭きながらこちらを見た。笑おうとするらしい、唇が顫《ふる》えて歪《ゆが》む。

「済みません、すっかり甘えてしまって、お驚きなすったでしょ、先生」

「まごついたことは慥《たし》かだ、少しはさっぱりしたかい」

「もう大丈夫ですわ、おかげさまで」

「じゃ話してごらん」千之助はさりげない眼つきで云った、「いったいなにがどうしたんだ」

「なんでもないんですよ、ただ甘えてみたくなっただけ」およねは辛うじて笑う、「先生を吃驚させてあげようと思って、ほほほ、でも本当に泣いちまってはあたしの負けね、さ、おいとましましょう」

「話せないんだね」

　こんどの眼つきは厳しかった。

「本当になんでもないんですよ」およねは帯を直しながら立つ、「なんにもある訳がないじゃありませんか、あら、まだふらふら、——ごめんなさいましね、先生」

腑《ふ》におちないものがあった。普通のようすではない、幾ら勧めが勧めとはいえ、酔うほど飲むというのもおかしいし、もらした言葉にも隠れた意味がありそうだ。——寝苦しい夜である、けれども夜半すぎに降りだした雨の音で、いつか眠りにひきこまれていた。

朝になると、すっかり雨はあがった。彼は芋粥を仕掛けて置いて、久方ぶりの朝湯にでかけた。熊と虎が来ていて挨拶をした。嘘ではない、熊吉に虎造、向う路地に住んでいる大工の手間取で、十三の年から同じ頭梁《とうりょう》の下で育ち、同じ時いっしょに頭梁の家を出た、長屋一軒を借りて二年いっしょに暮し、去年の十一月それぞれ女房を貰って、隣り同志に世帯を分けた。

どっちも大柄の肥えた軀であるが、虎が胸から手足から顔まで毛深いのと、熊が滑らかな膚で脛毛《すねげ》もなく、髪も疎《まば》らだし眉毛も薄いところだけ違っている——仲の良いことはもう断わるまでもないだろう、然し長屋百数十軒かのうちで、この二人ほど喧嘩をする者もない、尤《もっと》もそのきっかけはたいていばかげた詰らないもので、いつも長屋じゅうを笑わせてけりがつくという風だ。……つい最近の一つを紹介すると「竜問答」というのがある。熊吉が「竜てえやつはなにを食うだろう」というのが始まりだった。虎造は、「あれあ蛇の甲羅をへたものだから、蟇《がま》げえろだ」と云った。

「馬鹿あ云え竜は百獣の王といわれるくれえのものだ、そんなしみったれた物を食う道理がねえ、第一おめえ蛇が甲羅をへたのはおろちからうわばみになるんで、竜たあまるっきり人別が違わあ」

「おめえたいそう学があるな、偉えもんだおったまげた、へえ、竜と蛇とは人別違えかい、じゃあ訊《き》くが竜はなにからわくんだ」

「孑孑《ぼうふら》みてえなことを云やあがる、竜はわくとは云わねえ昇天するってんだ」

「昇天たあなんだ」

「竜が生れることよ、孑孑はわく人間はお誕生で竜は昇天、百獣の王だから奉ってあるんだ、ざまあみやがれ」

「ちょいと待ちねえ、おめえさっきから百獣の王てえことを云うが、講釈で聞いてみねえ百獣の王ってなあ獅子のこったぜ」

「うーん痛えところを突きゃあがった、なるほど、百獣の王は獅子よ、竜はそのあれだ、それ、なによ、万物の霊長てえんだ、吃驚して鼻血でも出すな」

「なんだか他処《よそ》で聞いたような苗字だが、まあいいや、それはそうとして餌《えさ》の話にしよう、蟇げえろでなけれあなにを食うんだ」

「定ってらあ細工物よ」

「細工物たあどんな細工物だ」

「細工なら好き嫌いはねえ、なんでも食わあ」

「じゃあ莨盆《たばこぼん》なんぞも食うか」

「食わなくってよ」

「箪笥《たんす》だの文庫だのはどうだ、帳場格子だの銭箱だの机だの長持だのみんな食うか」

「束で持出しゃあがったな、安心しねえみんな食うから」

「証拠はあるのか」

「あるのねえのって番太《ばんた》でも知ってらあ、細工はりゅうりゅうってよ」

「この野郎」

と云うなりぽかっと拳固が飛んで、取組み合いになった。

「珍しゅござんすね先生、稽古はお休みですか」

「ああ休みだ、おまえ達はどうした」

「わっちは日当付きの保養でげす」虎造が顎《あご》を撫でる、「おほん、なんせにんげん利巧でねえとつとまりやせんのさ」

「また喧嘩か、よく飽きないもんだ」

「いえこうなんで」熊吉が頭へ載せた手拭を取る、「ゆうべ夜中に降りだしたでしょう、すると虎の野郎が壁越しにこの雨は朝まで続くか続かねえかと云やがるんで、わっちはちょうど山の神と、とっとっと——で、なんしたもんですから、箆棒《べらぼう》め人をみくびるな、朝まで続いたらどうするってどなったんで、そうしたらこの野郎、もし続かなかったらどうするってやがる、どうするものか一日分の日当そっくりくれてやると云ったんでさ、……そうなるとこっちも意地だ、山の神にも因果をふくめましてね」

「頓痴奇《とんちき》なもんですぜ先生」虎はげらげら笑いだす、「この野郎まるっきり勘違えをやらかしゃあがって、朝起きた面てえものは青瓢箪《あおびょうたん》に眼鼻でさ、頬ぺたなんざあげっそりそげちまって、ふがふがーッてやがった」

六

「なんだと云ったら、おれの勝ちだって、こっちはまだ気がつかねえ、眼を明いてよく見ろ、お天道さまが出て青空だ、雨あ上ったぜ、こう云ってやると野郎妙な面あしやがって、またふがふがふがーッてやがる、情けねえ声でしたぜ、ゆうべなア雨の話かって、おめえなんだと思ったんだ、こう訊《き》きますとね、恨めしい眼つきをして、雨ならあがるとか晴れるとかいうがいい、いっぱい食ったたって怒ってやがる」

「そうじゃありませんか先生」熊吉はぶるんと湯で顔を洗う、「晴れるとかあがるかならわかりまさあ、それをいかがわしいうろんなことをぬかすから」

「おれにはなんのことかさっぱりわからない」千之助は苦笑しながら柘榴口《ざくろぐち》を出た、「どっちにしろそれが二人の楽しみなんだろう、まあ一日ゆっくりやるがいい」

風呂から出て来ると、路地口にある棗《なつめ》の樹の若葉に眼をひかれた。晴れあがった青空へ高くぬいた枝々に、浅みどりの柔らかそうな細かい葉が、きらきらと音もなく風にそよいでいる。眺めていると郷愁に似た想いが胸にわく、遙《はる》かに遠く誰かの呼ぶ声が聞えるようでもあった。

なにか仕合せなことでも起こりそうな、豊かな気持で家へ帰ると、ちょうど鋳掛屋の女房が来て台所を明けようとしていた。

「いたずらにこんな物を作ってみたんですが」お兼は前掛の下から鉢を出した、「お口に合うかどうですか、――うちの故郷のほうでよくするんですって、あがってみて下さいまし」

「それはどうも、又さんは幾らかいいかい」

「ああ昨日は先生」お兼は低く頭を下げた、眼があげられない、「おかげさまで今朝はずっと楽だと云ってますの、あとで玄庵さんが来て下さる筈ですから――」

「それはよかった、まあ大事に」

お兼は明るい眼つきになっていた。亭主の又吉は十五日ほどまえに仕事先で屋根から墜ち、脛を挫《くじ》いて臥ていたのである。親方なしの請負いだし、仕事先が薄情な家で、薬代の一文も出そうとはしなかった。おまけに初めに掛った骨接ぎが下手で、玄庵という医者にやり直して貰ったが、そこの肉が挫いた骨へどうとかしたそうで、五六十日は働けまいということなのである。

――朝飯に貰った物を摘むと蕗《ふき》の葉を佃煮《つくだに》にしたものだった、東北の郷土料理で庄内にいた頃はよく喰べた、では又吉は北のほうの生れなのだろう。ふるさと遠く病む、佃煮のほろ苦い味のなかに千之助はふとそういう言葉を嚙《か》み当てるような気持がした。

あと片づけをして、残った芋粥をひと杓子《しゃくし》、小皿に取って壁際へ置くと、待っていたように鼠が一匹ちょろちょろと出て来た。裏の戸袋の隅に穴があってそこから来る、初めはまだ足つきも危ないほど小さかった、黒いつぶらな眼でこっちを見ながら、落ちている米粒を嚙んでいた、退屈まぎれに少しずつ馴らしたら、今では皿に取ってやるのを待ち兼ねて出て来る。

おかしなことに朝と定っているし、他の鼠は決して姿を見せない。もうすっかり大きくなって、千之助がなにか指で摘んでやると、側へ来て両手で指からじかに取って喰べる。――鼠は小皿の前まで来て止り、例の山葡萄のような黒い眼でこっちを見た、千之助は横になってついにこりとする。

「おまえまだ上さんや子供はないのか、うん、そろそろ嫁取りの年頃なんだろうが、嫁を持ったら他の家へゆくんだぞ、おれもやがてお救い小屋の仲間だからな、うん、人間なんて――」

こんなことを呟いていたがふと口を噤《つぐ》んだ。隣りでおよねの声がする、ひそひそ声なので却《かえ》って耳についたのだろう。

「ええお願いします、事によると今夜は帰れないかも知れませんから――」

これだけ聞くと千之助は起き直った。寄るかと思ったが、およねはそのままいこうとする。彼は戸口へ出て呼び止めた。

「およね坊、ゆうべの忘れ物がある、お寄り」

およねは悄《ぎょ》っとした、ちょっと躊躇《ちゅうちょ》する、然し千之助の厳しい眼を見ると俯向いて、しおしおとこっちへ戻って来た。

「お上り」こういって彼は部屋へあげ、坐るのを待って静かに云った、「ゆうべの忘れ物、どうしてあんなに酔ったのか、どうしてあんなに泣いたのか、醒《さ》めてみたら聞く積りでいたんだ、話してごらん——、断わっておくが、今日はごまかしはきかないよ」

およねは、暫く俯向いていた。云いたくないらしい、千之助はこわい眼をし唇をひき結んで黙っている、嘘やごまかしでは済まない、およねにはそれがよくわかった。

「あたし、お客さまの物を盗んだんです」いきなりこう口を切った、「いつもあたしにしつこいことを云うお客でした、お武家で、もう老人の方です、——すぐみつかって」

「始めから話してごらん、筋のとおるように話さなくちゃあわからない」

およねはちょっと考えてから話しだした。三月ほどまえから八百梅へ来る侍客があった。「舟さま」と呼ばれて、商人風の男と来て人を遠ざけて密談をし派手に飲み食いをし、その割にはしみったれた心付を置いて帰る。先月あたりからだろう、宴が終ってから独り居残って、およねを相手にながいことねばっていくようになった。

七

身の上や暮しのもようを、諄《くど》く訊く調子や、そぶりに厭らしさがみえ始めたと思ったら、祖父の面倒もみてやるから妾《めかけ》になれと云う、……いつも名指しで給仕に呼ばれ、酒にも料理にもうるさくって文句の多いうえに、帳場や朋輩に恥ずかしいほどしか心付を置かない、それで妾が聞いて呆《あき》れると、こっちはまじめに返辞をする気さえなかった。——昨日またその「舟さま」が来て、三人の客と飲み食いをして帰ったあと座敷を片づけていると座蒲団の下から紙入が出て来た、舟さまの席である。

「魔がさしたとか出来ごころとか、そんな逃げ口上は云いません、あたしお金が欲しかった、紙入の中を見ると十二三両あります、いつも我儘《わがまま》を云うくせに気恥ずかしいほどの心付しか置かない客、ぬけぬけ妾になれなどと厭らしいことを云う客、——たった一両でいい、そのくらいは貸し分になってるくらいだ、……ええあたし抜きました、小判を一枚」

云いかけておよねはがたがたと身を震わせた。そのときの動転した気持が返ってきたのだろう、袖口をぎゅっと噛んで、蒼《あお》くなって、やや暫く息を鎮める風だった。

「——そのとたんに帰って来たんです、そのお客が、まるでどこかから見てでもいたように、すっと入って来てあたしの前に立ちました、……そして、馬鹿のように立っているあたしの手から紙入を取り、中の物をそこへすっかりあけて、丹念に金を調べるんです、あたしは口も利けずに見ていましたが、もう我慢できなくなって、帯の間から小判を出し、堪忍して下さいと云いながら——」

千之助は胸を抉《えぐ》られでもしたように、眉と眼をひとつに絞って脇へそむいた。……侍客は難題をふっかけてきた、「十両足りない」と云う、これまでにも三度あった、訴えるというのである。

およねはもう逆上ぎみで、どうか堪忍して下さいと繰り返すばかりだ、そこで客は坐り直した、改めて酒を運ばせ、およねにも飲ませた。切り出した話は云うまでもあるまい。およねは承知した、そして酔ったのである。

「その一両は、薬代だね」千之助が嗄れた声で云った、「——それで、今日からその客に身を任せる積りだったんだね、貞女、いや孝女というやつか」

およねは歯をくいしばっている。千之助はそっぽを向いたまま続ける。

「およねは金が入用だった、お祖父さんのために、一両という金がどうしても入用だった、有るところには唸《うな》っている、然しおよねにはその欲しい一両という金がない、普通のことでは算段のつかない暮しだ、……その客は料理茶屋へ繁しげ通い、右から左へ遣い棄てている、一両ぐらいの金はなんでもあるまい、およねが一枚ぬく気になったのは無理がないかも知れない、——だがなあよね坊、おまえだってそれが善いことだと思ってした訳じゃあないんだろう、悪いと知ったら、みつかった時どうして肚を据えなかったんだ、どうして突出して下さいと云わなかったんだ」

千之助は、ちょっとそこで言葉を切る、およねはひきいられるように耳を澄ます、こんな調子で千之助がものを云ったことはなかった、ひと言ひと言が針を打たれるように痛い、だがそれはもっと強くもっと烈しく、びしびし打って貰いたいような痛さだ。およねは息がはずんできた。

「貧乏人の弱さはそういうとき肚の据《す》わらないところにある、他人の物をとるということはよくせきだ、然し貧窮するとどうしてもそうしなければならない場合がある、およねもそうしなきゃあならなかったんだ——だとすればあたしが悪かった、どうか訴えて下さいとなぜ云えない、そのときになって内聞にしようとか、世間に恥を曝《さら》したくないとか考える、そこが彼等のつけめなんだ、貧乏人ほど世間をおそれ、悪いことを恥じるものはない、彼等はそれをよく知っている、そこをつけめに網を掛ける、その客も初めからそこを覘《ねら》って仕組んだんだ」

　こう云って、千之助はおよねを見た。

「こんな子供騙《だま》しの手に掛って、ぐすぐすべそをかくようなよね坊とは知らなかった、それならおれがとっくに口説くんだったよ、——その客はいつごろ来るんだ」

「暮れてからと云ってました」

「先へいっておいで、暮れるまえにおれがいく、侍なら、云ってやることがあるんだ、きれいに話をつけてやるよ」

　千之助は肚を立てた、恐ろしく肚を立てている。庄内で勘定奉行と衝突した時の何十倍も肚が立つ、どこの侍か知らないが、おそらく役目を利用して流行のぬけ商売でもやり、あぶく銭を摑《つか》んだうえの脳天気《のうてんき》だろう、それにしても細腕に病人を抱えた貧しい娘を、あくどい仕掛けで泣かせようとは男の風上にも置けないやつである。

　——どう云って面の皮を剝《は》いでやろう、殆んど半日、彼はそのことだけを思いめぐらしていた。大根河岸の八百梅は二階造りのかなり大きい建物だ。千之助がいったのはまだ早かったが、露地づくりの入口には打水盛塩がしてあり、濡れた飛石の面に清《すが》すがしく植込の竹が影をおとしていた。

八

知らない年増《としま》の女中に案内されたのは狭い座敷だ、窓を明けると堀が見える。たぶん彼の来ることが話してあったのだろう、茶を運んで来たのはおよねだった。着換えて、薄化粧をしている、いつも見馴れたのとは段違いに美しい。

「いやだわ、そんなにごらんになって」およねは眼の隅で睨《にら》んだ、「顔になにか付いてますか」

「鏡を見るんだね、――まだ来ないんだろう、酒でも貰おうか」

「お好きでもないのにそんな」

「酒は好きだよ、飲めないから飲まなかったまでのことさ」千之助はにこりとする、「せっかく八百梅に上ったんだ、この家の自慢のもので一杯やっていこう」

およねは詫《わ》びたげな眼で見て立つ、千之助は窓框《まどがまち》へ腰を掛けた。――堀の向うは銀座一丁目、河岸には印の付いた白壁の倉が並んでいる、倉と倉の間から黄昏《たそがれ》どきの忙しい往来が見え、大きな柳の枝隠れに人が集まって騒いでいる。

「富岡八幡の千両富、――大当りは……」などと喚くのが聞える、富籤《とみくじ》の当り触れらしい。

「大当りをもういちど、ええ鶴の」

という声に千之助はちょっと耳を澄ます。

「鶴の――ひゃく……じゅうご番」

はっきり届かないが、鶴の百なん十五番かである、さすがにどきりとする、どきりとしてから自分で衒《て》れ、舌打ちをして空を見る。濃い紫色に暗紅の縁どりをした棚雲がある、なにかの鳥が渡っている、捨てて来た故郷の山河が眼にうかび、太《と》息《いき》をつきながら腕組みをした。

白鱚《しらきす》の糸作りに蟹《かに》うにで酒が出た。独りがいい、およねを去らせて、久しぶりの盃《さかずき》を手酌でしみじみと啜《すす》る、それだけで豊かな気持だ、ふしぎに心が軽くなる。

「鶴の百なん十五番か、富兵衛きっと蒼くなったろう」

こんなことを呟く、なに自分だってどきりとしたくせに、——行燈へ灯がはいった、膳の上には汁椀や焼物の皿が並び、酒は二本めで、快く酔いが出てきた。

およねがなにも持たずに入って来て坐る、眼を見ると、頷《うなず》いて燗徳利《かんどっくり》を取り、酌をする。

「伴れがあるのか」

「え、お武家らしい方が一人、——いまお膳を置いて来たところです」

「隣りへ移れるか」

「ええ、明いています、家の者にもひととおりいってありますから」およねは微笑する、「仰しゃるとおりにしましたの、お帳場でみんなに、残らず恥を話しました、いい気持です」

「あたりまえさ、大したことじゃない」

間もなく席を移した。階下へおりて中廊下をゆき当ると、一間ばかりの渡りがあって別棟の座敷に続く、こっちは平屋で座敷が三つ四つあるらしい。千之助の通されたのは控えのような六帖《じょう》だった。——坐って盃を取ると、隣りの話し声がよく聞える、一人は風邪をひいているとみえて、甲高い咳《せき》をし、鼻をかみ、がさがさ嗄れた声で話す、片方は聞き役で、うむ、はあ、さようなどと、合槌《あいづち》をうつばかり、時どき大きな追従笑いをする。——話はぬけ商売の事だ、大阪へやる回米船の一艘《そう》を新川へもぐらせてある、二百俵下ろして捌《さば》くのだが例の仲買の手が邪魔になるというようないきさつだ。

「そいつらは拙者が引受けます」相手が初めて口らしい口をきく、「仲買の手というのは猿島屋ですよ、わかっとります、彼等ならですね、——すか、猿島屋ならもう御心配は御無用ですよ」

千之助は思わずにやにやとした、池野念流先生である、さる大藩の重役からさし迫った仕事を頼まれていると云った、これがその「仕事」なるものに違いない。聞いていると頻《しき》りと「すか」「すか」とやっている。——そこへおよねが酒を持って来た、千之助はそっと囁《ささや》く。

「舟さまというのはどっちだ、いま饒舌《しゃべ》ってるほうか」

「咳をしているほうですわ、ほらあの咳」

そうだろう、まさか念流先生の筈はない。頷いておよねをゆかせ、暫くしてそっと襖際《ふすまぎわ》へすり寄った、さる大藩の重役というのが見たくなったのだ。然し襖は重くびっしりと合わさっている。やめにして戻って、盃を取った。——間もなく女中が隣りの客を案内して来た、侍である。

「やれやれ」

千之助は盃を置いて横になった。当人が独りにならなければ具合が悪い、念流先生を驚かすのは罪だ、彼は眼をつむった。

「どうなさいました」

およねが来てそっと囁いた。

「お酔いになったんですか」

「独りになったら知らせてくれ、それまでひと眠りしよう、いや飯はたくさんだ、水でも持って来といて貰おう」

別の女中が水を持って来た、ひと口飲んでまた横になったが、すぐに恟っとして頭をあげた。後から来た客の声に聞覚えがある、声も声であるがその訛《なま》りは忘れられない、なつかしい山河と切離すことのできない庄内訛りだ。

千之助は坐り直した。

血が騒ぎだす、そうだ、慥かに庄内の侍だ、間違いはない、するとあの咳は、――あのがさがさした声は、……血はもっと騒ぎだす、三年まえの昂奮《こうふん》が返ってくる、握り緊めた拳《こぶし》が震える、――勘定奉行だ、あの咳も嗄れ声も渡辺仁右衛門のものだ、紛れない、あの古狸《ふるだぬき》め江戸詰になったのか、千之助はむずとあぐらをかいた。

九

およねが知らせに来たとき、彼は肱枕《ひじまくら》で横になっていた。これから座敷へいくといっておよねが去ると、起直って水を飲んだ。さっきの昂奮はもう鎮まっている、洒落の一つも云いたいくらいである。

——隣りへおよねが入った。

「今日はまるで姿をみせなかったな、まあこっちへ寄れ、はは、祝言の盃だ」

まだ酔ってはいない、酔った振りをしているが声は慥かである。

「どうした、十九にもなればそううじうじする年でもあるまい、とにかく一杯、これは女から飲むものだろう、済んだら駕《かご》を呼んでな、家は向島だ、これ、世話をやかせるな、わしは気が短い」

手でも取ったのだろう、「あれ」という声がした。千之助は刀を左手にさげ、間の襖を明けて入ると、ずかずかいって正対に坐った。向うは六十近い年頃であるが、中肉の精悍《せいかん》な躰格で髪も眉も艶《つや》つやと黒い、正しく渡辺仁右衛門、細い眼でぎろりと見たが、およねの手を突放し、脇息《きょうそく》へ左の肱を凭《もた》せて、「なんだ」と云う、こっちを忘れているらしい、千之助はぐっとおちついて相手を見た。

「およねから精《くわ》しいことを聞いたので、挨拶に来たんです、女は単純だから話にならない、貴方の冗談をほんとにしているんです、なにしろ子供のように泣いているんですからね」

「私は冗談は嫌いだ」と相手もおちついたものである、「女の泣く姿も悪くはないものさ」

「私はまた女の泣くのと年寄りの色狂いくらい嫌いなものはありませんね、それも刀を差して武家だと威張る人間が無頼も恥じるような罠《わな》を仕掛けて、娘の首の根を取って押えるなんかは卑劣も下の下だ、——おやめなさい、よしたほうがいいですよ」

「それよりおれが亭主だと云わないのかい」こう云って老獪に冷笑する、「話の諄いのは御免蒙《こうむ》る、片をつけるなら早くしてくれ、幾ら欲しいんだ」

「安くまけましょう、米二百俵」

　老人は脇息の肱をあげた。

「まだ思いだしませんか渡辺さん」千之助はにこりと笑う、「三年まえに庄内で喧嘩をした相手です、貴方にとっては厭なやつだった、やっぱり闇討ちにしなくちゃいけなかった、これならわかるでしょう」

　老人の唇が歪んで歯が見えた。

「杉田、――杉田、千之助」

「それだけで驚いちゃあ困ります、藩の回米船を一艘はじいて、新川から横へ捌く話も聞いているんです、――渡辺さん、一両の籔《やぶ》をつついて大変な蛇を出しましたね」

「待ってくれ、杉田、話がある」

「いや話は庄内でついていますよ」千之助はおよねを促して立った、「尤も断わって置きますが、二百俵の米は藩の方から貰います、その位の値打はあるでしょうからね、貴方もこれが最後だ、ひとつ試しにじたばたしてみるんですね」

　千之助はさっさと廊下へ出たが、振返って笑いながらいった。

「貴方は誤解しているようだからいいますがね、およねは決して私の女房じゃありません、そんなことは考えてもいませんよ、およねが怒ります」

渡辺仁右衛門は、じたばたした。老人はその年の二月、江戸邸の勘定奉行になった。不正な金をばら撒《ま》いて身方に付けた者が少なくない、然し千之助の投じた石は意外に大きな波紋を起こし、老人は役を解かれて同類と共に吟味ちゅう牢舎《ろうしゃ》ということになった。

——だがそんなことはどっちでもよかろう、五日めに千之助へ二百俵の米が無償で払い下げになった。彼は百五十俵をお救い小屋の施粥用に献納し、残りの五十俵を孫兵衛店の長屋へ配った。

米俵が長屋へ運び込まれた時の長屋の騒ぎは御想像に任せよう。四カ所で俵を開き、すっかり配り終った時はもう夜になっていた。千之助はどうしたろう。彼は家で酒を飲んでいる。長屋の持主で質商の杵屋《きねや》孫兵衛、差配、表通りの三河屋、米問屋の大助などという人物が、酒肴《さかな》持参で昼から押掛けていた。

「やっぱりお武家だ」

「そう云っても出来ないこった」

「御入国以来こんな話は初めてだ」

定り文句である。然し下町人の、いざとなれば肌をぬぐ気持が嘘でなく表われている。彼等の感動を、千之助はすなおに受取った。——そうだ、これがなにかのきっかけになるかも知れない。なにかが新しく転換するかも知れない。人間というものはいいものだ、生きるということはいいものだ。八時になると、客は帰っていった。給仕をしていたおよねは、いちど祖父をみに家へいったが、すぐに戻って来て、あと片づけに掛った。

「お疲れでしょう、先生、横におなんなさいましな」

「米は配り終えたんだね」

「ええもう済みました、――みんな夢じゃないかしらって、中には泣いている人もいましたわ、明日はお礼に来る人でたいへんですよ」

「じゃあ、夜が明けたら逃げだすことにしよう」

「あら――」汚れ物を台所へ持っていったおよねが吃驚したように声をあげる、「だあれ、そこにいるの誰よ」

「どうしたんだ、なんだ、よね坊」

「台所に誰か寝て……あら厭だ、富さんじゃないの、先生、こんな処に富さんが寝ているんですよ」

「うっちゃっといてくれ」富三の声である、呂律《ろれつ》がよくまわらないようだ、「おらア死ぬんだ、人を馬鹿にしやがって、くそくらえ」

千之助が立っていく、流し前の簀子《すのこ》の処へ富三が丸くなっている、「おい富兵衛」と呼ぶとびくっと足を縮めた。

「そんな処で威張ってもしょうがない、こっちへ上れ、酒があるぜ」

「先生ですか」

富三は顔をあげる。

「ああ先生だ、ふへへへへ」

「妙な声を出すな、笑うのか泣くのか」

「あっしア駄目です先生、いけません、この世にゃあ神も仏もねえ、あっしア死んじゃいます」

「下らないことを云うな、富が外れたくらいで」

「いいえ当ったんだ、外れたんならいいが当っちゃったんです」

「当ったア……寝言を云っちゃあいけない、確《しっか》りしろ」

「寝言でも嘘でもねえ鶴の百三十五番、千両の大当りなんで、だからあっしアふへへへへへ」

「千両富に当って泣くやつがあるか」

「そこが神も仏もねえと云うんでさ、あっしア先生に当ると云った、富の字三つぞろい、印が鶴で百三十五のかぶ、当ること間違いなしといいました、ところがそれを、ふへへへへ、売っちまった」

「売ったって、その富札をか」

「あの明くる朝でさ、三分で買おうといわれたもんで、どうせ当るめえと思って売っちまった、これまで一遍も当ったことがねえんですから、それにあまり縁起が揃い過ぎてるんでこいつは凶に返るだろうと思ったんでさ、そいつが——いいえもう駄目です、止めねえでおくんなさい、なんでえ人を馬鹿にしやがって、あっしア死にます」

およねがまず失笑《ふきだ》し、千之助も笑った。笑いながら部屋へ戻った。

「そのまま寝かして置け、醒めたら起きて来るだろう」

　そう云って、彼もごろっと肱枕で横になった。およねはそれを見て枕を取出し、そっと頭の下へ入れてやる。

「罪な真似えするな」台所で富三が喚く、「――持ってりゃあ外れて、売りゃあ当る、そんなちょぼ一があるか、――なにが富岡八幡だ、八幡なんざあ怖かあねえ、権現も、金毘羅《こんぴら》もくそくらえだ、やいおれに千両けえしゃアがれ」

　およねは掛けてあった袷《あわせ》を取り、千之助の脚から腰へそっと衣《き》せる。

「先生――」と小さな声で呼ぶ。千之助が眼をあげる、およねはその眼を昵《じっ》とみつめ、つとそむきながらおののくような声で囁く。

「あたし、怒りなんか、しませんわよ」


（「講談雑誌」昭和二十三年四月号）

追いついた夢

一

娘は風呂桶《おけ》から出るところだった。

「どうです、いい躰《からだ》でしょう旦那」

おかみは嗄《しやが》れた声でそっと囁《ささや》いた。

「あれだけきれいな躰は千人にひとりもありやしません、こんな商売をしているから、ずいぶんたくさん女の躰を見てますがね、ああいうのこそほんとの餅肌とか羽二重《はぶたえ》肌とか云うんですよ、あれだけの縹緻《きりよう》だし肉附きもいいし、……まあよく見て下さい。これが気にいらなかったら罰が当りますよ」

そう云っておかみは去っていった。此処《ここ》は行燈《あんどん》部屋のような暗い長四畳で、壁の一部に二寸角の穴が切ってあり、黒い紗《しや》が二重《ふたえ》に張ってある。向う側はそこだけ横に黒い砂ずりになっているから、こちらで燈《あか》りでもつけない限りまったくわからない。和助《わすけ》はその紗へ顔を押しつけるような姿勢で、風呂場の中をじっと見まもった。

娘の名はおけい、年は十七だという。小づくりの緊《しま》った躰つきで、着物を着ていたときとは見違えるほど肉附きがいい。殊に胸のふくらみと腰の豊かな線とは、年より遥《はる》かに早熟《ませ》た唆《そそ》るようなまるみをもっている。湯に温められた肌は薄桃色に染まり、それをぼうと光暈《こううん》が包んでいるようにみえた。

——いい躰だ。これまで見たなかでは慥《たし》かに群をぬいている。

彼はこの尾花屋《おばなや》でもう七人もこういう娘に逢った。こっちで出した条件がいいから相当よく選んだのだろう、なかに三人ばかりは惜しいようなのがいた。しかし彼はいそがなかった。すべての点で自分の好みに合う者、これなら満足だといえる者がみつかるまでは折合わないつもりだった。……その八人めがおけいで、今日は二度めであるが、四五日まえ初めて逢ったとき、だいたい気にいって、今日こうして躰を見る段取りになったのである。

娘は糠袋《ぬかぶくろ》で頸《くび》から胸、腹から腿《もも》へと洗いながら、また湯を汲《く》みに立ったりして、前後左右いろいろな角度と姿勢をこちらへ見せた。ことによるとおかみに云い含められたのかもしれない、それともまったく無心にそうするのか、ともかく躰の緊張した線や、まるみや厚みや、豊かなふくらみが、伸びたり盛りあがったり、柔らかくくびれたりするのを残りなく見ることができた。そしていかにもそれは美しかった。立ち跼《かが》みのときなど、かなり不作法な線が現われるのだが、それが少しもいやらしさやみだらな感じを受けなかった。十七歳という年齢のためでもなく、男を知らないためでもなく、なにかまったく別な理由、……云ってみれば芯《しん》にある浄《きよ》らかさ、生れつきのつつましさがあらわれているようであった。いつまでも汚れることのない、単純で美しい性質のためのようであった。

——千人にひとりもないというのは本当かもしれない、慥かにほかの女たちとは違う、ほかの女たちに無いなにかがある。

和助はこう思いながら、早くもそれを馴らしめざめさせてゆく空想に憑《つ》かれ、われ知らず深い溜息《ためいき》をついたが、やがてみれんらしくそっとそこを離れた。……彼はおかみの部屋へ寄って、二人だけで話すことがあるから、酒を持って来させてくれと云い、そのまま二階の元の小座敷で待っていた。

おけいはほどなくあがって来た。

「こっちへ来てお坐り」

和助は彼女が膳拵《ぜんごしら》えをすると、こう云って自分の側へ招いた。わるく遠慮するふうもなく、ほのかな含羞《はにかみ》をみせながら、おけいはすなおに来て坐った。

「私はぜひ世話をしたいと思うが、おまえの気持はどうだ、私の面倒をみてくれるか」

「はい。こんな者ですけれど、お気に召しましたらお願い申します」

おけいは案外しっかりした声でそう答えた。

「支度料や手当のことはこのあいだ云ったとおり、ほかにも必要があれば金のことなら出来るだけのことはするが、ただ、来てくれるとすれば断わっておくことがあるのだ」

和助は酒には手を出さずにこう云った。

「それはおまえの家のほうと縁を切るつもりになってくれることだ、毎月の定った物はきちんと送るし、おふくろさんにもしものことがあれば別だが、さもない限り往き来をして貰っては困る」

「はい、それは此処のおかみさんからうかがっています」

「つまり私は遁世《とんせい》したいのだ、おちついたらいずれ身の上話もするが、世間からも人間からも離れたい、煩わしいつきあいや利慾に絡んだ駆引や、いっさいのうるさい事からさっぱりと手を切って、静かに、誰にも邪魔《じゃま》をされずに余生をおくりたいのだ」

おけいは俯向《うつむ》いたままそっと頷《うなず》いた。

「それにはこんど一緒に住む家のところなんだが、これは私の身内の者にも知らせてないし、おまえの家のほうにも知らせないことにする、誰か一人にわかるとつぎつぎに弘まって、しぜんと人が出入りするようになるものだ、これもはっきり断わっておくが、いいだろうな」

和助の口のききかたは押しつけるような調子になった。おけいはこれにもすなおに頷いて、それから眼をあげてきいた。

「阿母《おっか》さんになにかあったときは、すぐわかるようにして下さるんでしょうか」

「それはむろんそうするし、おちついたらときどきみまいにも遣《や》ってやろう、ただところだけは決して知らせてはいけない、これだけをはっきり断わっておいて、それで承知なら世話をしよう」

「――はい、どうぞお願い申します」

「では一杯ついで貰おうか」

和助は盃《さかずき》を持った。それはそのときまで酒を待っていたことになにか意味があるとでも云いたそうな、かなり勿躰《もったい》ぶった手つきであった。

「この盃でおまえも一つ、これもまあかたちだから」彼はおけいに盃を渡し、自分で酌をしてやりながら云った、「――そして、それを飲んだらおかみとその家主さんを呼んで来てくれ、話を定《き》めて、渡す物を渡すとしよう、たぶん四五日うちに迎えの駕籠《かご》を遣ることになるだろうから」

おけいはひと息に飲んで、そしておかみを呼びに立とうとした。すると躓《つまず》きでもしたように、よろめいて片方の膝《ひざ》を突いた。和助はすばやく手を伸ばして彼女を支え、

「しびれがきれたのだろう、危ないよ」

と云って起こしてやろうとした。

「済みません、いいえもう大丈夫です」

おけいはそっと和助の手から離れ、すり足をしながら出ていった。和助はそのうしろ姿を見おくりながら、いま摑《つか》んだ娘の手のしめっぽい柔らかな、しっとりと冷たい感触を慥かめるように右の手をじっと握り緊めながら、唇のまわりに貪慾そうな微笑をうかべた。

二

尾花屋を出たおけいと万兵衛は、蛤《はまぐり》町まで殆んど口をきかずに歩いた。背骨の曲りかけた万兵衛は、まるで重い荷物でも背負っているように、前跼みになって、ひどく大儀そうな足どりで歩き、なんどもはあと深い太息《といき》をついた。

「では、……なんだ、……慥かに預かったから」

別れるときに初めて万兵衛はこう云った。彼はこっちを見ることができないようだった。おけいは黙って微笑して、だがそのまま長屋の路地へはいっていった。……家へ帰ってみる

と、医者の良庵が来ていた。母親のおたみがまた発作を起こしたのだろう、隣りのおむらが世話をしてくれたとみえるが、母親はいつもの薬がもう効き始めたらしく、うとうと眠りかけているようすだった。

「やっとお金の都合がつきました」

　医者を送りだしながら、おけいは低い声でこう云った。

「溜《た》まっているのもきれいにします、これからも決して御迷惑はかけませんから、どうぞお願いします」

　医者は向うを見たまま頷いた。なにか云おうとするふうだったが、しかし黙って薬箱を持って、そして出ていった。

「お茶がはいってるよ、おけいちゃん」

　おむらが病人を憚《はばか》るように、囁き声でこう呼びかけた。おけいは母のようすを見た、唇を少しあけて、軽い安らかな寝息をたてている。おけいはそっと隣りの女房の側へ来て坐った。

「いつも済みません、おばさん」

「ぬるくなったかもしれないよ。良庵さんに出したあとだから……」

　音を忍ばせて茶を注いでやり、自分のにも注いで、おむらはうかがうようにこっちを見た。

「どうだったの、話は」

「ええ定めて来たわ、すっかり」

「相手はどう、よさそうな人かえ」

「わからないけれど」おけいは湯呑を取って眼をそむけた、「――でもおっとりした人だったわ、少し肥っていて、丈夫そうな」

「どんな商売をしているの」

「それがわからないの、お店は大阪とこっちと両方にあるって云うし、かなり大きくやっているらしいんだけれど、そのお店がどこにあってどんな商売をしているんだか、尾花屋のおかみさんも知らないらしいのよ」

「そんなこと云っておけいちゃん、もしもその人が悪い事でもしている人間だったりしたら、いやじゃないの」

「しかたがないわ、あたしお金が要るんですもの」おけいは微笑した。

「たとえ相手が泥棒だって、凶状持ちだって、……でも大丈夫よおばさん、そんな人でないことは慥からしいから」

おむらは溜息《ためいき》をついた。それから衿《えり》へ掛けてある手拭の端で、なんとつかず口を押え、もういちど肩をおとして溜息をついた。

「あんたが女に生れて来たんでなければね、そうすればこんなとき悲しい思いをしなくてもよかったのに、でも女だからこれだけのことができるんだよ、おけいちゃん、これが男であんたの年であってごらん、それこそ阿母さんに薬ひとつ満足に買ってやれやしないから」

「そんなこともないだろうけれど」

「だって宇之さんをごらんな、二十一にもなっていっぱしの職人でいて、弟の竹ちゃんがあの大怪我をしたとき、やっぱりお医者にはかけきれなかったじゃないか、あのときすっかり治るまでお医者にかかっていたら、竹ちゃんも死なずに済んだかもしれないのに、……それを思えばおたみさんは仕合せだよ、あんたにしたってまだ年は若いし、縹緻はいいし、いまにこんなことも笑い話にするようなときがきっとやってくるよ、生きているうちには悪いことばかりはないものさ、くよくよしないで、おけいちゃんらしく辛抱しておくれよ」

「大丈夫よおばさん、あたしちっともくよくよなんかしてはいないわ、こうするよりほかにどうしようもないんだもの、恥ずかしいだの悲しいだの辛いだの、そんなこと思ってたら一日だって生きてゆかれやしないわ」

おけいはこう云って、きらきらするような眼でおむらを見て、明るく笑った。

「それよりあたし、おばさんに頼みがあるの」

「水臭いことお云いでないよ、なんて、啖呵《たんか》をきるほどのがらでもないが、なによ改まって」

「あたしが出ていったあとのことよ」

和助との約束をおけいはあらまし話した。

「そういうわけで、毎月の物を尾花屋へ取りにゆくとか、あっちの人との面倒な事は大家さんがしてくれることになったけれど、阿母さんの世話はやっぱりおばさんにお願いしたいのよ」

「わかりきってるじゃないかそんなこと、あたしはこの話が出た初めから」

「そうじゃないの、それはいまさらお願いもなにもないんだけれど、そうじゃなく、これまでと違ってあたしがいなくなるでしょう。昼間はともかく夜なかまで世話をして頂くわけにはいかないわ、それであたし考えたのよ」

おむらに松乃という姉があった。本所の横網に住んでいてときどき遊びに来る、おけいもよく知っているが、年はもう五十だろう。亭主は網舟の船頭であったが、去年の冬、十九になる息子の平吉といっしょに沖へ出て、突風に遭って二人とも死んでしまった。……それ以来は針仕事などして暮しているが、おけいはその人に家へ来て貰えまいかと云った。

「ああそうか、そういう手があるわねえ、だけどおけいちゃん、あの人ときたら知ってのとおりぐずだから」

「だっておばさんが隣りにいてくれるじゃないの」おけいは賢げに笑った、「それから、あたしはっきり云うから怒らないでね、っていうのがお金のことなの、あたし阿母さんの世話をして貰うために人を頼みたいって云ったら、毎月べつに一分ずつくれることになったの、それで横網のおばさんにがまんして貰いたいんだけれど」

「いいわ、それ貰うわ」

おむらは眼をふっとうるませた。

「おけいちゃんからお金なんて、一文だって貰うつもりはないけれど、断わればあんたの気の済まないのがわかるし、正直いえば姉さんだって助かるんだから」

「うれしいわ、あたしどうなられやしないかと思ってびくびくものだったのよ」

「こんなときでなけりゃどなるくらいじゃ済まないよ」おむらも笑った、「――それじゃあ横網のほうへすぐに知らせておくからね」

こう云ってまもなくおむらは帰っていった。

三

母親は夕餉《ゆうげ》まで眼をさまさなかった。支度が出来たので起こして喰べさせ、煎薬《せんやく》と頓服《とんぷく》をのませると、びっくりするほどの効きめで、すぐにまた眠りだした。

――こういう薬があってこんなによく効くのに、法外なお金を出さなければ手にはいらないなんて、どういうわけかしら。

おけいは母親の寝顔を見ながらそう思った。

おたみが病みついてから三年になる。もともと躰が弱かったらしいが、おけいを産んで以来は精をなくしたようで、続けて百日と丈夫でいたことがなかったという。おけいが覚えてからでも、煮炊きや洗濯などはたいてい父親の七造がやった。おたみの躰の調子がいいときでも、洗濯だけは決してさせなかった。……七造は山本町の「植芳」という植木屋の職人をしていたが、それはこの長屋へ移って来てからのことで、同じ路地うちにいた源次が口をきいたのだという。源次は子飼いからの植芳の職人で、ずいぶんいい仕事をするそうだが、宇之吉という長男のほかに子供が五人あり、また自分が底抜けの酒のみだったため、いつもひどい貧乏に追われていた。それで宇之吉などは十一二の年から父と一緒に植芳へ手伝いに出て、家計を助けなければならなかった。

——病気はおめえしようがねえ、にんげん病気にゃあ勝てねえ。

毎晩のように酔って来て、定ってそんなふうに云う源次の姿を、おけいは今でもよく覚えている。

——おれの酒は病気だ、こいつばかりは自分でどうにもならねえ、なあ七さん、おめえはおたみさんの病気で苦労するが、おめえに苦労させるおたみさんはもっと辛えや、そうだろう、それが夫婦の情てえもんだ、……おれも酒じゃあ女房子供に苦労させる、わかってるんだ、宇之の野郎なんぞ可哀そうでしようがねえんだ、こころもちは辛えんだけれども、しようがねえ、この酒はやめえなんだから、夫婦親子の情なんていったっておめえ、病気にゃあ勝てやしねえや。

こんなふうにくだを巻く源次の口から、おけいはほかにもいろいろなことを聞いた。父の七造がまえには京橋へんの質屋にいたこと、おたみはその店の養女で、いつか七造と愛しあっていたところ、婿を取ることになったので隠しきれず、結局は義絶ということで、二人とも身ひとつで逐い出されたことなど、……もちろん断片的な、半分はふざけたような話しぶりだったが、おけいには強い印象として記憶に残った。

源次の話がどこまで事実かということはわからない、父や母は決してそんな話はしなかった。またこちらから問いただせることでもなかったが、不平らしい顔もせず煮炊き洗濯をする父のようすや、そういう良人《おっと》に寝床の中から喰べ物の註文《ちゅうもん》をしたりする母の態度を見ると、質屋の養女とその店の者という関係を証明するようで、おけいはしばしば哀《かな》しいような切ないような気持を感じたものであった。

源次が四年まえに死んでから、宇之吉は七造と一緒に植芳へかよった。おけいと四つ違いの、そのときまだ十七だった彼の腕では、母と五人の弟妹は養いきれず、妹の一人は子守りに出し、十二になる弟は日本橋石《こく》町の太物商《ふとものしょう》へ奉公に遣ったが、それで母親の手内職を入れても食うのがやっとのことらしかった。

――可哀そうに今日も宇之は弁当を持って来なかったよ。

父親がそんなふうに云うのも珍しいことではなく、小銭や米などをそっと届けて遣るところなど、おけいの知っているだけでも五度《たび》や十度ではなかった。……それがおけいの身にまわって来たのである、酒も煙草も口にせず、なんの道楽もなく稼《かせ》ぎとおしていた七造が、去年の冬のかかりに腸を病んで急死し、その日からすべてがおけいの肩にかかってきた。

母親はもう三年越し寝ついたきりだったが、自分で世話をするようになって、初めて病気の性質や薬の高価な意味がわかった。もとは単純な婦人科の疾患だったのをこじらせたのだそうで、激痛をともなったさしこみの発作が起こり、それを鎮めるには一種の頓服しかなく、その薬は輸入品で、しかも表むきには禁制になっているため、手に入れることからして非常に困難だというのであった。……おけいがそれを知ったのは三十日ほどまえのことである。このあいだ約半年、家主の万兵衛に金を借りたし、それこそ売れないような物まで売りつくした。

――お父《とっ》つぁんは仕合せだった。

母親は独り言のようによくそう言った。

——少しもながいをしないで、あんなに早く死ねて、……あたしが代れたらよかったのに、こんなふうでおまえにまで苦労をかけて、辛い思いをしてまだ死ねないなんて、……業《ごう》が深いっていうんだろうけれど、つくづくお父つぁんが羨《うらや》ましいよ。

宇之吉も苦しいなかでよくちからになってくれた。口の重い性分で、いつもむっと怒ったような顔をしているし、してくれることもたかの知れたものだったが、おけいにとっては大きな心の支えであり、頼りであった。そうして、急速に二人の思いが結びついていった。

——辛抱しよう、おけいちゃん、いまによくなってゆくよ、もう暫《しばら》くだよ、苦しいだろうが、きっといまになんとかなるからな。

宇之吉はそう云って励ましてくれた。しかしその彼自身がまた不幸にみまわれていた。いちばん下の弟の九つになる竹次が、この正月にひどい怪我をした。木登りをして遊んでいたのが落ちて、額を割り右の太腿の骨を折った。すぐ医者にもみせ、骨接ぎにもかよわせて、いちおう治ったようにみえたのに、四十日ばかり経つと太腿の折れた部分が膿《う》みだし、それがみるまに脱疽《だつそ》というものになって、死んでしまったのである。

——骨接ぎがへたくそだったんだよ。

近所の者は口ではそう云ったが、治療が不充分だったのだとは誰もが察していた。貧乏人は医者にも満足にはかかれない。病気になったらおしまいだということは、それぞれが自分でよく知っていることであった。……おけいは医者から母の病気と薬の性質を聞いて、そのときすぐに肚をきめた。医者の払いも溜まり、借りも溜まり、もう売る物も無くなっていた。

——宇之さんのためにもそうしたほうがいい。

そのままの状態では、見ている宇之吉も辛いだろう、こう思いきった。そして隣りのおむらの知人で、そういう方面に関《かか》わりのある人に頼み、尾花屋という家へでかけたのであった。

「——阿母さん、早くよくなってね」

おけいは母親の寝顔に向って、口のなかでこう囁いた。

「——あたしはいなくなるけれど、もう薬代にも困らないし、美味《おいし》い物も喰べられるわ、そのうちあの人に頼んで、できたら一緒に暮せるようにするし、そうでなくったって病気が治れば一緒になれるわ、……だからよく養生して早くよくなって頂戴ね、阿母さん」

おたみは痩《や》せているのにむくんだような蒼《あお》い顔で、唇の間から歯をのぞかせて、いい気持そうに熟睡していた。

夕餉のあと始末を終って、縫いかけた母の肌着をひろげたとき、あたりを憚るように宇之吉が訪ねて来た。いつもとは違ったようすで、眼つきがきらきらし、頬のあたりが硬ばっていた。

「ちょっとそこまで出て貰えないか、大島町の河岸で待ってる」

彼はそう云って返辞を待たずに去った。おけいは胸が騒いだ。彼は聞いたのに相違ない。

——どうしよう。

すぐには立てなかった。しかしやがて勇気をだした、母親はその薬の効いているあいだは眠っている。おけいは行燈を明るくして、そっと家をぬけだしていった。

大島町の河岸というのは深川の南の地はずれで、海に面してずっと荒地がひらけている。宇之吉はその荒地の端で待っていたが、おけいが来るのを見ると、黙って草のなかを海のほうへ歩きだした。空は曇っているのだろう、星も見えず、まだ宵のくちなのにきみの悪いほどあたりは暗かった。

「――怒ってるの、宇之さん」

おけいが先にこう云った。

「――なにか聞いたのね」

「ああ聞いた」宇之吉は立停った、「おふくろがおむらさんから聞いたんだ、本当なんだね」

「そうするよりしようがないの、そのほかにはどうしようもないのよ」

「――金はもう、受取っちまったのか」

おけいはちょっと黙ってから答えた。

「四五日うちに迎えの駕籠が来るわ」

宇之吉はふいにおけいをひき寄せた。両手で激しく抱き緊め、自分の頬をぐいぐいとおけいのへすりつけた。おけいは頭が痺《しび》れたようになり、自分では知らずに、宇之吉を抱いて泣きだしていた。

「おれは放したくない、どこへも遣りたくない、おれは一緒になって貰いたかったんだ、おけいちゃんと一緒になれると思っていたんだ」

「うれしいわ、宇之さん、あたしもそう思っていたのよ、あたしも宇之さんのお嫁になりたかったのよ」

「そんなら、それがもし本当なら」

こう云って宇之吉はおけいの肩を摑み、押し離すようにして顔を覗《のぞ》きこんだ。

「おけいちゃん、おれと一緒に逃げてくれ」

「——逃げて、どうするの」

「二人で暮すんだ、おれには職がある、職が無くったってなんでもやる、おれもおけいちゃんもずいぶん辛抱してきた、もうたくさんだ、おれたちだって生きたいように生きていい筈だ、逃げようおけいちゃん、どこか遠いところへいって二人で暮そう」

「——待って、宇之さん、おちついて頂戴」

おけいは彼を見あげて、静かな悠《ゆっ》くりした調子で云った。

「あたしもそう思ったことがあるの、いっそ宇之さんと一緒に逃げだして、どこかへいってしまおうかしらって、……でも考えたの、あたしたちが苦しいのは貧乏だからでしょ、宇之さんのおじさんもあたしのお父つぁんもあんなに稼いで、それでお酒を飲むとか病人がいるとかすれば、もう満足に喰べることも着ることもできなくなるわ」

「だから逃げだすんだ、このままいればおれたちも同じことになってしまう、おれたちの一生もめちゃめちゃになってしまうんだ」

「そうじゃないわ、逃げたって同じよ宇之さん、親兄弟や蛤町の長屋からは逃げられるけれど、貧乏からは逃げられやしないわ、……あたしのお父つぁんや阿母さんだって、貧乏したくって蛤町へ来たんじゃない、二人で仕合せになろうと思っていたに違いないわ、あの長屋にいる人たちのなかにも、江戸へゆけばなんとかなると思って、どこかから逃げて来た人がいるでしょう、でもやっぱり同じことよ、運不運もあるだろうけれど、ただ此処を逃げだすだけでは決して仕合せにはなれやしないわ」

「それだっていい、おけいちゃんとならおれはどんな貧乏だってするよ」

「そしてあたしたちの子供にも、あたしたちのようにみじめな辛い思いをさせるのね、宇之さん……いいえ、あたしはいやよ、あたしは自分の子供にはそんな思いはさせたくないわ、あんただってそんなことはできない筈だわ」

宇之吉は黙って頭を垂れた。おけいは彼の手をそっと握り、怒りを抑えたような口ぶりで、云った。

「逃げちゃだめ、逃げるのは負けよ、ねえ、世の中はたたかいだっていうでしょ、宇之さん、……あたし五十両という支度金を取ったし、家のほうへも月々の物を取る約束をしたわ、向うへいってからもできるだけ詰めて、できるだけお金を溜めるつもりよ、……そしてこれならと思うくらい溜まったら、わけを話してひまを貰うわ、強がりを云うようだけれど、あたしきっと思うだけの物を溜めてみせる、きっと溜めてみせるわ」

怒りの宣言のようにおけいはそう云った。だがそのあとから心はよろめき、むざんなほど声がふるえた。

「あんたも強くなって頂戴、やけになったり諦《あきら》めたりしないで、辛抱づよく、一寸刻みでもいい貧乏からぬけるくふうをして頂戴、……そしていいお嫁さんを貰って、仕合せに」

「おれがいい嫁を貰うって」宇之吉はかすれ声で叫ぶように云った、

「――じゃおけいちゃんは、おれに待っていろとは云わねえのか」

「だって宇之さん、あたしきれいな躰じゃなくなるのよ」

「そんなことがなんだ、それが悪いんなら罪の半分はおれにある、おれに甲斐性《かいしょう》があればおめえにそんな悲しい思いをさせずに済んだんだ、おれあおめえのほかに嫁なんぞ貰おうとは思わねえ」

「宇之さん」

おけいは握っていた彼の手を自分の胸へ押しつけ、喘《あえ》ぐように叫んで身をすり寄せた。宇之吉はその手を振放し、おけいの肩をつぶれるほど抱き緊めて云った。

「待ってるぜ、おけいちゃん」

おけいは身もだえをした。

「それじゃあ済まない、あたしが宇之さんに済まないわ」

「泣いちゃあいけねえ、いま泣くんじゃあねえおけいちゃん」宇之吉は歯をくいしばった声で云った、「泣くのはもっとさきのことだ、いつかそういう日がきて、二人が晴れて一緒になれたらだ、……それまでは泣くのはよそう、おれも強くなる、精いっぱい稼ぐ、そして何年でも待っているぜ、いいなおけいちゃん」

「そんな、そんなことを云えば」

おけいはいやいやをしながら咽《むせ》びあげた。

「泣くまいと思ったって、泣けちゃうじゃないの、こんなに、しぜんに声が出てきちゃうわ」

咽びあげる声に笑いがまじった。そのおけいの顔へ、宇之吉がのしかかるような姿勢になり、うっと喉《のど》へ声の詰るのが聞えた。……汀《みぎわ》では頻《しき》りに波の音がし、闇の向うに佃島《つくだじま》の燈りがちらちらとまたたいていた。

四

尾花屋を駕籠で出て、永代橋を渡ったところで下り、水天宮《すいてんぐう》の近くで辻駕籠に乗ったが、それも京橋八丁堀で下りた。こうして五度《たび》も駕籠を乗り替えたうえ、目黒から大山道を西へまっすぐにゆき、柿の木坂というところで、掛け茶屋へはいってひと休みした。

「遠いのでさぞ吃驚《びっくり》したろう」

茶店を出て、こんどは歩きだしながら、こう云って和助は振り返った。おけいは淋しそうな微笑をうかべ、そっと首を振った。

「こっちのほうへ来たことがあるかね」

「いいえ、初めてです」

「下町の人間は出不精だからな」

和助はきげんのいい調子で笑った。

大山道を左へ曲り、丘へ登って、松林の中を二町ばかりいった。あたりはすっかり田舎の景色であった、どっちを眺めても林や草原や畑ばかりで、農家らしいものも稀《まれ》にしか見えなかった。……五度も駕籠を乗り替えたのは、駕籠舁《か》きなどに足取りを知らせないためであろう、そのうえ閑居《かんきょ》というにはあまりに土地が辺鄙《へんぴ》すぎる。

——なにか悪い事でもするような人だったら。

おむらの云った言葉が思いだされて、覚悟をきめて来たものの、おけいはだんだん不安になるのを抑えることができなかった。

二町ほどいって右へ坂を下りた。小さな谷間といったふうな、二つの丘に囲まれたところに、その家はあった。南西へひらけた千坪ばかりの広さで、周囲に高い生垣をまわし、表側だけは黒く塗った板塀《いたべい》で、あまり大きくはないが両開きの門が附いていた。

「あの川はなんというか知っているかね」

門のところで和助がそう云った。土地はそこから西へ段さがりになって、松林の向うに草原がひろがり、そこにゆるやかな川の流れているのが見えた。

「あれが玉川だ、名ぐらいは知っているだろう」

「ええ、聞いたことはあるようですけれど」

「これから鮎《あゆ》が獲れるんだが、ここのは味がいいので名高いんだ」

川魚は嫌いですと云おうとしたが、おけいはさりげなく頷くだけにした。

門をはいると老人夫婦が出迎えた。名は吾平にとみというのだが、爺や婆やと呼べばいいそうである。かれらはまえから聞いていたのだろう、おけいのことを御新造さんと呼び、とみが先に立って家へ案内した。……さして広くはないが凝った造りの平家で、土蔵が附いていた。部屋は五つあり、おけいの居間には箪笥《たんす》二棹《さお》と鏡台、長火鉢、小机など、すっかり道具が揃っていた。

「あとで箪笥をあけてごらん、帯地や反物が夏冬ひととおり入れてある。私は今日は帰って五六日したら来るから、そのあいだに当座の着る物を仕立てさせるんだね」

和助は長火鉢の前へおけいを坐らせ、自分もさし向いに坐って、さも満足そうな口ぶりでこう云った。

「こんな処に仕立屋さんがあるんですか」

「山奥へでも来たと思ってるんだね」和助はからかうように笑った、「――おちついたら下へいってごらん、仕立屋どころか料理屋もある、しかしまあ、私のいないときは出歩かないようにしてくれないと困るが」

「あたし外へ出るのは好きじゃありません」

とみが茶を持って来ると、和助は食事を取るように命じた。鈴半へいって――などと云ったところをみると、それが料理屋かもしれない。和助は茶を飲み終ると、おけいを伴れて家の中をみせてまわった。

「これが寝間、こっちが私の部屋だ、おちついたらこの向うへ茶室を建てようと思う、……これから茶や生花をならって貰うんだな、読み書きの師匠も呼んでやるよ」

土蔵をあけてはいると、なにが入っているのか長持や櫃《ひつ》や箱がぎっしり並んでいた。和助はおけいを用箪笥の前へ呼んで、

「この中に金や書附が入れてある、これがこの鍵《かぎ》だ、預けて置くから気をつけて持っていてくれ、それから……」

彼は鍵を三つ渡して、いちばん奥の長持を指さした。

「この中のは纒《まと》まった金だからな、用箪笥のはおまえに任せるが、これには手をつけないように、……いまに見せてやるが、あの長持や箱の中にはかねめの品がたくさん入ってるんだ、私が十年かかって集めたものだがね、おまえがよく面倒をみてくれれば、いつかはこれがみんなおまえの物になるんだよ」

和助の声には一種の感慨がこもっていた。色の黒い逞《たくま》しい彼の顔は赤くなり、眼はおちつきなく光っていた。

——そうだ、これはおれの物だ、此処にあるすべてはおれの物だ。

彼はこう叫びだしたいくらいだった。

運ばれて来た食事は、山女魚《やまめ》の田楽に鯉《こい》のあらい、甘煮と鯉こく、卵焼などであった。おけいは箸《はし》をつけたが、川魚の匂いがどうしてもいやで、甘煮と卵焼しか喰べられなかった。

「此処へ来て川魚が喰べられないのは困ったな、まあそのうちに馴れるようにするんだな、鮎も食えないなんてそれこそ玉川が泣くぞ」

こんなことを云って、和助はおけいの残した物までみんな喰べた。

「お店はどちらに在るんですか」

帰るといって和助が立ったとき、おけいは送りだしながらそうきいた。和助はあたまからとりあわなかった。

「そんなことは知らなくってもいい、こんど来ればもう二度と往き来はしないんだから、……門まで送っておいで」

こう云って玄関を出た。

彼はおけいに庭をみせてまわった。かなり広い芝生があり松林があった。裏には少し畑もあった、吾平が勿躰ないからといって、野菜を作っているのだそうである。

「こっちは見えねえし、あけて置くのはむだだからねえ」爺やは附いて歩きながらおけいにそう云った、「——これっぱかしでも旦那や御新造さんのあがるくれえは作れるだから、それにおらあも手がすいてるだからよ」

おけいは来たときから吾平ととみの人柄をみていた。口ぶりでは老夫婦はこの近くの者らしい、性質もわるぎのない朴訥《ぼくとつ》なようすで、ばあいによっては力になって貰えそうな、頼もしい感じがした。

「では五六日うちに」和助は門のところでこう云った、「——早ければ二三日のうちに来るから、じゃあ……」

そして彼は坂道を西へ下りていった。

五

それからまる三日、和助は最後の仕上げのために奔走した。すっかり手順がつき、用意がととのった。

その日は三軒ばかり客筋をまわって、昏《く》れ方に銀座の店へ帰った。主人の儀兵衛は町内の寄合にでかけたという、和助は自分の机でその日の帳締めにかかったが、途中でやめて、手代の増吉を呼んだ。

「どうも頭が痛くっていけない、風邪でもないらしいんだが、……どうにも気分が悪いから、おまえこれを締めといてくれないか」

「へえよろしゅうございます」

「医者におどかされてから、頭が痛むとすぐ神経にこたえる、いやな心持だ」

和助はまえから、——医者に中気のけがあると云われた。ということを事実らしく云い、頭をやすめるために海へ釣りにゆくという理由で、ときどき店を休んだ。釣りにゆくのもまるっきり嘘ではないが、おもな目的は、誰にも知られてはならない必要な時間を取ることであった。そして今ではもう、彼に「中気のけがある」ということは、家でも店でも知らない者はなかった。

「明日はことによると休むかもしれない、旦那がお帰りになったらそう云って、それから……と」和助は片手で額を揉《も》んだ、「——島屋さんではこの十日に返済なさるということだったから、それも旦那に申上げといておくれ」

「かしこまりました、それだけでようございますか」

それだけだと云って、和助はさりげなく店の中を眺めまわした。……十二の年からあしかけ三十二年になる。みじめな、暗い、濁った日々、ふり返ってみれば屈辱と悲哀に塗りつぶされた月日のようだ。しかしそれも今日が終りである、もう二度とこの店を見ることはないだろう。

——これでおさらばだ、二三日うちにひと騒ぎ起こるだろう、おれの置き土産だ、ちょっとしたみものだから悠くり見てくれ。

嘲《あざけ》るように心のなかで呟《つぶや》いて、それから駕籠を呼ばせて店を出た。

新銭座の家へ帰った和助は、具合が悪いからと云って早く寝た。けれどもこれが最後と思うせいか、頭が冴《さ》えてどうにも眠れない、そのうちに十時の鐘が聞え、苛々《いらいら》してきたので起きあがって、妻に酒を云いつけた。

「お酒って、……いいんですか」妻のお幸《こう》は針を持ったまま良人を見た、「——お医者に止められてるっていうのに、なにか煎じ薬でも」

「うるさい、持って来ればいいんだ」

お幸はしぶしぶ立っていった。和助はそのうしろ姿を憎悪の眼で見やった。ずんぐりと胴の太い肥えた躰、勘のにぶさ、動作ののろさ、げびた口のききよう、すべてがいやらしく、やりきれないほど醜かった。

——こんな女と十三年も暮したんだ。

彼は舌打ちをした。

——だがそれも今夜でおしまいだ。

隣りの部屋には寝床が二つ並んで、十一になる和市と八歳のおさきが眠っていた。彼はその子供たちの寝姿を見てもなんの感情も起こらないふうで、冷やかな一瞥《べつ》を投げるとすぐに眼をそらした。

——おまえたちはおまえたちで好きなようにやるがいい、おれも自分でやってきた、誰の世話にもならなかった、……七つの年に孤児《みなしご》になってから、ずっと自分で働いて生きてきたんだ、おまえたちもそうすればいいんだ。

彼の顔に皮肉な嘲笑《ちようしよう》するような表情がうかんだ。……お幸が盆の上へ燗徳利《かんどつくり》と盃をのせて持って来た、彼は寝床の上に坐ったまま、独りで不味《まず》そうに酒を飲みだした。

——そうだ、ずいぶん辛い月日だった。

七歳で孤児になってから、親類さきを三軒も転々し、十二の年に銀座の両替商へでっち奉公にはいった。親類では厄介者として追い使われ、でっち奉公は過労と屈辱の日が続いた。

——いつかこの取り返しはつけてやる、いまにみんなを見返してやる。寝ても起きてもそう思っていた、ほかのでっち小僧たちは屈辱を屈辱とも思わず、牛馬のようにこき使われながら、笑ったりふざけたり平気だった。そのなかで和助だけはひそかに心で刃を研いでいた。……店は「近正《きんしよう》」と呼ばれ、金銀地金の売買と両替を兼ね、またかたわら高利の金融もやっていた。彼は辛抱づよかった、決していそがなかった。ひそかに覘《ねら》うもののために、彼は誰よりも勤勉に働き、誠実に店の利益を守った。それは彼の復讐《ふくしゅう》心をさらに強くしたが、周囲の信用を集める効果もあげた。

彼は吝嗇《りんしょく》に銭を溜め、狡猾《こうかつ》にくすねた。二十一で手代になり、やがて番頭になった。店を持たせてやろうと云われたが断わり、嫁を貰えと云われたが断わった。そして三十の年には支配人になり、金融の仕事を任された。だがそれにはお幸を嫁に貰うという代価を払った……、なぜならお幸は主人儀兵衛の姪《めい》で、二十五になっても嫁入りぐちがなく、主人夫妻ももてあましたかたちであった。それをこっちから望んで嫁に取ることが、どういう効果をあらわすか、和助は充分に知っていた。

和助は新銭座に家を持ち、店へかよい、客筋を自分でまわった。彼は確実に利益をあげ、顧《とく》客《い》を殖やした。だがそのあいだに「近正」という背景を利用して、ひそかに彼がふところをこやしていることは、知る者がなかった。疑うにはあまりに誠実であり勤勉であった、仕事の慥かさ、人柄の堅さ。……主人や店の者は云うまでもなく、関係のある人すべてが彼を信じた。

――だがいまにわかるだろう、いまに、おれがどんな人間だったかということが。

彼は心のなかでいつもそう嘲笑していた。彼のあいそ笑い、揉《も》み手、追従、踞める腰、卑屈な低頭。その一つ一つが復讐の誓いを強くし、決心に執拗《しつよう》さを加えた。……十年まえ、三十四の年に荏原郡調布村《えばらごおりちょうふむら》に土地を買った。それから今日まで周到に狡猾に、そして極めて用心ぶかく事を運んだ。家が建ち土蔵が建った、書画骨董《こっとう》、茶器、必要なあらゆる道具が揃い、土蔵の中には八千両余りの現銀が溜まった。彼のめあては壱万両である、もうひと息というところへ来ていた、しかし、そのときふと危険な予感がし始めた。……そんな理由はない筈である、万が一にも尻尾《しっぽ》を掴まれる筈はない、そんなへまなことは決してしてはいなかった。にも拘《かかわ》らずその予感はかなり強かった。……そうだ、満つれば欠けるということもある。和助はこう思って、きっぱりと打ち切る決心をした。

「——なにか云いましたか」

お幸が向うから声をかけた。和助はとびあがるほど吃驚した。回想でわれを忘れていたらしい、あという声さえあげた。

「——どうかしたんですか」

だらけたような無神経な妻の調子に、彼は激しい怒りを唆られた。けれどもそれを抑えつけて、冷やかに燗徳利を指した。

「もう一本つけてくれ、熱くして」

お幸はのそのそと立ってきた。

——こんな女と十三年も暮してきたんだ。

彼は妻のほうへ侮蔑《ぶべつ》の眼をやりながらそう思った。それはすぐにおけいの姿へつながった、あの美しい従順な、みずみずしい娘、これまで見たこともなく、形容しようもないきれいな、若さと命のあふれるような躰。

——だがお幸、おまえも不幸ではなかった筈だぞ、おれが貰ってやらなければ一生おとこの味も知らずに済むところだった、それが嫁になって、子供も二人できたんだから、……おまけに、あとのことは近正の叔父がなんとかしてくれる、おれはおまえからつりを取ってもいいくらいだ。

勝手で妻が酒の音をさせていた。和助は満足そうに、うす暗い家の中を眺めまわした、冷酷な、嘲弄《ちようろう》するような眼つきであった。

六

「頭をやすめにいって来る、もう鱚《きす》が出ているかもしれない」

彼はそう云って、釣道具を持って、まだほの暗いうちに家を出た。

金杉の「梅川」というのがゆきつけの舟宿であった。預けてあった包みを持って舟を借り、川を下って海へ出た。和助はかなり巧みに櫓《ろ》を使うことができる。海へ出ると西へ向って漕《こ》ぎながら、もう決してうしろへは振返らなかった。

「――とうとう今日という日がきた、夢のような望みだったが、とうとうその夢がおれのものになる」

独りでこう呟きながら、夢の実現と、世間に対する復讐の完成のために、彼は声をあげて喚きたいような衝動を感じた。

品川の沖で日が昇った。海の上では日光は暑い、たちまち汗がふきだした。和助は着物を脱ぎ、次には半身裸になった。強い日光と、休みなしに漕いでいるためか、頭が痛くなり、ときどき眼がかすむように思えた。

——もうひと息だ、松が見えるまで、それですべてが済むんだ。

鮫洲《さめず》へかかると遠く松並木が見えた。鈴ヶ森であろう、頭の痛みは時をきって強くなり、かなり烈しく痛む。そして汗をかいているのに、それが熱いのか冷たいのかはっきりしない。気分も重苦しく、胸がむかついてきた。

「ひと休みしよう、それに着替えをしてもいいじぶんだ」

和助は櫓をあげて休んだ。

日並がいいのでかなり釣舟が出ていた。しかしみんな遠かった。初夏の凪《な》いだ海は小波《さざなみ》も立たず、砥《と》のように平らな浅黄色に、空の白い雲がはっきりと映っていた。……釣道具をあけ、遺書を出して、それを餌箱《えさばこ》を押えにして舟底へ置いた。遺書には「店の金を遣いこんだので申しわけのために死ぬ」という、詫《わ》びの文句が書いてある。……次に梅川から持って来た包みをひらいた、紬《つむぎ》のこまかい縞の単衣《ひとえ》に、葛織《くずおり》の焦茶色無地の角帯《かくおび》、印籠《いんろう》、莨入《たばこいれ》、印伝《いんでん》革《がわ》の紙入、燧袋《ひうちぶくろ》、小菊の紙、白足袋に雪駄《せった》、そして宗匠頭巾《そうしょうずきん》などをそこへ並べた。

遠い釣舟にも気をくばりながら、用心ぶかく着替えをした。潮のぐあいで、舟はしぜんと西南へ流されてゆく。彼は家から着て来た物をひと品ずつ、舟べりから海の中へ捨てた。そして立って櫓を使いだした、もういそぐことはない、彼は悠くりと静かに漕いだ。

金杉を出てから約四時間、和助は六郷川の川口に近い海岸へ舟を着けた。そこは若い蘆《あし》がいちめんに伸びていて、舟を入れると陸からも海からも見えなくなる。彼は満潮線をよく慥かめた、今は潮の退《ひ》くさかりだから、あげて来るのは夕方であろう、満潮になれば舟が浮くように、そして川の流れに乗って沖へもってゆかれるように、およその見当をつけてから舟を下りた。

「なるべく遠くへいってくれ、少なくとも明日まではみつからないようにな、……ではお別れだ、頼むぞ」

和助は舟に向ってこう云い、踵《かかと》ほどの水を渡って岸へあがった。

濡れた足を拭き、足袋をはいた。そのときまた胸がむかつき、ぐらぐらと眩暈《めまい》がした。暫くじっとしているとおさまったので、雪駄をはいて立ちあがった。……湿地や水溜まりの間を、拾い拾い街道のほうへ歩きだした。東海道の往還は見えていた。松並木の間をちらほらと馬や人が往来している、車の音も聞えてくる。

「おけいが待っているだろう、今夜は風呂をたてさせて、鈴半から肴《さかな》を取って……」

突然、和助は眼がくらんだ、地面が斜めになり、耳の奥であっと凄《すさ》まじい音が起こった。

彼はなにかに摑まろうとして、両手をおよがせながら、若い蘆の中へ前のめりに倒れた。

和助は眠りからさめた。

「まあそっとしとくよりしようがない、まちがいなし卒中だよ」

すぐ側でそう云う声がした。

——夢をみているんだな。

和助は可笑《おか》しくなった。みんなが自分に中気のけがあると信じている、ばかなやつらだ、しかし誰だろう。

「とんでもねえものを拾っちゃったな」こんどは違う声が聞えた。「——紙入の中にゃあ二両ばかりへえってるが、名札もところ書もねえんで、まるっきり身許《みもと》がわからねえ」

「形《なり》でみると相当な店の隠居らしいがな」

「それにしちゃあぶっ倒れた処がけぶですぜ、六郷の川っぷちを海のほうへ、三十間もいった蘆ん中だからね、なんだってあんな処へ踏んごんだものか、わけがわからねえ」

和助はあっと思った。六郷川、蘆の中、ぶっ倒れていた。これらの言葉がなにを意味するか、初めて彼にわかったのである。

——これは夢ではない。

総身を恐怖がはしった。とび起きようとしたが、躰は岩にでもなったように重く無感覚で、声のするほうへ顔を向けることもできなかった。

——中気、……まさか。

彼は笑おうとした。だがすぐに、今そこに聞えた声を思いだした。

「まちがいなし、卒中だよ——」そして彼は息が詰りそうになり、われ知らず絶叫した。絶叫、いやそうではない、それは哀れな、いやらしい呻《うめ》き声に過ぎなかった。

「また唸《うな》りだしたぜ、いやな声だなこいつは」

こう云って誰かが覗きこんだ。三十五六になる髭《ひげ》だらけの男だった。眉の太い唇の厚い、色のまっ黒な、けれども眼だけは好人物らしくみえた。

「眼をあいてますぜ先生、やれやれ、涙と涎《よだれ》でぐしょぐしょだ」

「おまえさん動いちゃあいけないよ」

もう一人の顔が見えた。五十四五になる男で、頭を総髪に結い、ひどく痩せていた。もちろん医者に違いない、彼は和助の手首を取り、脈をみながら云った。

「卒中で倒れなすったんだ、全身の痺《しび》れるいちばん重いやつだから、動かないでじっとしていなくちゃいけない、むりするとそのまんまになりますよ、脅かしではないんだから、静かに寝てなくちゃいけませんよ」

「口もきけねえのかね、先生」

「そんな声でものを云っちゃあいけない、耳は聞えるんだから」

そして二人は向うへいったが、話す声はかなりはっきりと聞きとれた。

「すると治るみこみはねえのかね」

「いけないね、すぐ死ぬほうが病人のためなんだが、……そのほうがいいんだが、命は助かってもこのままで寝たっきり、まあ、……この診たてには間違いはないだろう」

「だってそんな、それじゃどうすればいいんだ」

「二両という金があるんだから、これも因縁だと思って世話をしてやるんだね、金が無くなっても引取り先がわからなかったら、まあそのときは村の御救い小屋へでも入れるさ」

「どっちにしてもよくは云われねえ、まったくこいつはとんだことをしたもんだ」

和助は呻いた。彼は調布村の家を思い、土蔵の中の金品を思い、そしておけいを思った。

玉川の流れを見おろす閑静な土地、それは彼のものである、ぎっしり詰った書画骨董、八千余両の金、それも彼のものだ。緻密《ちみつ》に計画し、執拗に狡猾に、十年のあいだ営々と、用心に用心して作りあげたものだ。そしてあのおけい、……風呂場で見たあの裸。横からも前からもうしろからも、立ったり踞んだり、まるさもなめらかさもふくらみも、残りなく見たあの唆るような若い躰。それも彼のものである、そしてこれらはすべて彼を待っている、殆んど手の届くところに、……もう半日、いや二時間早ければそこへいけた、仮に倒れたとしても、そこまでゆけば安心できた。

——いやだ、此処では死ねない、死んでなるものか、おけい、……あの家屋敷、みんなおれのものだ、おれの。

七

それから二年余の月日が経った。

調布村の家はすっかり空気が変っている。おたみが引取られて寝ているし、宇之吉と妹のなほも来ていた。……おけいの母親は、おけいがこっちへ来て半年めに引取ったのだが、宇之吉となほはつい数日まえに移って来たのである。彼の母は去年の夏に死に、弟の一人は本所の質屋へ奉公にやった。

これはみんな吾平夫婦のすすめたことであった。五六日うちに来ると云った主人が、それっきり姿をみせない、使いもないし信《たよ》りも来なかった。

——いったいどうしたんだろう。

おけいは云うまでもないが、吾平たちも主人についてはなにも知らなかった。江戸と大坂にあるという店の所在も、商売も、……わかっているのは土地を買うとき、証文に書いた名前だけであるが、それも「喜右衛門」という名だけで、ところ書は此処になっていた。

——まあそのうちにはおいでなさるだろう。

こう云って待ったが、半年しても音も沙汰もない。それで吾平は、母親を引取るようにとおけいにすすめた。

——病人を放りっぱなしにはして置けないからな、それに半年もなんの知らせもないんだから、旦那もまさか怒りはなさるまい。

もし怒ったら自分たちが詫びを入れる。こう云ってすすめるので、不安ではあったが、おけいもそうすることにした。そのとき母を送って来たのは宇之吉であった、半年ぶりにお互いの顔を見て、却って話もできなかったが、吾平の妻は二人のようすからなにか感づいたらしい、宇之吉が帰るときに、畑から野菜を抜いて持たせ、暇があったら訪ねて来るようにと云った。……それから彼はときどきやって来た、月にいちどくらいの割であったが、また訪ねて来てもおけいとはあまり口をきかなかったが、このあいだに、主人を待つ気持はだんだん薄くなっていった。

——やっぱり悪い事をした人で、それがわかって牢《ろう》へでも入れられたのではないだろうか。

おけいはそういう不安につきまとわれ、宇之吉にも相談した。彼は尾花屋へいって慥かめたが、そこでも身許は知れないし音信はないという、……一年経ち、とうとう二年経ってしまった。

――宇之さんもお呼びなさいまし。

まる二年めの夏になると、吾平夫婦が頻《しき》りにそう云いだした。

――この辺はこんなに空地があるんだから、こっちへ来て植木屋をやったらいいでしょう、地面やなんかは私が心配しますよ。

おけいは心が動いた。自分のものではないが金はある、買うのが土地であるから、金をただ費消したことにならない。云いわけは立つと思って、宇之吉を半ばくどきおとすようなかたちで、妹と一緒に移って来させたのであった。今、――おけいと宇之吉が家のうしろにある丘の、松林の中に坐っている。

「ふしぎだなあ、まるで夢のようじゃないか、こんなことって聞いたこともないぜ」

「――あたしはもう心配じゃなくなったわ」

おけいは玉川の流れを見やりながら、感動をひそめた自信のある声で云った。

「――あの人はもう来ない、決して来ないという気がするの、決して、……どうしてだといわれてもわからない、自分でもこれがこうとは云えないけれど、でもあの人が二度と来ないということは慥かだと思うわ」

「そうなればますます夢だ、しかしそんな大きな夢でなくってもいい、此処へ地面を借りて、おけいちゃんの側で暮すことができれば、おれはそれだけでも充分だ」

「――ねえ、泣いてもよくって、宇之さん」

宇之吉の言葉には構わず、おけいはこう云って、彼の眼を見あげながらすり寄った。

「泣くって、だって、急にどうしたんだ」

「――いつか大島町の河岸で云ったじゃないの、こんど二人が一緒になれたときは泣けるだけお泣きって」

「それあ、けれどもそいつは、二人が晴れて……夫婦になれたときっていう」

「ゆうべね」おけいはそっと宇之吉の胸に凭《もた》れかかって、あまく囁くように云った、「――ゆうべ、あたし聞いちゃったの、爺やと婆やが、……十月になったらあたしたちを一緒にさせようって、……宇之さん」

おけいは両手でしがみついた。

「阿母さんを引取ったのも、あんたを呼んだのも、あの二人よ、いやだと云ったって、あたしたちきっと一緒にされちゃうわ、……宇之さん、あたしたちよく辛抱したわねえ」

そして激しく泣きだした。宇之吉はその背中へ手をまわし、黙って頬をすりつけた。おけいは咽びあげながら、とぎれとぎれに彼の耳へこう囁いた。

「とうとうこうなることができたわね、あたしうれしい、……うれしいわ、宇之さん」

かれらはもうなにも恐れる必要はなかった。なぜなら、和助は五十日もまえに、六郷在の御救い小屋で、身許不明のまま死んでいたのである。

（「面白倶楽部」昭和二十五年十一月号）

月の松山

一

宗城《むねき》孝也《こうや》は足袋をはきながら、促すように医者のほうを見た。花崗《みかげ》道円《どうえん》は浮かない顔つきで、ひどく念いりに手指を拭き、それから莨盆《たばこぼん》をひきよせて、いっぷくつけた。

「やはりそうですか」と孝也が訊《き》いた。

道円は聞えなかったように、じっと、煙管《きせる》からたち昇る煙を見まもっていた。唇の厚い、眉毛の太い、酒焼けで赭《あか》くなった艶《つや》のいい顔が、とつぜん老人にでもなったように、暗く皺立《しわだ》ってみえた。

「間違いありません」と道円は云った、「お気の毒ですが、もう間違いはありません」

孝也は足袋のこはぜをしっかりと掛け、坐り直して医者の眼を見た。

「すると、期間は、どのくらいですか」

道円は「さよう」と云って、庭のほうへ眼をやり、それから煙管を詰め替えて、またいっぷく吸いつけた。

「さよう」と道円は云った、「人によって違うが、このようすだと、おそくとも一年、早ければ百日、……百日より早いことはあるまいが、一年よりおそくはないと思います」

孝也は頷《うなず》いた。顔の硬ばるのが自分でよくわかった、全身の血がひいてゆくような感じで、眩暈《めまい》が起こりそうであった。

「――百日、というと、み月ばかりですね」

「人によって違うから、むろん断言はできません」と道円は云い、初めて孝也を見た、「それに、私がそう診たてたというだけで、診たては医者によっても違うし、人間の軀《からだ》というやつはときどき思いがけない変りようをするものですからな、まあいちおう、そのつもりでいてもらう、ということです」

「ほかにはもう、なにか」

云いかけて孝也は黙った。道円が彼を見た。孝也は首を振った。

「いや」と彼は口を濁した、「ではもう、あの薬を塗るだけでいいのですね」

「痛みがひどくなったら、そのほうの薬を調合しましょう」と道円が云った、「また変ったことがあったら来てみて下さい」

孝也は礼を述べて立ちあがった。あとから道円が送って来た。明るい二月の陽の溢《あふ》れている庭に、紅梅がしんと咲いていた。

「まだ梅が咲いていますね」と孝也が云った。

「あれはばか梅で」と道円が云った。

辞去して門の外へ出ると、非常な力で緊めつけられるように胸が苦しくなり、呼吸が詰って、われ知らず孝也は喘《あえ》いだ。

「覚悟していた筈じゃないか」と彼は呟《つぶや》いた、「覚悟していたんだろう、だらしがないぞ孝也」

彼は立停《たちどま》って空を見あげた。よく晴れた空に、白い綿雲が幾つか浮いていた。孝也の眼はそれを見ながら、なにも見てはいなかった。胸に大きな空洞があいて、そこを冷たい風が吹きぬけてゆくようである。彼はまた激しく喘ぎ、首を振って歩きだした。

——坪田へゆかなければならない。

頭の中でそう思いながら、孝也は反対のほうへ歩いた。形容し難いほど重い荷を背負っているような、危なっかしい歩きぶりである。冷たい膏汗《あぶらあせ》が額からこめかみのほうへ、条《すじ》になって流れた。

——坪田へゆかなければならない。

頭の中でまたそう思った。小泉村の坪田与兵衛のところへ、地境の事で話しにゆく筈であった。しかし彼は（そう思いながら）やっぱり小泉村とは反対のほうへ歩き続け、大渡橋を渡ると街道からそれて裏道へ曲った。

茂庭《もにわ》家の屋敷のある栂《とが》ノ庄《しょう》村は、その裏道から「松山」を越してゆくのが近い。彼は松山への坂を登っていった。途中で三人ばかり農夫とゆき会い、農夫たちはかぶり物を脱《と》って挨拶したが、孝也は常に似あわず挨拶も返さないし、殆んど眼もくれずに通り過ぎていった。

——松山は高さ百尺ばかりのなだらかな丘陵で、その名のとおり松林で蔽《おお》われている。ずっと昔、そこになにがし氏の城砦《じょうさい》があったといわれ、現在でも頂上に五段歩ほどの平地と、空濠《からぼり》の跡や、石畳に使ったらしい石などが残っていた。

坂を登りつめた孝也は、道から松林の中へ入ってゆき、枯草の上へ腰をおろした。そこは北向きなので枯草の根にもまだ青みはみえない、前方はなだらかな斜面になっており、低くなってゆく松林の向うに栂ノ庄村の一部と、小高い丘の上にある茂庭家の築地塀《ついじべい》が、白く、城館のように堂々と眺められた。孝也は立てた膝頭《ひざがしら》に肱《ひじ》をつき、両手で顔を掩《おお》った。

「百日――」と彼は呻《うめ》いた、「百日か」

松の梢《こずえ》で小鳥が鳴き騒いだ。顔を掩った両手の指が（苦悶《くもん》のため）鈎《かぎ》のように曲り、やがて嗚咽《おえつ》の声がもれた。それはぞっとするほど絶望的で、圧しひしがれるような響きをもっていた。

約半刻ほどのち、茂庭家へ帰った孝也には、いつもと変ったようすはなかった。

茂庭邸は栂ノ庄村の北端の台地の上にある。石段を登ると古い長屋門で、門を入ったところに巨《おお》きな老杉が二本、広い前庭と屋敷ぜんたいを圧するように高く梢をぬき、逞《たくま》しく枝を伸ばしている。武家造りの母屋と、それに続く道場は茅葺《かやぶ》きで、門人や召使たちの住む長屋は杮葺《こけらぶ》きであった。

「お帰りなさい」

孝也の姿を認めて、道場の臆病口から西秋泰二郎が出て来た。稽古着のままだし、木剣を持って、おもながの眉の濃い顔に、活き活きと血が浮いていた。道場の中からは、稽古の物音が聞えて来た。

「ようすはどうでしたか」

泰二郎が近よって来て訊いた。孝也はけげんそうに相手を見た。

「坪田ですよ」と泰二郎が云った、「承知したんですか」
「うん、いや」と孝也は眼をそらした、「留守でだめだった、また改めていってみる」
「世話をやかせるやつだな」
「今日は稽古を休むからね」孝也は歩きだしながら云った、「済まないが頼むよ」
「弥六が熊の仔《こ》を捉《つか》まえました」うしろから泰二郎が云った、「井戸の脇の柿の木に繫《つな》いでありますよ」

孝也は長屋の自分の住居へ入った。

長屋はT字形になって二棟あり、一方が召使たち、一方が門人のもので、こちらには二部屋ずつの住居が七戸並んでいる。いまは孝也と泰二郎のほかに三人。孝也のは南の端であった。——夕刻、母屋のほうから、小間使のお品が食事を知らせに来た。孝也だけは母屋で(茂庭父娘と)食事を共にする習慣だった。お品は戸口で二度呼んだ、すると奥の部屋で孝也の断わる声が聞えた。

「食事はしない」と彼は云った、「少し腹痛ぎみだからと申上げてくれ」

二

その夜、孝也は眠ることができなかった。夜具の中で輾転《てんてん》と悶《もだ》えたり、呻吟《しんぎん》したり、はね起きて、がたがた震えながら歩きまわったり、また幾たびも暗い庭へ出ていったりした。

すっかり明けはなれてから、桂《かつら》がみまいに来た。茂庭(掃部介《かもんのすけ》)信高の一人娘で、年は十八歳になる。――一刻ほどまえ、彼は西秋泰二郎に「稽古を休む」と云ったが、桂はそれを聞いてみまいに来たようであった。孝也の顔を見るなり、桂は吃驚《びっくり》して眼をみはった。彼は毛の濃いたちで、無精髭《ぶしょうひげ》が伸びていたし、まだ洗面もしていなかったが、その顔や眼つきに現われた憔悴《しょうすい》の色は異常であった。

「そんなにお悪かったのですか」桂は非難するように云った、「どうしてそう仰《おっ》しゃいませんでしたの」

「いや、たいしたことはないんです」

「すぐに誰か医者へやりますわ」

「いや、たいしたことはない」と孝也が云った、「もういいんです、もう少ししたら御挨拶にまいります」

娘は黙った。孝也の口ぶりは突放すようだし、その眼もいつものようには桂を見なかった。いちどすばやく彼女を見たが、すぐ冷淡に脇へそらした。

――なにか変ったことがあったのだ。

桂はそう思った。そう思いながら、黙って孝也の顔を見まもった。

「先生には黙っていて下さい、本当にもういいんだから」と孝也は云った、「あとでうかがいます、……弥六が熊の仔を捉まえたそうですね」

彼は突然その唇を醜く歪《ゆが》め、桂のほうは見ずに奥へ去った。

半刻ほど経ってから、孝也は母屋へいった。

寝ている信高の夜具の側に桂がいた。彼女は掛け夜具の下へ手を入れて、父の足をさすっていた。孝也が挨拶をすると、信高は枕の上でこちらを見、眼で頷いた。顔色は蒼黒《あおぐろ》く、骨のように痩《や》せて、おちくぼんだ眼だけが大きく、生きている証拠のように、慥《たし》かな光と動きをもっていた。――掃部介信高は一昨年の冬、卒中で倒れた。そのときは軽症だったが、半年ほどしてまた倒れ、こんどは半身が不随になった。それで病状に諦《あきら》めをつけたのだろう、孝也に桂をめあわせて、茂庭の跡を継がせることにした。まだ表立って披露はしていない、孝也と桂の二人に承諾させ、披露の準備をしているうちに三度めの発作が起こり、全身不随になったまま寝ついた。

信高が婚約のことを心配していることは、孝也にも桂にもよくわかった。信高は口がきけなくなった代りに、自分の要求を眼で表現するようになり、桂もそれを理解することにすばやく慣れていった。七歳のとき母に死なれてから、ずっと父の側で寝起きしていたし、父の身のまわりの世話もして来たので、父の眼の動きを見てなにを求めているかを判断するのに、それほど暇はかからなかった。

――父は婚約の披露のことを気にかけているようです。と桂が孝也に云った。ひどく気にかけているようですから、内輪だけでも披露をしてはいかがでしょうか。

それは去年の十月のことであった。孝也にも信高の懸念がわかっていたし、反対する理もなかったが、すぐにそうしようとは、ふしぎに、答えられなかった。

――奉納試合が済んでからにしましょう。と孝也はそのとき云った。先生には私からそう申上げます。

桂が承知したので、彼は信高にそう云った。信高は不満のようであった。気力が弱っているためだろう、早く二人のいっしょにいる姿を（たとえかたちだけでも）自分の眼で見たいようであった。そこで桂が主張し、信高の前で二人いっしょに食事をするようになった。

「昨日から少し腹が痛みましたので」孝也は挨拶のあとで云った、「用心のために食事をぬきました、もういいのですが、稽古も今日一日休もうと思います」

信高は眼で頷いた。孝也は坪田に会えなかったので、もういちどゆくつもりであると告げ、まもなく病間を去った。

道場を覗《のぞ》くと、西秋泰二郎が稽古をつけていた。孝也は入っていって、暫《しば》くそれを見ていた。いま住込みの門人は、浅野家から来ている西秋泰二郎が古参で、次に酒井家の庄司勇之助、戸田家の益島弁三郎、常陸の郷士の宮原忠兵衛。そしてほかに、通いの門人が七人いるが、西秋だけ群をぬいていた。古参だというばかりでなく、才分があるらしい。四年このかた代師範をして、信高を凌《しの》ぐといわれる孝也が、ときに舌を巻くほどみごとな太刀さばきをみせることがあった。

「それでいけるか」孝也は口の中で自分に云った、「いけるだろう、充分いけると思う、もうひとつ足りないかもしれないが、仕上げをする時間はある」

もちろん誰にも聞えはしない、眼はするどく泰二郎を見つめていた。しかしまもなく、孝也はぐっと眉をしかめた。僅か四半刻ほどだったが、立ったままでいるのがいちばん悪いらしい、右足のそこにあの痛みが始まったのである。彼はさりげなく道場を出た。

茂庭家は古くから兵法をもって北条氏に仕え、代々掃部介を許されていた。四代まえの掃部介信剛のとき、小田原を去ってこの地に土着し、（農耕のかたわら）家に伝わる鞍馬《くらま》古流の小太刀を教えて来た。現在二十町余の山林と、十五町歩あまりの田地があり、家計は豊かだったから、教えを乞う者でその資格ありと認めれば、邸内に住まわせ、食事を与えて修業させた。茂庭の小太刀は古法で、一般的にはすでに流行からおくれ、殆んど忘れられかけているが、それでもなお古法を慕って来る者が（数は少ないけれども）跡を断たなかった。

——孝也もむろんその一人である。彼は浪人の子で江戸に育ち、十六歳のとき孤児になった。父の宗城伊十郎は越前家の勘定方に勤めていたが、重役に瀆職《とくしょく》問題が起こったとき、その責任を負わされて退身した。浪人してからの伊十郎はすっかり世を拗《す》ね、なにもせずに酒ばかり飲んでいたが、やがて妻と相前後して死んだ。

——おれにもしものことがあったら。と父は死ぬまえに云った。この人を訪ねてこの手紙を読んでもらえ、たぶんおまえのことを引受けてくれるだろう。

父の死後、彼はその人を訪ねた。それは越前家の重役だったが、手紙を読むと孝也を茂庭信高に預けた。「修業を積んだら主家へ推挙しよう」という約束だった。しかし、それから数年のちにその人も死んでしまった。

三

その人が生きていたら、孝也は越前家へ仕えただろうか。そうではあるまい、男子のない信高は早くから彼に眼をつけていたようだ。

「自分もそれを望むようになっていた」孝也は呟いた、「世に出るよりも、此処《ここ》で一生くらしたいと思い始めた、——桂が好きになったからか、そうだ、桂が好きになったからだ、桂を妻と呼ぶことができ、此処で一生くらせるなら、宗城の家名が絶えてもいいと思った、そうして、それが望みどおりになったのに、——まもなく桂と祝言をし、茂庭の跡を継ぐことになったのに」

孝也は熊の仔の前で立停った。

黒い毛毬《けまり》のように、ころころした仔熊であった。太い首輪をはめ、鎖で柿ノ木に繋がれたまま、ひとりでむきになってじゃれていた。誰かが玩具《おもちゃ》に与えたのだろう、二尺ばかりの松薪に向って、威嚇の唸《うな》りをあげたり、手で押えつけて噛《か》んだり、うしろへさがって、突然とびかかったりする。そしてときどき（ひどく自慢そうに）横眼で孝也のほうを見たりした。

「こいつは捉まって、鎖で繋がれている」と孝也は呟いた、「だが鎖を噛切って逃げることもできる、おいちび、おまえは逃げることができるんだぞ——おれは首輪もはめられてはいないし、鎖で繋がれてもいない、しかし確実に捉まってしまった、おれを繋いでいる鎖は眼に見えないが、どんなことをしても断ち切ることはできない、おれは逃げることができないんだ」

眼に見えないその鎖が、（現実に）非常な力で彼を緊めつけるようであった。孝也は大きく喘いだ、苦悶の衝動とたたかうために、大きく深く喘ぎながら、彼はそこを離れて自分の住居のほうへ歩きだした。

三日のちに、孝也は小泉村へでかけてゆき、用件をはたして戻った。

小泉村の坪田与兵衛は地着の大地主であるが、十年ほどまえ当代の与兵衛になって、領主松平家の金御用を勤めだしてから、にわかに横暴になり、自分の持ち地所と接する到るところで地境の諍《あらそ》いを起こした。領主の威光を笠にきているし、実際にも藩士の二三(金を握られているらしい)が常に付いてまわった。それでたいていの者が泣きねいりになると聞いていたところ、去年の春、ついに茂庭の地所でも問題を起こした。小泉村の北に接する西山というところに、茂庭家の所有で二町五反歩ほどの田地がある。信高の亡くなった妻(桂の母親)の実家である河野家のものだったが、十年ほどまえ、河野が倒産しかけたとき茂庭で買って、そのまま河野に管理させていた。その地内へ坪田の小作人たちが無断で鍬《くわ》を入れ、勝手な処に地境の標を立てたり、不法に堰《せき》の水路を変えたりした。もちろん謀ってやったことだから、河野で文句をつけても相手にならない。そこで茂庭家から用人の俣野孫右衛門が掛合にゆき、再三にわたって交渉した。その結果、藩の郡代役所へ双方から出頭し、年貢帳を照合したうえで、地境を元のように直して標を立てた。これは今年の正月下旬のことであるが、そのとき郡代と双方と三者のあいだに、「今後は境を越えない」という誓書を取交わした。俣野孫右衛門はうっかりそうしたらしい、孝也はあとで聞いてまずいと思った。地境を乱したのは坪田の責任で、こちらは被害者だからそんなものを出す理由がない。今後もし問題が起こったばあいに、相手がその誓書を悪用すれば、こちらにも非分があったことになりかねない。そこで孝也がいってその理由を述べ、誓書を取戻して来たのであった。

幸い主の与兵衛に会えたので、案外なくらい簡単に取戻せたが、側に二人の侍がいて、嘲《ちょう》弄《ろう》がましいことを云った。例の松平家の家来で一人は大道寺九十郎、他の一人は日野数右衛門といい、日野はかつて茂庭の道場で学んだことがあった。素行がよくないために、半年ばかりで破門同様にされたのであるが、いまでもそれを根にもっているらしく、与兵衛と対談ちゅう、意地の悪い眼つきで眺めたり、嘲笑したり、また大道寺という男に向って、

——紙きれ一枚が役に立つと思うのかね。

などと高声に云ったりした。だがもちろん孝也は相手にならず、用件をはたして戻ったのであった。

小泉村へいって来てから、孝也は道場へも出るし、母屋で食事もするようになり、日々は元どおりにかえった。ただ、孝也の泰二郎に対する稽古が、これまでより熱心に、そして厳しくなるのが眼立った。また、これは誰も気づかないことであるが、桂に対する態度が変りだし、ひどくよそよそしく、冷淡になった。

——なにかわけがあるのだろう。

桂はそう思って注意していたが、どうしてもこれと思い当ることがない。それとなく訊いてみたこともあるが、孝也はろくろく返辞もしないのであった。

——桂のことを嫌いになったのかしら。

そんな疑いさえ起こってきた。恢復《かいふく》の望みのない病床の父と、茂庭家の将来を考えるとき、そういう疑いに長く耐えることはむつかしい。桂は辛抱できなくなって、泰二郎に相談する決心をした。

三月中旬の或る夜、——桂は泰二郎と裏庭で会った。そこには裏の山から水をひいた池があり、池畔に腰掛が二つと亭がある、二人は亭のほうでおちあった。曇った夜で気温が高く、まっ暗な茶畑で地虫の声がしていた。

泰二郎は桂の話を聞いた。彼には桂の心配がよくわからないようであった。

「そうでしょうか、私は気がつきませんでしたが」と泰二郎は云った、「いったいどんなふうに変ったのですか」

「どう云ったらいいでしょう」桂はもどかしそうに首を振った、「どう云ったらいいかわかりませんわ、口では申せませんの、だからよけい心配なんです」

「じつは、——これはそれとは違うかもしれないんですが、私にもちょっと腑《ふ》におちないことがあるんです、いや大したことじゃない、私の稽古のことなんです」と泰二郎が云った、「貴女《あなた》は御存じないでしょうが、私はこのところ半年以上も宗城さんの手を放れて、他の者に稽古をつけていました。宗城さんからはときどき口で手を直されるくらいのものだったんですが、二十日ばかりまえからまた毎日稽古をつけられるようになったんです、それもこれまでになく念入りで、相当に厳しいやりかたなんですよ」

「西秋さまはそれを、へんだとはお思いになりませんの」

「わかりません」

「なにかわけがあるんだというふうにはお思いになりませんでしたの」

「待って下さい」泰二郎は云った、「そんなことは考えもしませんでしたが、しかしちょっと待って下さい」

そのとき裏門のほうから、孝也が近づいて来た。

四

孝也はそのとき、茂庭家の菩提《ぼだい》寺から帰って来たところであった。

彼は広雲寺の無元和尚に会いにいった。その臨済派の老僧にはたびたび教えを受けたことがあった。禅堂で坐ったこともあるし、講話を聴きに通ったこともあった。彼は和尚と会って話せば、その苦悶から救われるかもしれないと考えた。

――そうだ、老師に会うだけでも、この苦しさを克服することができるだろう。

そして彼は広雲寺の方丈を訪ねた。

老僧は茶を淹《い》れ、自分で栗を焼いて彼をもてなした。孝也はなにも云えなかった。無元和尚は非凡な作家《さっけ》である、だが彼とは縁のない人であった。彼の苦悶とは縁のない、遠いところにいる人であった。孝也は無元と対坐しながら、かつて無元が「生死関頭」について語ったことを思いだした。

――飛花落葉。

老僧は生死を超脱していた。彼もまた老僧について生死の関頭を打破した。生があり、死がある。花が散り葉が落ちる、「死」はごく自然なものである、——慥かに彼は、かつて生死超脱の境地をつかんだと思った。けれどもいま無元和尚を前にしてみると、「死」の恐ろしさがいかに深く大きいか、いかに救い難いものであるかを知った。

——そうだ、この恐ろしさは老師にはわかってもらえない、わかってもらっても、老師にもどうすることもできないだろう。

彼は方丈に半刻ほどいただけで辞去した。

茂庭邸まで戻って来て、裏門のくぐりから入り、茶畑のあいだを歩いてゆきながら、孝也は池畔のほうで人の話し声のするのを聞きつけた。彼は立停って耳をすませた。それから、静かにそちらへ近づいていった。

「そうなんです、夜なかにです」と泰二郎が云っていた、「ときによるとひと晩じゅう聞えることもありました」

「そんなに苦しそうにですの」桂の声であった。

「ひどく苦しそうにです」泰二郎が云った、「私は疲れてうなされているのだと思っていたんですが、貴女のお話を聞いてみると」

孝也は「誰だ」と云いながら、亭のほうへ歩み寄った。二人ははじかれたようにお互いから離れた。

「こんな処でこんな時刻になにをしている」と孝也が云った、「誰だ」

闇夜であるが、側へ寄ればむろん人の見わけくらいはつく、泰二郎は吃《ども》った。孝也は二人の前へ来て立った。

「お嬢さん、――」と孝也は云った、「おまえ西秋だな、密会か」

桂があああといった。

泰二郎は桂を庇《かば》うように前へ出た。

「待って下さい、ひとこと云わせて下さい」と桂が云った、「西秋さまには罪はありません、桂が此処へ来て下さるように頼んだのです」

「弁解か、云ってみろ」と孝也が云った、「お嬢さんは帰って下さい、お帰りなさい」

「家へお入りなさい」孝也が叫んだ。

「どうか聞いて下さい」泰二郎が云った、「貴方《あなた》は誤解しているんです、密会なんてとんでもない、私たちはいま」

「西秋さま」と桂が遮《さえぎ》った。

泰二郎は口をつぐんだ。それは云ってはならないことであった。孝也は黙って二人を見ていた。

ごく短いあいだではあったが、息苦しく気まずい沈黙が、三人の上にのしかかった。

「家へお入りなさい」孝也が桂に云った、「人に見られないうちにお入りなさい」

「いらしって下さい」泰二郎も桂に云った、「あとは大丈夫ですから、どうか」

桂は母屋のほうへ去った。四五間ばかりゆくと泣きだしたようであるが、そのまま小走りに去っていった。桂が去ってしまうと、孝也も歩きだした。

「どうか誤解しないで下さい」泰二郎は孝也についてゆきながら云った、「お嬢さんはいうまでもないし、私がそんなことをする人間かどうか知っていらっしゃるでしょう」

「おれが知っているって」

「お願いです」泰二郎は云った、「夜こんな処で話していたのが悪かったんですが、わけがあってほかにしようがなかったんです」

「おれが知っているって」孝也は云った、「よしてくれ、人間の本心なんて誰にわかるものか、おまえがどんな人間か、おれは知りもしないし知りたいとも思わない、ただこの屋敷の中でみっともないまねをすることだけはよしてもらおう」

「貴方はどうかしているんだ」

「黙れ」孝也は立停って叫んだ、「きさま、おれを非難するのか、自分のしたことを棚にあげておれを非難するのか」

「そうじゃありません、私はただ」

「云え」孝也は叫んだ、「云ってみろ、おれがどうしたというんだ、さあ云え西秋、——云わないのか」

「よします」泰二郎は頭を垂れた。

「云えないんだな」

「いまはよします」と泰二郎は云った、「云ってもわかってもらえないようですから、明日にでも改めて云います」

「ごめん蒙《こうむ》る」と孝也が云った、「二度とこの話はしないでくれ、たくさんだ」

そして彼は足早にそこを去った。

孝也は一人になると身ぶるいをした。夜具の中へ入ってからも、思いだしては身ぶるいをし、呻き声をあげ、それから口の中で自問自答をした。

「あれでいいんだ、いい機会だった。広雲寺へいった利益かもしれない」孝也は眼をつむったまま呟いた、ごく低い、囁《ささや》くような呟きであった、「もちろんあれでいいさ、恥じるな、嫉妬《しっと》を感じたんだろう、有難いことに嫉妬を感じたんだ、嫉妬は醜いものだ、嫉妬は醜くって卑しいものだ、あのとき感じた嫉妬を忘れるな、もっと卑しくなれ、もっと、――あの泰二郎のやつ」孝也は枕の上で頭を振った、「なれるとも、いくらでも卑しくなってみせる、救いのない悲しみよりも、軽蔑《けいべつ》のほうが桂にとっては楽な筈だ、そしておれのためにも」

つむっている彼の眼尻から、枕の上へ、涙が糸をひいた。喉《のど》が嗚咽で詰った。

孝也は眼にみえて変りだした。

特に泰二郎へ稽古をつけるときの、烈しさと仮借なさとは徹底的で、少しでも気にいらないと、頭ごなしに罵倒《ばとう》するし、泰二郎がどんなに疲れても、自分で納得するまでは稽古をやめさせなかった。もちろん自分だけが相手をするのではない、庄司勇之助、益島弁三郎、宮原忠兵衛の三人にも代る代る相手をさせ、付いていて辛辣《しんらつ》に手直しをする、しかも日の経つにしたがって、自分が木剣を取ることは少なくなり、大抵のばあい三人に相手をさせた。そんなぐあいなので、泰二郎はしだいに過労が重なり、四月にはいると躰力《たいりょく》の消耗がめだってきた。

五

泰二郎は音をあげなかった。彼は意地になっていた、「倒れるまでやってやるぞ」と思っているようであった。しかし三人は見るに耐えなくなったらしい、或る日、かれらは泰二郎の相手をすることを拒んだ。

「なぜだ」と孝也が訊いた。

「理由はおわかりでしょう」宮原忠兵衛が云った、「西秋さんのようすを見て下さい、これではあんまりひどい、私たちはこれ以上西秋さんを疲らせるのはごめんです」

「よせ」と泰二郎が云った、「おれは疲れてはいないぞ」

「いや私たちはもうごめんです」

「よく聞け」と孝也が云った、「おまえたちはこの十月に奉納試合のあることを忘れたのか」

「知っています」と宮原忠兵衛が答えた。

「五年に一度の奉納試合は、世間に鞍馬古流の正統を示す大切な行事だ、ことに先生が御病気だから、万一にも不覚なことがあっては申し訳が立たない、今年こそ、どんなことをしても勝たなければならないんだ」

「しかしそれは」と益島弁三郎が云った、「その試合には御師範代がお出になるのでしょう」

「出るのは腕だ、席順ではない」

「御師範代ではないのですか」

「先生が御丈夫なら先生の御指名がある、しかしいちばん腕の立つ者が試合に出ることに変りはない」と孝也は云った、「西秋は席次だけでなく腕が立つ、西秋は試合に出るための稽古をすべきだ、試合に出るための稽古をする責任がある筈だ」

「それで理由がはっきりしたろう」と西秋泰二郎が三人に云った。孝也のほうは見ないし、孝也の言葉も信じていないような調子だった、「さあ続けよう」と泰二郎は云った、「こんどは庄司の番だ、おれは大丈夫だから心配するな」

　そして木剣を取り直した。

　その夜、泰二郎は桂と会った。二人には七日に一度ずつ会う機会があった。七日に一度、孝也が城下町へ用事にゆくのである、稽古が終ったあと、大抵は四時ごろにでかけて、帰るのは九時過ぎであった。その日も孝也がでかけたので、日が昏《く》れてから二人は会った。屋敷の北の隅に「茂庭明神」といって氏の神を祀《まつ》った祠《ほこら》がある。まわりを杉林で囲まれているし、ふだんは人の近寄ることがないので、桂がそこを会う場所に選んだのであった。

　その宵、桂は化粧をしていた。四月の暖かい宵の空気が、彼女のあまい香料で匂った。

「どうでした」と泰二郎がまず訊いた、「うまくつきとめましたか」

「だめでしたわ」

「どんなぐあいだったんです」

桂は話した。これまで三度、彼女は孝也のゆく先をつきとめようとした。きちんと七日に一度ずつ、城下町へなにをしにゆくのか、どんな用があるのかを知りたかった。それで下僕の弥六にあとを跟《つ》けさせたのであるが、孝也は街道口で馬を借り、馬に乗ってでかけてゆくという。馬では跟けるわけにいかないから、このまえのときは先廻りをさせ、城下の東木戸で待つように命じた。

「弥六はずっと待っていたけれど、とうとう姿をみせなかったと申しますの」と桂は云った、「馬で街道をゆくことは慥かだから、木戸で待っていればみつからない筈はないんですけれど」

「すると城下町ではないのかもしれませんね」

「わたくしもうたくさん、もう諦めることにしました」と桂は云った、「慥かめなくってもおよそわかります、二月から数えてもう九度もでしょう、桂がいくらぼんやりでも、なにがあるかくらいおよそ想像がつきますわ」

「私はこう思うんです」

泰二郎は云いかけて口ごもった。桂が「どうお思いなさるの」と訊いた。するとまた、彼女の軀《からだ》から香料が匂った。泰二郎はその午後の（道場での）出来事を話した。

「わたくし信じられませんわ」と桂は首を振った、「奉納試合のためだなんて、わたくしには信じられません」

「私はこう思うんです」泰二郎が云った、「宗城さんはあの晩のことを誤解している、私たちが宗城さんのことを心配して、そのことで話しあっていたと云えばいい、けれどそれはあの場では云えなかったし、あとで説明しようとしても聞かなかった、聞いても弁解だと思われたかもしれない——、たぶん、そこにいろいろな原因があるんだと思うんです」

「でもあれは三月になってからのことよ」と桂が云った、「あの方のようすが変り始めたのはそれよりまえからでしょう、城下へ通いだしたのは二月の初めからでしたわ」

泰二郎は頷いた。孝也の自分に対する態度の変化は、あの晩を境に際立ってきた。誤解かららまれた嫉妬だと思っていたし、その点はいまでも誤ってはいないと思うが、桂の云うことも事実であった。孝也はそのまえから変りだした、彼女に対しても変りだしたというし、彼自身にも（久しく放していた）稽古をつけ始めていた。

「わたくしどうしたらいいでしょう」と桂が云った、「父はいつどうなるかしれませんし、あの方は離れていってしまう、もうすっかり離れてしまっているんですわ、西秋さま、桂はこれからどうなるのでしょうか」

「そんなふうに考えないで下さい」

泰二郎はよろめくように云った。彼はけんめいに自分を抑えた。桂は彼を見あげて喘ぐような息をした。泰二郎は唾をのんだ。

「そんなにつきつめないで下さい」彼は吃りながら云った、「私がいちどぶっつかってみます、折をみて本当のことを慥かめてみます」

「いいえもうだめ、もうそんなことをしてもむだですわ」桂は嗚咽した、「わたくしにはわかっているんです」

「お願いです、私がきっと慥かめてみますから」

「なにをですの」嗚咽の中で桂が云った、「なにを慥かめるんですの、あの方がどこに女のひとを隠しているかということをですか」

「そんなことを、お嬢さん」

「いいえ申します」桂は泣きだした、「あなただってそう思っていらっしゃるのよ、わかってますわ」

桂は泣きながら身を揉《も》んだ。泰二郎は喘いで、桂のほうへ手を伸ばそうとしたが、唇を噛んで脇へ振向いた。桂の軀からつよく香料の匂いが立った。

泰二郎が長屋へ戻ったとき、彼の住居の前に孝也が立っていた。いつもはもっとおそく帰るのが例である、いつもより半刻も早いだろう。戸口の前に立っている孝也の姿を見たとき、泰二郎はとつぜん平手打ちをくったような驚きと同時に烈しい怒りにおそわれた。彼は大股《おおまた》に、孝也のほうへ歩み寄った。

「なんですか」泰二郎は云った、「私になにか御用ですか」

「灯がついたままだ」孝也は指さした、「灯をつけたまま留守にすることは禁じられている、でかけるなら消していってくれ」

六

「それだけですか」泰二郎が云った。

「それだけだ」

「そうではない、もっと云うことがあるでしょう」泰二郎は挑みかかった、「貴方が云いたいのはそのことではない、ほかに云いたいことがある筈だ、それを云ったらどうですか」

「でかけるときは灯を消してくれ」と孝也が云った、「私が云いたいのはそれだけだ」

孝也は歩きだした。泰二郎は前へ立塞《たちふさ》がった、彼は自分が抑えられなかった。

「待って下さい、云うことがあるんだ」

「その話はよそう」

「いや私は云う、貴方も聞きたい筈だ」

「おれは聞きたくない、どいてくれ」

「どうしてもですか」

「まっぴらだ」

泰二郎はかっとなった。「宗城さん」と云って思わず相手の腕を摑《つか》んだ。孝也は振放そうとした。泰二郎はその腕をぐいと引いた。すると孝也は「あっ」と苦痛の叫びをあげ、まったく力を失って横さまに倒れた。泰二郎はぎょっとし、いっぺんに昂奮《こうふん》からさめた。叫びにはするどい苦痛の響きがあったし、その腕から感じた軀には力の抵抗がなかった。孝也の少しの抵抗もなしに孝也は倒れ、そうして、右足をすばやく縮めたまま、地面の上に手をついていた。泰二郎は水を浴びたように昂奮からさめ、手を貸して立たせようとした。

「勘弁して下さい」と泰二郎は云った、「乱暴するつもりじゃあなかったんです」

「酔ってるんだ」

「済みません」泰二郎はおろおろした、「ついかっとなってしまって、——どこか痛めたんですか」

「少し酔ってるんだ」孝也はようやく立ちあがった、「もういい、大丈夫だ」

そして顔をそむけて歩きだした。右足をひきずるような、ひどく不安定な歩きぶりであった。

「宗城さん」泰二郎が呼びかけた。

「明日にしよう」

孝也は自分の住居のほうへ去った。泰二郎はそれを見送りながら、表現しようのない混乱した感情にとらえられた。暗い杉林の中のあまやかな香料の匂いと、桂の火のような喘ぎとが、あまりに脆《もろ》く倒れた孝也の姿と重なりあったり、はなればなれになったりして、彼の想いをかき乱すようであった。

「明日にしよう」と泰二郎は呟いた、「そうだ、明日になればなにかわかるかもしれない」

しかし翌日になっても、孝也の態度に変りはなかった。

ただ一つだけ気がついたのは、孝也の動作にどこかしら力がなく、注意して見ると右足を少しひきずって歩くことである。また、もう四月中旬だというのに、いつも足袋をはいていた。道場へ出てもぬがないし、稽古袴《ばかま》を裾さがりにはいて、殆んど足首まで隠すようにしていた。

――あのとき転んで挫《くじ》いたのだろうか。

泰二郎はそう思った。けれども、ずっとまえからそんなふうだったようにも思えた。

――なにかある、慥かになにかある。

彼は孝也のようすに絶えず注意しだした。

それから数日のち、西山村の河野から使いがあり、坪田の小作人がまた事を起こしたと知らせて来た。泰二郎は孝也に云われて、用人の俣野孫右衛門といっしょに西山へいった。そして、明らかに地境が無視されているのを見て、その次の日、泰二郎は小泉村の坪田へ一人で掛合にいった。坪田では主人が留守だし、「こちらはなにも知らぬ」と云うばかりだった。

「穏やかにしていてはだめです」泰二郎は孝也に報告した、「明日は郡代役所へ寄って、役人をいっしょに伴れてゆきます」

「それがいいだろう」孝也は頷いた、「坪田にはよく松平家の人間が来ている、一人はこの道場へ通ったことのあるたちの悪いやつだ」

「日野数右衛門でしょう、私は彼が破門されたのも知っているし、昨日も坪田で会いましたよ」

「喧嘩《けんか》を売ろうとしなかったか」

「こっちで相手にしません」

「私がいきたいんだが」と孝也が云った、「彼はごくたちの悪い人間だから、――しかし役所の者を伴れてゆけばいいかもしれない」

「大丈夫です、決して喧嘩なんかしませんから」

明くる日、泰二郎は帰って来て、「掛合がうまくいった」と報告した。郡代役人を現場へ案内し、地境が荒されているのをみせ、それから坪田へいった。坪田では主人の与兵衛が出てあやまり、「なにかの間違いだろうから、すぐ小作人たちに中止させる」と答えたそうであった。

「明日いって慥かめて来ます」泰二郎はなおそう云った、「本当にやるかどうか慥かめて、やらなかったらその足で坪田へゆきます」

泰二郎は気負っているようであった。

孝也はちょっと不安だった。泰二郎があまり気負っているので、間違いでも起こらなければいいがと思った。しかし、その日いって来た泰二郎は、あっさり「見届けて来ました、あれなら大丈夫でしょう」と云った。極めてむぞうさなので、どんなようすか訊き糺《ただ》す余地もなかった。彼は付け加えて云った。

「念のためにもう一度いってみますが、しかしあれなら大丈夫だと思います」

孝也はそうかと頷いた。

その夕方、孝也は城下へでかけた。なが道は歩けないので、街道口の車屋で馬を借りていった。知人に見られないように、橋を渡って畷道《なわてみち》の途中から裏道へまわり、武家屋敷のほうから町へ入ると、桶屋《おけや》町の「藤十」という料理屋へ馬を預け、そこから歩いて花崗道円の家へゆくのである。――いつかは（それもそう遠いさきではない）わかることだろうが、「そのとき」が来るまでは人に知られたくなかった。日も夜も、彼を捉まえて放さない恐ろしさと絶望感とは、彼以外の誰にも理解されるものではない。それを知られて、憐《あわ》れまれたり同情されたりすることは、苦痛を二重にするばかりである。彼はどんなことをしても、その事実を知られないようにとつとめた。

治療を受け、薬をもらって出ると、孝也は「藤十」へ戻って酒を飲んだ。半月ほどまえから患部が痛みだして、痛みを止める薬を用いるようになっていた。

「この薬が倍量になったら」と道円は云った、「お気の毒だがどうか諦めて下さい」

諦めるという意味は明瞭である。孝也は酒を飲みながら、今日もらった薬の量が、明らかに殖えていることを思った。

「来なければ押しかけてゆくさ、こんどは必ずもの
にしてみせる」

隣り座敷で客たちの話しているのが聞えた。三人ばかりいるらしい、もう酔っているとみえて声が高く、こちらへ筒抜けに聞えて来た。

――酔わなければならない。

孝也は汁椀の蓋でぐいぐい飲んだ。

七

早ければ百日と云われた。その百日がすでに七十日ちかく経っている、また医者の予告し

た症状が、殆んどその予告どおりに経過していた。それを忘れようとして、孝也は乱暴に飲んだ。

「そんな必要はないだろうが」と隣りの客が云った、「しかし伏せるだけは伏せるか」

「あんまり油断はできないんだ、あれでいまは師範の次くらい使うんだから」

「なに、真剣勝負はべつさ」もう一人がそう云った、「道場の試合と真剣勝負はべつものさ、まあ見ていろ、まあ見ていてもらおう」

孝也は襖《ふすま》のほうへ振返った。話し声はその襖のすぐ向うから聞えて来る。孝也は飲むのをやめて耳をすませた。

「じゃあおれは先へ帰る」と一人が云った、「これから三浦へまわって打合せをしておこう、時刻は十時だったな」

「松山までかなりあるから、そうさ」とべつの声（その声には聞き覚えがあった）が云った、「そうさな、九時まえに坪田へ来てもらおうか」

その声には聞き覚えがあった。孝也はそれが日野数右衛門の声だということを知っている。そうして、かれらの断片的な話から、孝也は敏感に一つの事情をまとめあげた。

——真剣勝負。師範の次くらい使う。松山で十時。坪田へ来い。

孝也はその午後の泰二郎のようすを思いだしてみた。不審なようすはなかった、「あれなら大丈夫です」「念のためにもう一度いってみますが」ごくあっさりとそう云った。なにかあったようなふうは少しもなかった。「だがそれがなんの証拠になる」孝也は自分に云った、

「彼は西山へいって来たのだ。そこで日野たちと会い、売られた喧嘩を避けきれなかった、と考えることはできないか」

孝也はなお暫く隣りの話を聞いた。それから勘定を払い、馬を曳《ひ》いて外へ出た。酒が中途半端だったので、少し歩くと患部が痛みだした。彼は薬袋を出して、二服分の粉薬を口へ入れた。その粉薬は苦く、そして胸の悪くなるような匂いをもっている、孝也はそれを舌の上でゆっくりと唾で濡らし、それから喉へとのみおろした。――かなり人の往来する町角で、孝也は馬を曳いたまま立停っていた。その薬はのんで半刻ほど経つと、下半身が痺《しび》れたようになる。それまでに帰りたかった。隣りの話のようすでは、かれらも帰るらしいので先へ出て来たのだが、それでも四半刻ほど待たなければならなかった。

二人は「藤十」と印のある提灯《ちょうちん》を持って出て来た。孝也はそれを認めると馬に乗った。茶屋から出た二人は、こっちへは来ず、武家屋敷のほうへ曲っていった。孝也は静かに馬を進め、横町の半ばで追いついた。二人は蹄《ひづめ》の音を聞いて、少し左側へ身をよけた。孝也はそこで馬を停めた。相手は提灯をあげてこちらを見た。

「通れ、――」大道寺九十郎が云った、「おっ、茂庭の宗城だな」

「宗城孝也だ」と彼は馬上から云った。

「なんの用だ」日野数右衛門が云った、「果し合いの取消しか」

やっぱりそうか、と孝也は思った。

「そうではない、時刻の変更だ」と孝也は云った、「十時では人が邪魔に入るかもしれない、もっと早朝にしたいのだ」

「きさま助勢する気か」

「おれ一人だ」と孝也は云った、「西秋は来ない、おれ一人だ」

「早朝とはなん刻だ」数右衛門が云った。

「四時なら明けている、四時ではどうだ」

二人は眼を見交わした。

「よかろう」と数右衛門が云った、「明朝四時松山の砦跡《とりで》だぞ」

孝也は馬を返した。

その夜、孝也は二通の手紙を書いた。一は掃部介信高、一は西秋泰二郎に。それから外へ出て、熊の仔の檻《おり》のところへいった。あれからまもなく、弥六が檻を作って、その中へ熊の仔は入れられていた。

「おい、どうしたちび、元気か」

孝也は檻の前に跼《かが》んだ。仔熊は眠っていたらしい。だがすぐに眼をさまし、餌《えさ》でもくれると思ったものか、喉を鳴らしながら、がたがたと檻を揺すった。

「お母さんのところへ帰してやるぞ」と孝也は云った、「おれは両親のところへ帰る、たぶん帰ることになると思う、だからおまえも帰らしてやる、わかったかちび」

檻の戸口は藤蔓《ふじづる》で絡げてあった。孝也は脇差を抜いてそれを切り、戸口をあけた。仔熊は出て来て彼を見あげた。仔熊の眼が青白く光った。どうやら遊ぶつもりらしく、威嚇の唸り声をあげながら、彼の足へとびかかって来た。

「ふざけるんじゃない、帰るんだ」孝也は立ちあがった、「さあ、山へ帰るんだちび、こっちへ来い」

孝也が歩きだすと、あとからじゃれながらついて来た。彼は茶畑をぬけてゆき、裏の生垣の隙間から仔熊を出してやった。その外はすぐに山へ続く叢林《そうりん》である、仔熊のがさがさ暴れる音が、遠のいてゆくのを聞きすましてから、孝也は戻って、召使長屋を叩き、弥六を呼びだした。弥六はもう寝ていたとみえ、寝衣《ねまき》の上に半纏《はんてん》をひっかけて出て来た。

「こっちへ来てくれ」

孝也は長屋から離れた。弥六は黙ってついて来た。孝也はふところから封書を出して、弥六に渡した。

「明日の朝七時になったら、これを西秋に渡してくれ」と孝也は云った、「おれは用事ができて早くでかける、七時まえではいけない、七時になったら渡すんだ、わかったか」

「わかりました」と弥六が答えた。

「ほかの者には黙っていてくれ」と孝也が云った、「いいか、七時だぞ」

「七時になったら渡します」

「頼む、起こして済まなかった」

弥六は長屋へ戻り、孝也は住居へ帰った。部屋の中をすっかり片づけ、不要な物は焼いた。机を直して信高に宛てた封書を置き、それから着たままで横になった。気持はおちついていた。二月のあの日、道円に病気の宣告をされて以来、そんなに気分のおちついたことはなかった。薬の切れる時刻を過ぎていたが、ふしぎに痛みの起こるようすもなく、彼は少しのあいだ眠りさえした。

午前三時まえ、孝也は水を浴びて、身支度をした。薬は二服を一度にのみ、香を炷《た》いて、やや暫く静かに坐った。

「これでいいな」と孝也はやがて呟いた、「これでよし」

彼は立って行燈《あんどん》を消した。

八

地上には濃い靄《もや》が揺曳《ようえい》し、空には白く月がかかっていた。坂を登りつめる少し手前で、孝也は馬からおり、馬を繋いだ。そして、そこでゆっくりと身支度をした。襷《たすき》をかけ汗止をし、袴の股立《ももだち》をしぼり、草鞋《わらじ》の緒をしらべた。右足の足首から先は、痺れていてまったく感覚がない。だから充分に踏みこえたり、敏速にとび込んだりすることはできなかった。激しい力を加えれば、脛《すね》のどこかで骨が折れるかもしれない。右足の骨は病気におかされて、朽木のように脆《もろ》くなっているのである。孝也は丹念にその足の踏みようを慥かめ、それから坂道ではなく、松林をぬけながら斜面を登っていった。

約束の時刻よりかなり早い、まだ来てはいないだろう。こう思いながら登りつめると、うしろで馬の嘶《いなな》くのが聞えた。いま繋いで来た馬である、まるで別れを惜しむかのように、続けて三度ばかり嘶いた。孝也は振返った。馬のほうではなく、もういちど茂庭家を見ようとして、――だが、まえよりも靄が濃くなったようで、視界はぼうと灰色に塗りつぶされ、屋敷の白壁も、標の樅《もみ》ノ木も見ることはできなかった。

「ではさよなら、桂」孝也は口の中で云った、「どうか仕合せで、――」

孝也は砦跡のほうへ出ていった。登って来た斜面はまだ薄暗かったが、平らにひらけたそこはすっかり明るく、靄は地面を這《は》っているだけであった。孝也は西の空を仰いで、光をなくした白い月を見た。

砦跡の道へ寄ったほうに、日野と大道寺が立っていた。

かれらは来ていたのである。かれらはすでに来ていて、馬の嘶きを聞きつけ、孝也の来たことを知り、孝也の現われるのを待っていたのであった。孝也が二人を認めたとき、二人はこっちへ向って歩きだした。大道寺は右、日野は左、九尺ばかり離れて近づいて来る。

孝也もすり足で前へ出ていった。

「なるほど」と日野数右衛門が云った、「なるほど一人だな、あっぱれだ」

孝也は黙って進んだ。一歩、一歩と、すり足で、静かに、――二人は足を停めた。間隔はほぼ四間、大道寺が抜き、日野が抜いた。大道寺九十郎の刀は寸延び厚重ねの剛刀であった。

孝也も抜いた。

「いいか」日野数右衛門が云った、「云うことはないか」

孝也は黙って、なお前へ進んだ。間合が二間ばかりになったとき、孝也が云った。

「数右衛門」と彼は云った、「おれの教えた手を忘れるな」

日野の唇がまくれて歯が見えた。大道寺が前へ出た、大道寺は（右側から）仕掛ける姿勢をみせた。孝也はまっすぐに日野を睨《にら》み、一歩、一歩と日野に向って進んだ。

日野数右衛門の顔がさっと怒張した。孝也はするどく叫んで刀を右へ振った。それは（間合を詰めて来た）大道寺の面上へとぶかとみえた。大道寺九十郎ははじかれたようにとび退き、日野が絶叫して踏み込んだ。孝也はそれを期待したのだ、日野は絶叫し、刀を上段から打ちおろしながら踏み込んだが、踏み込んだ勢いのまま「ひっ」と悲鳴をあげて転倒した。丸太を倒すような倒れかたで、すぐに脾腹《ひばら》を押えながら起きあがろうとしたが、唸り声をあげてぐっと（地面の上で）身をちぢめた。脾腹を押えた手がたちまち血に染まっていった。

大道寺は離れたまま見ていた。彼は右手を高くあげてなにやら叫んだ、誰かに合図をしているようである。孝也ははっとした。坂道に馬蹄《ばてい》の音がした。――念のために伏せるだけ伏せよう。

孝也はその言葉を思いだした。「藤十」の隣り座敷で、かれらがそう話していた。――伏勢がいる。

孝也はそう思った。馬蹄の音は坂を登って来る。大道寺は孝也の右へまわった。孝也はその位置のままそちらへ構え直した。するとうしろで糸をひくような風音がし、左の背中へ矢が射込まれた。孝也は前へよろけた、そこへもう一矢、腰骨の上のところへ射込まれ、孝也ががくっと膝をつくと、とび込んで来た大道寺が右の肩へ斬りつけた。

——弓だったか。

孝也はそう思いながら倒れた。大道寺の二の太刀をよけようとして、本能的に振向くと軀がぐらっと仰向きになり、胸と腹とで（射込まれた）矢が内臓を突き破った。孝也は苦痛のあまり息が詰り、眼が昏《くら》んだ。馬蹄の音と、大勢の喚く声が聞え、誰かが脇へ来て、ひきつった調子で孝也の名を呼んだ。

「西秋だな、早すぎた」孝也は云った、「あいつ、約束をやぶったな」

孝也は眼をあいた。西秋泰二郎の顔が眼の前にあった。泰二郎の頭の横に、高い空の白い月が見えた。

「私がむりに訊きだしたのです」と泰二郎が云った、「すぐに庄司や益島たちと馬で駆けつけたのですが、ひと足おそかった、宗城さん、貴方はどうしてこんなことをしてくれたんですか」

「おちつけ」と孝也が云った、「大道寺らはどうした」

「彼は仕止めたが、ほかの者は逃げました」

「二人だけで話したい」

孝也は喘いで、右手をゆらっと振った。泰二郎は振返った、そこには益島弁三郎、宮原忠兵衛、庄司勇之助たちと、ほかに上位の門人が五人（みんな武装して）立っていた。かれらにも孝也の言葉は聞えたので、泰二郎がめくばせをすると、静かにそこから遠のいていった。

「おれの足を見ろ、右の足だ」孝也が云った、「どうしてか、という理由は、それだ」

「ああこれは、宗城さん」

「触るな、それは脱疽《だつそ》というのだ、おれはもうこのままでも、五十日とは生きられない軀なんだ」

「脱疽ですって、あの骨も肉も腐る、――」泰二郎は息をのんだ、「しかし、いつからです、いつからこんな病気にかかったのですか」

「そうと宣告されたのは二月だ」

　泰二郎は「ああ」という眼をした。

「では――それで貴方は」

「おれはうまくやったと思う」

「宗城さん、それでですか」突然、泰二郎の声がふるえだした、「それで貴方はあんなふうにしたんですか」

「うまくやったと思わないか」

「それはひどい、あんまりだそれは、宗城さん」

「よく聞け」孝也が云った、「おれは死ぬ軀だ、持てるものは持ってゆかなくちゃならない、はっきり云えなくなった、――こうだ、おれが自分を醜くすれば、あとが美しく纏《まと》まる、あのひとの気持には、もうおれは残ってはいないだろう、西秋、――あのひとを頼む、茂庭のあとを頼む」

　泰二郎の喉へ嗚咽がつきあげた。

「手紙を読んだな」孝也が云った。

　泰二郎は泣きながら頷いた。

「泣くな、これで万事おさまるんだ」と孝也は云った、「郡奉行へ届ければ、もう坪田も悪あがきはすまい、おれはいい死に場所に恵まれたんだ、おれは、――この病気、このくそいまいましい病気では、死にたくなかった。西秋、どうか病気のことを知れないようにしてくれ、この病気を知れないように、このまま焼くか埋めるかしてくれ、約束できるか」

「約束します」

「それでいい」孝也は頷いた。

「宗城さん」

「あのひとを頼む」と孝也は云った、「――熊の仔はおれが放した」

　泰二郎は孝也の手を握った。孝也の呼吸は止った。泰二郎は孝也の手を握ったまま激しく泣きだした。靄は殆んど消えていた。


（「キング」昭和二十九年八月号）

おたは嫌いだ

一

「どうだ津由木《つゆき》」と税所主殿《さいしょとのも》が云った、「れいのあれは、どんなぐあいだ」

「はあ、まあぼつぼつです」

「うまくないか」主殿は御印筐《ごいんばこ》を封じ、それに封印をおした、

「そうか、うまくないか」

「うまくないこともないと思うんですが、あんまりうまくいってるとも思えません、どうも少し心配なんです」

「それはいけないな」と主殿は云った、「それはいけない、あんまりあせってはだめだ」

「ええ、私もそう思うんです」

「あせってはいけない」主殿は御印筐をさし出した、「ではこれを御宝庫へ」

津由木門太《もんた》は両手でささげて受け取った。

「百里の道も一歩からという」と主殿は云った、「なにごとによらずせいては仕損ずる、おちついて、ゆっくりやってくれ」

「そうするつもりです」と門太は云って、「私もそのつもりなんです」

「結構だ、それなら結構だ」

「ではこれを御宝庫へ納めます」

「うん、結構だ」と主殿はうなずいた、「ひとつその気持で、やってもらおう」

門太は老職の役部屋を辞去した。

――おかしな人だ。

廊下を歩きながら、門太は心の中で呟《つぶや》いた。おかしな人だ、どうしてあのことを知っているんだろう、どうして感づいたのだろう、と思った。中ノ口へゆくまでに、五人ばかりの者が声をかけた、「なにしに来た」とか、「普請場は暢気《のんき》でいいだろう」とか、「肥えたなあ、ずいぶん肥えたじゃないか」とか云った。また「おいやせたね」と云った者もあった。門太はこれには返辞をした。そうかい、やせたかい。「やせたよ、どうかしたのか」いやべつにどうもしないさ、近ごろあまり飲まないんだ。「飲まないって、どうしてさ」どうということもないがね、とにかくあまり飲まないようにしているんだ。「ふん」とその男はしかめっ面をした、「つまりやせたいんだろ」いや、そんなことはないさ。「わかってるよ」とその男は――三浦信吉郎という名前なのだが――そっぽを向いて云った、「飲まない門太なんて油のきれた行燈《あんどん》みたようなもんだ」そしてその男は休息所のほうへいってしまった。

――あの、三浦の、のんだくれ野郎。

門太は心のなかでどなった。彼は御宝庫へいって「御印筐」を納め、それから三ノ口へゆくまで心のなかで、どなり続けた。こんなにいそいでいるときでなければ、ぶん殴ってやるんだ、あの太っちょ野郎、「やせたね」なんて甘ったるい声を出しやがって、あの。

「やあこれは、どうも失礼」

門太は声を出して云った。三ノ口の式台で一人の老人と衝突したのである。相手はこちらをぎろっとにらんだ。それは次席家老の折田《おりた》なんとかという頑固おやじであった。門太はあわてておじぎをし、「失礼しました」と云いながら、すばやくそこを逃げだした。

「あれは頑固おやじじゃないか」と、彼は走りながら呟いた、「なんだってまた次席家老が三ノ口からなんぞ入るんだ、え、――」

彼は足をとめて振り返った。

誰かに呼ばれたので、折田のじじいかと思ったら、もうそこは笠木《かさき》塀《べい》の木戸の外で、呼んだのは姉のすみ江であった。

――あっ、そうか。

と門太は心のなかで云った。

――税所さんのは求婚の話だった。

彼は税所主殿に、半年もまえから「すみ江どのの気持をきいてみてくれ」と頼まれていた。彼はすぐ姉に話し、姉は即座に断わった。姉のすみ江は「いやです」と云い、「あなた自身のことをお考えなさい」と云った。彼はひきさがったが、姉が断わったということは、税所主殿にはまだ知らせていなかった。

「やあ姉上、いかがですか」

門太はこう云いながら、心のなかで、――へっ、あせってはいけない、ゆっくりやってくれ、か。と呟いた。

「うちへ寄るのでしょう」とすみ江は云った、「いっしょにまいりましょう」

「いや、私はすぐまた普請場へ」

「まいりましょう」とすみ江は云った、「あなたに話すことがあります」

そして彼女はさっさと歩きだした。

姉は門太より六つ上だから三十二歳になる。姉弟《きょうだい》には両親がない、父は十五年まえ、母は父に三年おくれて亡くなった。以来、姉のすみ江と叔母（父の妹で、いちど他家に嫁し、不縁になって戻っていた）の小萩《こはぎ》とで門太を育てた。といっても、そのために姉が今日まで独身でいるわけではない、彼女は十六の年に失恋し、そのため奥女中にあがって、現在では「中老」という位地についていた。

彼女（中老としての名は「松島」という）は縹緻《きりよう》よしであった。色はちょっと浅黒いが、すんなりと均斉のとれた軀《からだ》つきで、うりざね顔の眼鼻だちも、やや険はあるけれども、凛《りん》とした気品をもっていた。彼女は年よりませていたらしい、十四歳のとき、――これはじつに皮肉なことだが税所主殿に恋し、「主殿さまと結婚できなければ一生独身で暮す」と、両親に宣言したそうである。税所は八百二十石の寄合で、主殿はそのとき二十四歳、すでに家督として藩主附きの用度係を勤めていた。そうして、それから二年後に、江戸詰のとき杉原氏から嫁をもらったので、すみ江は失恋してしまった。杉原氏から来た妻女は病身で、嫁に来てからも寝たり起きたりの状態だったらしいが、一人の子も産まないまま、去年の二月に病没した。

税所主殿が門太に向って、すみ江に対する求愛の情をうちあけたのは、亡き妻の一周忌がすんだ直後のことであった。主殿は自分がかつてすみ江に恋されたことを知ってはいない。すみ江の両親は、彼女がせめて十六にでもなったら、縁談にとりかかろうと思っていたので、そのまえに主殿が結婚したため、彼女の想いを主殿に通じる暇がなかったのであった。

――その主殿がいまは姉を欲しがっている。

皮肉なもんだな、と門太は心のなかで呟いた。しかしなぜ姉は断わったのだろう、かつて熱烈に恋し「その人の妻になれなければ一生独身で暮す」と宣告したそうではないか。その人がいま彼女に求婚しているのである、ひとり身であり子供もない、年こそ四十二歳になるけれども、姉だってもう三十二歳だ、まるで錠前へ合鍵《あいかぎ》を差すような話じゃないか、と門太は心のなかで思った。

「どこへゆくんですか」と姉が云った、「うちはこちらですよ」

二

自宅へ帰るのは五日ぶりであった。

松平対馬守《つしまのかみ》は、今年の春から、深川海手《ふかがわうみて》の堤防工事に、その総奉行を命ぜられ、ほとんど毎日、この麹町《こうじまち》二番町の上屋敷から、深川の現場へかよっていた。

門太《もんた》は馬廻りであるが、こんどは使番《つかいばん》を命ぜられて普請小屋に詰め、十日に一度の休暇のときしか、自宅へ帰ることができない、今日は「御印筐」を戻すために上屋敷へ来たのであった。

「御用でしょうから簡単に話します」と姉は門太に云って、

「こちらへ来て坐ってください」

叔母の小萩が「まあ門さん」といって出て来たが、姉は彼女に手を振り、自分の居間へ弟をつれていって坐った。叔母は「お茶をいれますか」ときいたが、姉がまた手を振ったので、門太にちょっと笑ってみせ、そして自分の部屋へ去っていった。

「このあいだの娘は受け取りました」とすみ江は云った、「これで三人めですが追い返すこともできないから使っています」

「どうもすみません、どうもありがとう」と門太はおじぎをした、

「なにしろ、手紙に書いたとおりの身の上で、ほかに頼る者もなし金もなし、私としても姉上にお願いして、部屋子に使っていただくよりしようがないと思ったんです」

「それがこんどで三度めですよ」と姉は——中老松島の声で——云った、「あわれな身の上で、見るに見かねるから助けてやってくれ、給銀はどちらでもいい、姉上の部屋子として使ってもらいたい、……そういって、見も知らない娘を三人もわたくしに押しつけてよこした、三人もですよ」「それなんですが、姉上は御殿づとめでご存じないでしょうが、世の中にはじつに気の毒な、とうてい信じられないくらい不幸な娘たちがずいぶんたくさんいるんです」

「たとえば、――」と姉は云った、「二番めにつれて来た八重という娘《こ》ね」

「ええそうです、あの娘なんぞは、その、泣くにも泣けないような、それこそもう」

「ひどい貧乏で」と門太が云った、「親は病気で寝たままだし、食う物にもこと欠くような始末ですし」

「その兄は極道者で」

「そうでした、ひどい極道な兄がいまして」

「妹を売ろうとして」

「そうなんです、いまにも妹を、というのはもちろん、八重というあの娘のことなんですが」

「その人が来ましたよ」と姉は云った。

門太はぽかんと姉の顔を見た。

「その兄という人が、わたくしのところへ訪ねて来たんです、聞えましたか」

「聞えました」と門太は云った。

姉は「それで」と弟の顔を見た。門太は「それでなんですか」ともじもじした。

「私は普請場へ帰らなければならないんですが、もうかなり時刻がたちましたし」

「弁明を聞きましょう」と姉は云った、「八重の兄は和泉屋《いずみや》喜助といって、日本橋に大きな京染の店があり、雇人を八人も使っているそうです、八重がお世話になるといって、わたくしに高価な櫛笄《くしこうがい》を進物にくれたし、八重の衣装や道具など、葛籠《つづら》に五つも持ってきました」

「それではまんざら極道者でもないわけですね」

「妹おもいの善い兄ですよ」

「ふしぎですね」と門太は首をかしげた、「もしそれが本当だとすると、つまり私はだまされたんでしょう、だから私は世間が信じられないというんです、私はまじめにですね、この世の中を」

「門太さん、あなた逃げるんですか」

「非番の日に来ます」と門太は廊下へとびだした、「そのときお小言をうかがいます、失礼しました」

彼はすばやく玄関へおりた。

そのとき、門をはいって来た(奥女中ふうの)若い娘が、門太を見てぽうと頬を染め、恥ずかしそうに会釈をした。門太は草履をつっかけて外へ出ながら「やあ」といった。

「姉はうちにいますよ」

「御非番でございますか」と娘がきいた。

「いや使い走りです」門太は云った、「いい天気ですね、さよなら」

娘は「ごめんあそばせ」と腰をかがめ、うるんだひとみで、じっと彼のうしろ姿を見送った。

――あぶなかった。

もうちょっとでつかまるところだった、と門太は心のなかで云った。もうちょっと姉の部屋にいたら、あの双葉《ふたば》と茶でものまなければならなかったろう、おい、あぶないところだったぞ、門太、と彼は自分に云った。

「和泉屋はまずかったなあ」と歩きながら門太は渋い顔をした、「おれは断わったはずなんだ、ちゃんとこれこれしかじかと打ち合せたはずなんだが、和泉屋の野郎おれの話を信用しなかったんだな、うん」と彼はうなずいた、「姉の気にいれば嫁にもらう、まず姉の気にいるかどうかが先決問題だと云ったのに、……あの野郎おれのことを疑ったのかもしれないぞ」

そうだ、と門太は心のなかで思った。和泉屋喜助は妹をかどわかされるとでも思ったのかもしれない、商人なんてものは金銭のほかにはなんにも信用しない人種なんだからな――だがまあいいさ、と門太は思った。

――八重よりもこんどのお銀のほうがいい、はるかにいいと思う。初めのなみというのとちょっと似ているが、軀の健康な点ではずっといい、うん、お銀のやつうまくやってくれるといいがな。

育った境遇が問題だ。しかしなんとかやるだろう、と門太は心のなかでうなずいた。お銀だってばかじゃあなし、酒さえ飲まなければ、大家の令嬢といったってとおるくらいなんだから、こんどは姉公《あねこう》も文句はつけられないだろう、と彼はひとりでほくほくした。

姉に約束したにもかかわらず、次の休暇に門太は帰宅しなかったし、そしてその次の休暇にも顔をみせなかった。

初めの違約は彼の意志であった。姉の小言を聞くのが億劫《おっくう》だし、三人めのお銀が気にいって、姉の機嫌がなおるのを待つほうが利巧だと思ったからである。しかし、二度めの違約は彼の意志ではなかった、まったく思いがけないことだが、彼は五人のならず者たちと喧嘩《けんか》をし、半月間の禁足をくったのであった。

事情はこうである、——

その日（それは非番の前日であったが）の午後、彼が普請場の事務所にいると、下役の者が一通の手紙を持ってきた。妙な男が門太に届けてくれといって、置いていったのだそうである。門太はすぐに読んでみた、無学文盲な手合が書いたとみえ、ぜんぶ仮名の字もまずいし文章もでたらめであった。「うん」と門太は鼻をしかめ、ながいこと、穴のあくほどその文字をみつめた、「うん、はいけいしかれば、……というらしいな、けいけいすかりばと読めるが、こいつは訛《なま》りだろう、ところで次がわからない、次のこの字が——」

彼はその字を判読しようと努めたが、頭は頭でまったくべつのことを考えていた。

——おかしなもんだな、税所さんに「あれはどんなぐあいだ」ときかれたとき、おれははてっきり自分のことだと思った、姉に娘たちを預けたことがうまくいってるかどうかときかれたんだと思った、ところが先方は先方で自分の問題について。

門太は頭を振り、「おいしっかりしろ」と自分に云った。

「しっかりしろ」と彼は眼をそばめた、「ここに『はたすあえ』と書いてあるぞ、それからええ、……すんまくじりかっぱしてるんべやなすや、わからねえ、なんだこれあ、まるでお禁呪《まじない》みたような文句じゃないか、待て待て、ええ、――はたすあえ、すんまくじりかっぱして、すんまく、……わからねえ、頭がちらくらしてきた、かってにしやあがれ」

門太はその手紙をくしゃくしゃにまるめ、土間のすみへ投げ捨ててしまった。

三

手紙の用向はすぐにわかった。

その夕方、事務を終ったあとで、彼は門前町の「辰巳《たつみ》」へ食事にいった。明くる日が休暇にあたるので、一杯飲もうと思ったのである。辰巳はちょっとした料理茶屋で、普請場の侍たちの弁当をまかなっていた。門太は三日にいちどぐらいのわりで、酒を飲みにでかけたが、辰巳にはお銀おむらという姉妹がいて、とくにお銀という姉娘が、彼のゆくたびに大はしゃぎで歓待した。

お銀は縹緻は悪くないのだが、背丈が五尺四寸、よく肥えたたくましい軀つきで、客がへたな悪戯《いたずら》でもしようものなら「張っ倒す」というふうだったから、妹のおむらのほうが客ににんきがあった。お銀はそんなことは気にもかけない、酒もよく飲むし、明るい気さくな性分で、門太のことを「あたしのいいひと」などと呼び、いちどなどは、二人だけの座敷だったが、酔っぱらって裸踊りをしてみせたことさえあった。

そのお銀はいま姉のところにいる。

――もしも姉の気にいったら嫁にもらうが、少し奥女中で辛抱してみないか。

――いいわ、それが本当なら奥女中だって番太《ばんた》だってやってみるわ。

こんな問答があった。「辰巳」の夫婦は嫁の話はべつとして、娘が行儀作法を覚えることは賛成だった。そうすれば客を「張っ倒す」ようなこともなくなるかもしれない。よろしくお願いします、ということになったものであった。

さてその夕方、――

門太は「辰巳」へゆき、お内所で飲んだ。お銀が屋敷へあがってから、夫婦はいつも彼を内所へとおしてもてなすようになった。娘はうまくやっているでしょうか。大丈夫うまくやってるさ。このあいだへんな夢を見ました。夢なんか気にしなさんな。いちどようすをみにゆきたいんですが。姉にきいてみよう。そんな話をしながら飲んでいた。すると、半刻《はんとき》ばかりたってから、店の給仕女が来て、

「津由木さんにお客が来てます」

と云った。門太は同僚だろうと思ったが、女はそうではないと云った。二人づれの、風態のよくない男で、ちょっと店まで出てもらいたい、と云っているとのことであった。

「よし」と門太は盃《さかずき》を置いた。

夫婦は「おやめなさい」と止めたが、門太は無腰《むこし》のまま店へ出ていった。

二人は土間に立っていた。なるほど風態が悪い、年はどっちも二十四五くらいで、長半纒《ながばんてん》に平ぐけ、ふところ手という、無頼を看板にしたような恰好であった。門太は「おれが津由

木だがなんの用だ」と云った。男の一人が、ちょっとそこまで顔を貸してもらいたい、と云った。いま酒を飲んでいるところだ、用があるならここで聞こう。すると相手はせせら笑いをした。

「おっかねえんですか」と男の一人が云った。

門太はかっとなった。

「おっかねえらしいな」とべつの男が云った。

門太は「穿《は》き物を貸してくれ」とどなった。下女が草履を持ってとんで来た。門太はそれをはくとあごをしゃくった。

「さあ、どこへいくんだ」

二人の男はにっと笑い、先に立って店を出た。

通りを横切って、暗い横丁を北へゆく。つき当れば永代寺で、その土塀と門がすぐ向うに見えた。門太は歩きながら「ははあ」とうなずいた。さっきの手紙はこいつらがよこしたんだな、たしかにこいつらだ、間違いなしと思うと、おかしくなって、われ知らずくすくす笑った。

「おい」と彼は前をゆく二人に云った、「あのけいけいすかりばっていう奇天烈な手紙はおまえたちがよこしたのか」

二人は振り返った。

「けいけいなんですって」

「すかりばさ」と門太は笑った、「それから、すんまくとかとばっちりとか、まるっきりちんぷんかんでわけのわからねえ手紙さ、あれはおまえたちがよこしたのかっていうんだ」

二人はささやきあった、「あの爺さんだ」とか「ちゃんと書けるっていったぜ」とか、お互いにささやきあうのが聞えた。つまり代筆を頼んだのだろう、その代筆者がどこかの田舎出かなにかで、あんな手紙を書いたという事情らしかった。

永代寺の門前までくると、暗がりからさらに三人の男が現われ、合わせて五人で、門太をぐるっと取り囲んだ。一人が提燈《ちょうちん》を持ってる、その光で見ると、なかに一人、色のなまっ白《ちろ》い、ぞろっとした着物の、にやけた若者がいた。ほかの四人はみな似たような風態だから、その若者はすぐ眼についたし、「辰巳」へよくくる、どこかののら息子だということがわかった。

「ははは」と門太は云った、「おれを呼びだしたのはおまえさんだな」

「やかましいやい」

と無頼漢のなかの、肥えた大きな男がどなった。のら息子の脇にいて、どうやらこの中でのあにい株らしい。ぐいと前へ出て来て、門太のことをすごくにらんだ。

「おらあ洲崎《すさき》の伝次ってえもんだ」とその男は云った、「おめえさんはお武家にも似あわねえ、辰巳の夫婦をうまくまるめて、娘のお銀さんをどこかへさらっていったろう」

「ばかを云え、お銀は屋敷奉公にいったんだ」

「どんな屋敷奉公かわかるものか」と伝次は云った、「おおかた手馴ずけて、てめえの囲い者にでも、しようというんだろう」

「察しがいいな」と門太は云った、「奉公ぶりがよければ、囲い者どころか正式に結婚するつもりだ」

「うるせえや」と伝次がわめいた、「お銀さんにはな、ここにいる吉野屋の若旦那という、れっきとした、なんだあ、その立派な旦那がついているんだ」

「なるほど」と門太は若旦那を見た、「なるほどな」と彼はうなずいた、「なかなか立派そうな若旦那だ、うん、おれも辰巳でちょいちょい会ってる、いつかお銀の乳をなでて張っ倒されたっけ、若旦那はすっ飛ばされた案山子《かかし》みたように」

「やかましいやい」と伝次がどなった、「四の五の云わずにお銀さんを返せ」

「お銀ちゃんを返せ」と若旦那がきいきい声で叫んだ。

「うすっきみの悪い声だ」と門太は云った、「――お銀は子供じゃあないから、帰りたければ帰るだろう、お銀へじかにそう云うがいい、用がそれだけならおれは帰るぜ」

「おめえそれですむと思うのか」

「おれは酒の途中だ、酔いがさめるから通してくれ」

「やっつけておやり、伝次」と若旦那がきいきい声で叫んだ、

「かまわないからうんとやっつけておやり」

伝次は「がってんだ」といって殴りかかった。門太はとびさがった。

四

友達の三浦信吉郎は、のんべえであるが、酔うとべらぼうに強くなる。いつか浅草のほうで七人を相手に喧嘩をして勝ち、七人をくたくたにしてしまった。そのときうしろから丸太ん棒で頭をなぐられたが、なぐったやつは手がしびれたのに、信吉郎は平気な顔で、そいつをひっつかまえて投げとばした。あとでみると、後頭部に瘤《こぶ》ができていただけで、自分ではなぐられたことも気がつかなかったそうである。——門太は素面《しらふ》だと相当に強い、三浦信吉郎なども一目おいているくらいだが、酒がはいるとだめであった。

殴りかかった伝次の拳をのけ、一人を突きとばした。横から組みついてきたやつを、組ませたまま、ほかの一人の顔を叩いた。

「よせ」と門太は叫んだ、「おれは怒るとあぶないんだ、なにをするかわからない、「あっ」と彼は叫んだ、「おいやめろ、きさまたちみんな片輪者になっちまうぞ、「やめろ」

だが四人はやめなかったし、どうやら喧嘩には練達者だったらしい。門太は押し倒されさんざんに殴られた。

さいわいそこへ町方の役人が（「辰巳」の者の知らせで）来たからよかったが、さもなければ門太自身が片輪者になったかもしれなかった。役人が来たので若旦那と四人の無頼漢は逃げてしまったが、門太はまだ地面の上でばたばた暴れながら、「やめろ、やめろ」と叫んでいたそうである。

「おれが怒らないうちにやめろ、おれが本当に怒ると手がつけられないぞ、命が惜しかったらいまのうちにやめろ」

役人は彼を助け起こして、「辰巳」までつれていった。

もう酒どころではなかった。着物はほころび、袖はちぎれ、全身泥だらけで、手足はひっ搔《か》き傷、頭は瘤だらけ、片方の眼は紫色にはれふさがっていた。——彼はそのはれふさがった眼から、ぽろぽろと涙をこぼしながら、役人の質問にはなにも答えなかった。

「いや、なんでもない、ころんだだけだ」と門太は主張した、「道が凍っていたので、ついすべってころんだのだ」

しかし役人は信用しないようすで、断わったのに普請場の小屋まで送って来た。

喧嘩したことが露顕したのは云うまでもない。とくに脇差も差さず、無腰だったことが(役人は贔負《ひいき》して告げたつもりらしいが)上役に知れ、ついに半月間の禁足ということになった。——もっとも、その顔ですぐ使番を勤めるとしたら、彼自身にとってもっと閉口ものだったろうが。

禁足がとけた日に、門太は上屋敷へ「御印筐」を返しにゆく役に当った。「御印筐」というのは、藩主対馬守の印章を入れた筐で、月に一度ずつ、工事担当の大名三家(林播磨守《はりまのかみ》、立花左近将監《さこんしょうげん》、本庄安芸守《あきのかみ》)から呈出する書類へ、総奉行として対馬守が照合検印するものであり、そのたびに宝庫から出して来、すむとすぐ宝庫へ戻すのであった。

上屋敷へゆき、老職部屋で税所主殿に封をしてもらった。主殿は年寄肝入《としよりきもいり》で、「御印筐」

の出し入れの責任者であった。

「帰りに自宅へ寄るがいい」と主殿は筐に封印をおしながら云った、「すみ江どのがなにか用があるそうで、必ずたち寄るようにと伝言があった」

門太は「そうですか」と云った。

「お小言だぞ」と主殿は云った、「喧嘩のことは評判だからな」

「喧嘩ではないんですよ、ただすべってころんだだけなんです」

「お小言にちがいない」と主殿は「御印筐」をおしてよこした、「それとも、――うん」と主殿は門太を見た、「そうだ、ことによると例の話ではないだろうか」

門太は返辞に困り、「はあ」と眼をそらしながら「御印筐」を両手で受け取った。

「そうかもしれないぞ、うん」と主殿は自分にうなずいた、「ことによるとあの話かもしれない、もうそろそろ決心のつくじぶんだからな」

「これを御宝庫へ納めます」

「結構だ」と主殿は云った、「そして必ず自宅へ寄って、もしすみ江どのの話が例の件だったら、すまないが私にちょっと知らせてくれ」

門太は「承知しました」と答え、なおなにか云いたそうな主殿にはかまわず、逃げるように老職部屋から出た。ところが、御宝庫へゆく途中の廊下で、三浦信吉郎に呼び止められ、喧嘩のことをからかわれた。

「すべってころんでひっ掻き傷や瘤だらけになるというのは珍聞だな」と三浦が云った、

「軀じゅう泥だらけ、着物はほころび袖はちぎれ、そうして地面にひっくり返って、誰もいないのにおそろしく威張ったことをわめきちらしていたそうじゃないか」

「すまないがちょっと外へ出てくれ」と門太は云った、「そのことなら外で話すとしよう」

三浦は「よかろう」と云った。

門太は廊下を戻って、三ノ口から外へ出た。信吉郎もついて来た。彼は一杯飲めると思ったらしい、多少いそいそしているふうだったが、笠木塀の木戸を出たところで、振り返った門太の眼を見たとたん、三浦はさっと顔色を変えた。

「さあ、――」と門太は云った、「いま云ったことをもういちど云ってくれ」

「まあ待ってくれ、おれはただ」

「はっきり聞こう」と門太は云った、「おい、のんだくれの太っちょ、おれがすべってころんでどうしたとか云ったな」

「待ってくれ、おれはあやまるよ」と三浦はおじぎをした、「べつにわる気で云ったんじゃない、本当だよ、二人の仲だから心やすだてについ」

「門太さん」と呼ぶ声がした。

門太は振り向いた。するとそこに、姉のすみ江が、双葉をつれて立っていた。信吉郎はほっと救われたような顔をし、門太は首がちぢみそうになった。

「これから寄るところです」と門太は姉に云った、「いま三浦にちょっと用があるもんですから」

「いや用はすんだんですよ」と三浦はすみ江に云った、「いま津由木にとっちめられましてね、やっと勘弁してもらったところなんです、では津由木」と彼は門太に手を振った、「また近いうちに会おう」

門太は嚙《か》みつきそうな眼でにらんだ。

姉は「ゆきましょう」と云った。双葉は手を出して「お持ちいたしますわ」と云い、門太のかかえている物を受け取った。

――これはことによるとおたのことかもしれないぞ。

門太はふと心のなかでそう思った。

おたとは双葉のことである。彼女は国井靱負《ゆきえ》という勘定奉行の娘で、同じ上屋敷の中に家がありまえには津由木と隣り同士だった。門太とは四つ違いで、今年はもう二十二になる。二人はごく幼いころから仲がよく、まるで兄妹《きょうだい》のように親しかった。双葉はまる顔で、眉と眼がやや尻下がりであり、笑うと両方の頰にえくぼがよる。自分のことを「おた」と呼び、門太のことを「もんたん」と呼んだ。

門太が十五の年に、邸内の地割りが変更され、そのとき国井の家はお庭下のほうへ移った。津由木とは六七丁も離れてしまったが、それでも双葉は毎日のように遊びに来たし、ときには泊ってゆくことさえ珍しくはなかった。――これは津由木ですでに父母がなく、すみ江(彼女はもう御殿へあがっていたが)と叔母と門太の三人ぐらしで、淋しくもあり、ほかに気がねがなかったからでもあろう。そのじぶんでもまだ双葉は、自分のことを「おた」と呼ぶことがあったし、津由木ではずっとその名で呼ぶならわしであった。

門太が二十一になったとき、姉のすみ江が「双葉さんを嫁にもらう気はないか」と門太にきいた。門太は笑って「おたをですか」とき返した。笑いごとじゃありません。まじめな話です。よろしい、考えてみます。なにを考えるんですか、と姉がきいた。なんということもないが、とにかくよく考えてみます、と門太は答えた。

それからしばらくして、すみ江が「双葉さんのことはどうしました」ときいた。

門太――どうも気が進まないんです。

すみ江――嫌いではないんでしょう。

門太――おたとしては嫌いじゃありません。しかし妻としては好きになれそうもないんです。

すみ江――それはどういうわけですか。

門太――はっきり云えないんですが、なにしろ小さいときからあまり親しくしてきたので、その、つまり他人のような気がしないんです。

すみ江――いいではないの、それほど気心がよくわかっているのだから結構じゃありませんか。

門太――あなたにはわからないんです。

すみ江――なにがわからないの。

門太――私にとっておたは妹みたようなものです、おたと結婚することは、私には妹と結婚するのと同じことなんです。

姉は「まあ呆《あき》れた」と云い、門太は「私はいやです」とはっきりと断わった。

それから五年経つ、――双葉は十七歳で奥勤めにあがり、現在では姉の下で、奥方づきの部屋持になっている。姉は口には出さないが、まだ二人の結婚をあきらめてはいないらしい。それで門太は門太の手段を考案したのであるが、どうやら今日の姉のようすでは、あらためて双葉の話がむし返されるように思える。門太にはどうもそんなふうに直感されるのであった。

「わたくしの部屋へいらっしゃい」

家へ着くと、姉がそう云った。

「双葉さんは叔母の部屋で待っていてください」

五

「さきにお断わりしておきますが」

姉の部屋へはいると、すぐに門太が云った。

「おたの話ならどうかよしてください、それはおっしゃってもむだですから」

「お坐りなさい」と姉は云った、「話はそのことではありません」

門太は坐って、「では喧嘩のことですか」ときいた。すみ江はいぶかしそうな眼をし、「あなた喧嘩をしたんですか」と反問した。門太はしまったと思い、「いやなに、べつに」などと口をにごした。すみ江は喧嘩のことは聞いていないらしい、えへんと咳《せき》をし、まっすぐに弟の眼をにらんだ。門太はまぶしそうに、まじまじと眼をそらした。

「門太さん」と姉が云った、「あなたわたくしの眼が見られないんですか」

「どうしてです、見られないことはありません、見られますよ」

「ではまっすぐに見てごらんなさい」

「こうですか」彼は姉の眼を見た。

「そのままお聞きなさい、眼をそらさずにですよ、門太さん」と姉は云った、「あなたが三人めにつれて来た娘は、いったいどういう育ちだかもういちど聞かせてください」

こんどは門太が「えへん」と咳をした。

「あの娘の、育ちですか」

「眼がそれますよ」

「えへん」と彼は咳をした、「それはあのとき、手紙に書いたとおり、じつになんとも、あわれ極まる、――姉上は忘れたんですか」

「お続けなさい」

「率直に云いますが、姉上が知りたいのはあの娘の育ちの問題じゃあないでしょう」と門太は云った、「本当はおっしゃりたいことはべつにあるんじゃないのですか」

「それがわかりますか」

「それはもう」と彼はにこにこした。

「ではなんだと思います」

門太は「さて」といった。すみ江はしばらく弟の返辞を待っていた。が、やがて「時間が惜しいから申しましょう」と云った。

「あの娘、……お銀というあの娘はとほうもない娘です、つい四日ばかりまえのことだけれど、肌ぬぎに鉢巻をして、御殿の中を大あばれにあばれまわりました」

「お銀がですか」門太はぎょっとした、「あのお銀がですか」

「鉢巻をして肌ぬぎで、お乳なんかもうまる出しです」と姉は云って、「そして擂粉木《すりこぎ》を振りまわして、張っ倒すぞ張っ倒すぞってわめきながら、いいえ、もっといやらしいみだらなことをわめきながら」

「ちょ、ちょっとうかがいますが」と門太がきいた、「それはもしや、その、誰か酒でも飲ませたんじゃないでしょうか」

「誰が飲ませるものですか、あとで聞いたら、自分でお台所へいって飲んだということです」

「ああ、――」と門太は片手で額を押えた。

「お台所の者が気づいたときは、ほとんど二升ちかくも飲んだあとだったそうです」とすみ江は云った、「みんなで押えようとしたけれど、軀はあのとおりだし力は強いし、――どんな騒ぎだったかあなたにも想像がつくでしょう」

「どうもまことに、その、なんとも」

「それでどんな育ちかきいたんです」と姉は云った、「けれども肝心な話はそのことではありません、あなたはむりやり、三人の娘をわたくしに押しつけました、いろいろな、――ありもしない理由や、つくり話の身の上を云いたてて、部屋子に使ってくれといって押しつけましたね」

門太は黙って（神妙に）頭をたれた。

「なぜそんなことをするのか、わたくしはすぐにわかりました、あなたはあの娘たちの中から、嫁を選ぶつもりだったのでしょう、門太さん、そうでしょう」

「ええじつは、単直にいえばですね」

「いけません、不承知です」と姉は云った、「そんなことはおやめなさい、ばかげています」

「なにがばかげているんですか」

「ばかげていないとでもお思いなの」と姉はひらき直った、「肌ぬぎのお乳もまる出しで、張っ倒すとかばらすとか、このせ……あま（その言葉に姉は自分で赤くなった）とかわめきちらしながら、御殿じゅうあばれまわるような娘を、かりにも嫁にしようなどということが」

「それはべつです、それはお銀が酒を飲んだからなんで」彼はこう云いながら、いつかお銀が裸踊りをしたことを思いだして、われ知らず首をすくめた、「酒さえ飲まなければ、お銀はどこの大家の娘にも劣らないくらい」

「たくさんです、よしてちょうだい」姉はぴしっと云った、「奥勤めをしていれば、女だって酒ぐらい飲まなければならないときがあります。どんな家庭だってそうでしょう、でも娘の身で二升も飲み、あんな騒ぎを始めるようで、武家の妻がつとまると思いますか」

「しかしそれは良人《おっと》しだいでしょう、人間には誰しも欠点があるものです、その欠点をお互いの愛情で直しあってゆくのが、夫婦というものじゃないでしょうか」

「あなたにそんなことがわかるんですか」

「あなたは考えが古いですよ」と門太もひらき直った、「まあ聞いてください、昔の武将たちは軀の立派な百姓の娘などを選んで、健康な強い子を産ませたものです、家柄だの階級などにこだわっていると、ろくな子孫はできやしません、問題は強い健康な軀です、侍だから侍の娘を嫁にするなんて、そんな考えは寛永時代の、古くさい」

おかしいじゃないの、と姉がさえぎった。なんですか。なんですかって、あなたいま「昔の武将たちはそうする」と云ったでしょう。ええ云いましたとも、でも昔というのは寛永より前ですか後ですか。それはもちろん、その、――寛永よりずっと前でしょう。それなら門さんのほうが古くさいんじゃないんですか。いや私はその。――なんですか。私は時代のことを云ってるんじゃありません、ものの考え方のことを云ってるんです、と門太は云った。

「いいでしょう」と姉は云った、「それがあなたの本心ならあの娘を嫁になさい」

「怒ったんですか」

「あの娘をおもらいなさい、さぞ立派な花嫁ができるでしょう」と姉は云った、「わたくし楽しみに拝見しています」

「もうおそくなりますから、帰ってもいいでしょうか」

「時間が救いの神のようね」と姉は唇で笑った、「断わっておきますが、わたくしをこの縁談にひきださないでください」

門太は聞きながし、失礼しますと立ち上がり、「また来ます」と云って逃げだした。

――さんざんだね、え、門太先生。

上屋敷の門を出ながら、彼は自分にそう云い、舌を出した。

――さんざんだったが、どうやら勝ちはこっちのものらしいぞ、うん、お銀のやつが酔っぱらったのは失敗だったが、……あいつ、まさか酒を飲もうとは思わなかったがな、二升もあおりつけたとしたら、さぞみものだったろう、うん、さぞ壮観なことだったろうよ。

門太はくすくす笑いだした。

六

姉は「あの娘をもらえ」と云った。

それをそのままは信じられない、姉は怒って少しばかりのぼせていた、「あれは云い間違いです」などと云いだすかもしれない。女というものはそのときの感情で、なにをどう云い曲げるかわからないものだ。

「しかしともかく」と門太は呟いた、「ともかくいちどはあの娘をもらえと云ったので、それを云わせたのはこっちの勝ちだ、……だが、勝ちは勝ちだが」と彼は立ちどまった、「おれはなにか忘れ物をしたらしいぞ」

そこは永代橋の上であった。十二月中旬の午後三時すぎで、空は曇っていたし、おそろしく寒い風が吹いていた。門太はふところや両の袂《たもと》をさぐってみた。あるべき物はみんなある、だいいち忘れるような物は持ってゆかなかったはずだ。門太は不決断に歩きだした。

「おかしいな」と彼は首をひねった、「どうもおかしい、なにか忘れ物をしているようだ、たしかにそんな気がするんだが……」

彼は普請場へ帰った。

門太は忘れ物をしていたのであった。そして、夜半になって思いだした。それを思いだしたとき（彼は寝ていたのであるが）あっと叫んで、はね起きた。

「しまった」と彼は叫んだ、「しまった、そうか、あれだったのか」

「なんだ津由木」と隣室から同僚が云った、「なにごとだ、盗賊か」

「いや、なんでもない」

「ではなんだ、火事か」

「いや賊でも火事でもない」と門太が情けない声で云った、「なんでもない、寝てくれ、夢をみただけだ」

同僚は「おどかすなよ」と云い、そのまま寝たようであった。門太は夜具の上に坐って腕組みをし口の中でぶつぶついいながら、ややしばらく起きていたが、やがて「しようがない、明日暇をもらっていってみよう」と呟き、夜具をかぶって寝てしまった。

朝になるとすぐ、彼は支配のところへいって、半日の賜暇《しか》を頼んだ。支配は機嫌の好い顔はしなかった。松木秀十郎という五十七歳になるその支配は、「そこもとは禁足が昨日解けたばかりでしたな」と、いやに丁寧な口をきき、眼鏡の上からじろっと見た。

自宅に急用ができたのです、と門太は懇願した。急用とはどういう用ですか。非常にいそぐ用なんです。それはそうでしょうな。ええそうなんです。急用といえばたいていいそぐものらしい、支配はそう云って薄笑いをした。

「いけないんですか」門太はかっとなった、「いけないなら私は総支配へお願いすることにします」

松木支配は「まあまあ」といった。松木支配は総支配の渡辺備後をおそれていた。松木支配は眼が悪く、記帳などもよく間違えるので、まえから総支配ににらまれていたのである。

「そういうことなら」と松木支配は云った、「私の一存でとくに暇をあげるとしましょう」

「それはどうも」と門太はおじぎをした。

「ただし半日ですぞ」

「午《ひる》まえには帰ります」

どうもすみませんと云って、門太はそこを出るなり、まっしぐらに普請場からとびだしていった。

上屋敷の自宅へ着いた彼は、出迎えた叔母に向って、いきなり「私の忘れ物は」ときいた。気のいい叔母はどぎまぎして、すぐには返辞ができなかった。結局のところ叔母はなんにも知らないのである。門太は「御紋章のついた服紗《ふくさ》に包んだこのくらいの大きさの包みですよ」と念をおした。叔母は困ったような顔をした。

「ゆうべ税所さまがみえましてね」と叔母はつかぬようなことを、ぼっと赤くなりながら云った、「すみ江さんとながいこと話していらっしゃいましたよ」

「包みです包みです」と門太は叫んだ、「私の忘れていった包みのことをきいているんですよ」

叔母は笑い顔をつくった。門太は「自分で捜します」と云い、姉の居間へとびこんでいったが、そこではっと思いだした。

「そうだ」と彼はうなった、「そうか、おたに預けたんだ、お持ちしますわと云って、おたがおれの手から取り、おたが持って、……そうだ、それから姉のお説教を聞き、御印篭を忘れたままで逃げだしたんだ」

彼は戻って、また叔母にきいた。すると叔母は、「ああ」といった、「そういえば双葉さんが持っていたようですよ」それをどうしました、「さあどうしたかしら」置いてゆかなかったんですか、「どうしたかしら」と叔母は考えた、「ここにはみえなかったから、たぶん双葉さんが持っていったのでしょう」と叔母は云った。

「おたを呼んで来てください」

「――だって門さん」

「呼んで来てください」と彼は叫んだ、「あれがなくなりでもすると切腹ものです」

叔母は眼をまるくし、顔色を変えた。そうして、甥《おい》がしんけんであり、気のいい叔母をだましているのでないことを認めると、急にふるえだしながら、双葉を呼びに出ていった。

「出て来られればいいが」と門太は式台をそわそわ歩きまわりながら云った、「奥勤めはむずかしいらしいからな、しかし責任はおたにあるんだ、おたが持ちましょうなんて洒落《しゃれ》たことを云って、——やあ、これはどうも」

門太はおじぎをした。向うから税所主殿が来たのである、麻裃《あさがみしも》で、すっかりめかしこんで、髪などは（油を濃くつけたとみえて）ぴかぴか光っている。主殿はなにか紙包みを持って、明朗に笑いながら玄関へはいって来た。

「ちょっとね」と主殿は云った、「小萩どのにこれを、——珍しい到来物があったのでね、小萩どのは御在宅かね」

門太はまじまじと相手を見た。すると主殿はばつの悪そうな顔をし、咳をして、「じつは昨夜《ゆうべ》すみ江どのに会って話をした」と云いだした。門太では埒《らち》があかないと思ったわけではなく、自分で直接談判がしたくなったのだそうで、ところが、すみ江は主殿の申込みを誤解した。主殿が叔母を欲しいと云うのだと誤解し、「それは結構だと思う、ぜひもらってください」と云ったそうである。

門太は心のなかで「ははあ」と思った。いましがた叔母は、ゆうべ税所がみえた、——と云いながら赤くなった。つまり叔母は知っていたのであろう。また姉が誤解したのは、門太から話をきいたとき、「いやです」とはっきり断わっているので、縁談となれば叔母のことだと、初めから思いこんだものに違いない。だが、主殿その人はいったいどうなのか。

「私はね、じつに縁は異なものという金言を思いだしてね」と主殿は云った、「すみ江どのにそう云われて、はじめて小萩どのという人がおり、自分とは似合わしい縁であるということに気がついたわけだ」

「すると」と門太はどもった、「つまり、――」

「さよう、つまり私は小萩どのを」

門太は「ああ叔母が来ますよ」と云った。

七

叔母はいそいで来たため赤い顔をしていたが、主殿のいるのを見るともっと赤くなり、いまにも消えてしまいそうなふぜいで、しなしなと会釈をした。主殿は主殿ですっかり昂奮《こうふん》してしまい、土産物を出したり引っ込めたりしながら、それが、「つまらない到来物」であることや、べつに「仔細《しさい》があって」持って来たわけではないことや、俗に「食べ物と念仏は一と口ずつでも」という金言があることなど、脈絡もなく並べたてた。叔母は叔母で、手を（土産物へ）出したり引っ込めたりしながら、恍惚《こうこつ》と、まるで夢でもみているように、うっとりと主殿の話に聞きほれていた。

これはきりがない。門太は「叔母さん」と無遠慮に声をかけた。

「どうなんです、おたは来るんですか」

「あら門さん」と叔母はさらに赤くなり、おろおろと主殿に云った、「あの、失礼ですけれど、ちょっとおあがりくださいませんでしょうか」

主殿はもごもごと云った、「今日は非番ではあるが」とか「すみ江どのがお留守では」とか、要するにあがって話したい肚《はら》らしい、門太はがまんを切らした。

「あがってください」と門太は（ほとんど）どなった、「どうかあがってゆっくり話してください、しかしいまは私が叔母に用があるんです」

「まあ門太さん」

「おたは来るんですか来ないんですか」

「なんですか門太さん」と叔母はおろおろした、「税所さまがいらっしゃるのに失礼じゃございませんの」

「お願いです」と門太は主殿に云った、「これでは埒があきません、お願いですからあがって、叔母にちゃんと私と話ができるようにさせてやってください」

叔母も「どうぞ税所さま」とすすめた。主殿はあがった、叔母は彼を奥へ案内した。

「早く戻って来てくださいよ」

門太はうしろからどなった。

しれたことだが、叔母は戻って来るようすがない。門太の前でさえあんなにのぼせあがっていたのだから、二人っきりになったらどうなるか、それは、――いや、門太は草履を突っかけて、玄関の外へとびだした。

向うから双葉の来るのが見えた。

「やあ」と門太はかけだした、「やあ、呼び出してすまない」

双葉は頬を染めながら会釈した。

「あれはどうしました、あのときのあれは」

「はい」と双葉はすぐに諒解《りょうかい》した、「お渡しいたそうと思ったときは、もうお帰りになってしまったあとでしたから」

「どこにあるんです、お宅ですか」

「それがあの、――よく見ると服紗に御紋章が染めてありますし、中は封印のある筐《はこ》で、これはよほど大切なお品だと思ったものですから」

「それでどうしたんです」と門太はせきこんだ。

「それで御仏堂《おぶつどう》へ入れて置きました」

「御仏堂だって」

「はい」と双葉はうなずいた、「あのあとで奥方さまの御念誦《ごねんじゅ》があり、わたくしがお供をいたしました、御仏堂なら決して人がはいりませんから、どんな大切な品でも大丈夫と思いまして、御厨子《おずし》のうしろへ、そっと置いてまいりました」

「それはいま出せますか」

双葉は「さあ」と当惑した。

「出せないんですか」

「御仏堂は奥方さまのほかにあけたてのできないものですから」

門太は片手で額を押えた。畜生、なんてこった、と彼は心のなかで毒づいた。よけえなお節介をしやあがって、だからおたなんか嫌いだっていうんだ。しかしどうしよう、どうしたらいいんだ、と門太は自問した。

御仏堂は松平家代々の夫人の持仏堂で、御殿の中庭に独立して建っている。本尊は黄金（無《む》垢《く》だそうであるが）の如来像であって、年に一度ずつ、家中《かちゅう》の者にも拝観――したければ、することが許されていた。門太などはぜんぜん無関心で、これまでかつて拝観などしたことはないが、こういうことになってみると無関心どころではない、できることならたったいま拝観したいくらいであった。

「いまぜひ必要なのでしょうか」

「ぜひ必要です」と門太が云った、「あれは殿さまの御印筐で、御宝庫へ納めなければならなかった、それが廊下で三浦の太っちょに会って、つい喧嘩になったものだから、――あれ、あれはなんだ、なんでしょう、ひどく煙があがっているが」

門太が向うを指さした。

双葉は振り返って「お中庭のようでございますね」と云った。そのとき中庭のほうが、にわかにがやがやと騒がしくなり、「火事だ」とか、「手《て》桶《おけ》を」「竜吐水《りゅうどすい》を出せ」とかいう叫び声が聞えた。中の木戸から人がとびだして来、徒士《かち》長屋の者たちがかけだしていった。

「火事だ」と門太が云った、「ちょっといって見て来ます」

双葉がなにか叫んだが、門太はそのまま走っていった。

中の木戸から笠木塀をぬけてゆくと、煙は一段と激しくなり、人の混雑もひどくなった。その人たちの中から「昨日の夕方、御念誦があったそうだ」とか「ではその残り火だな」などという言葉が聞えた。

門太は不安になり、その侍を呼び止めた。

「ええそうです」とその侍は答えた、「火事は御仏堂です」

門太は仰天し、人をはねのけ突きのけ、中庭へと夢中でかけつけた。

火事は御仏堂であった。大和の法隆寺の夢殿を摸《も》して造られたという（規模はずっと小さいが）その仏堂は、八角宝形の庇《ひさし》や、扉のすき間からふき出す煙に包まれ、垂木のあたりにはちろちろと焔《ほのお》の色さえ見えていた。

「どいてくれ」と門太は人垣に割ってはいった、「どいてくれ、とおしてくれ」

門太は人垣をぬけ出ると、そのまま仏堂に向って走ってゆこうとした。するとうしろからとびついて、彼を抱き止めた者があった。

「よせ津由木、もうだめだ」

「はなせ」と門太は振り返った、抱き止めたのは三浦信吉郎であった、「止めるな三浦、放せ」

「やめろ」と三浦が云った、「御本尊の如来さまは金むくだ、焼けても溶けるだけで損はない、はやまるな」

じつに冷静な判断である。が、門太としては感心しているばあいではなかった。「なにをこの野郎」と云いさま、拳骨《げんこつ》で相手のあごを突きあげ、信吉郎が「ぐっ」といって腕をゆるめるすきに、刀をほうりだしながら走っていった。

扉の前へ立つと、熱気がむっと顔を打った。扉には鍵《かぎ》がかかっている。門太は力をこめて、全身を扉に叩きつけた。二度、三度。扉の蝶番《ちょうつがい》が（すでに焼けていたので）はずれ、倒れる扉といっしょに、彼は堂内へころげ込んだ。

内部は火と煙で充満していたが、扉が倒れて外気が流れ込んだためだろう、充満した煙がぱっと火になり、まるで生きもののように扉口からふきだした。その一瞬、堂内が眼のくらむほど明るくなり、中央に安置された厨子がおごそかにありありと見えた。

八

——あのうしろだ。

門太はそう思い、焔の下をくぐって、そっちへ近よった。火熱と煙とで、眼もあけられず、呼吸もできない。めくらさぐりに厨子へたどり着き、そのうしろを探った。服紗包みはそこにあった。服紗には火がついているけれども、中の筐は大丈夫らしい、「八幡、——」と門太は心のなかで叫んだ。

彼は扉口のほうへ戻った。すると、梁《はり》らしい大きな材木が、火になって落ちて来、だだっと片方の端で床を砕いたまま、斜めに門太の退路をふさいだ。金粉を飛ばしたように、微細な火の粉が渦を巻き、髪毛の焦げるのが感じられた。門太は「だめだ」と思った。

——もう出られない。

これがおれの最期だ、と思った。するとふいに「おたに会って死にたい」という激しい想いが胸をしめつけた、「おたにひと眼会ってから死にたい、ひと眼だけでいいから、——」門太は自分を罵倒《ばとう》し、呪咀《じゅそ》した。こんなときになって初めて、本当に誰が好きだったか気づくなんて、……だがもうおそい。門太は喉《のど》が焼け始めたと思った。胸がつぶれそうになり、眼が舞ってよろめき、前のめりに倒れた。

そのとき彼を呼ぶ声が聞えた。

「どこです」と女の声が叫んだ、「門さん、どこにいらっしゃるの」

彼は答えようとした。しかし声が出なかった。彼は御印筐をかかえ、倒れたままで顔をあげた。すると斜めに落ちて（燃えて）いる梁をくぐって、頭から着物をかぶった人間がとび込んで来た。

——おただな。

門太はそう直覚した。いま彼女のことを考えたばかりなので、おたに相違ないと思い、けんめいに半身を起こした。とび込んで来た相手は彼を認め、走り寄って、自分のかぶっていた物（それは布子二枚を水に浸したものであった）を門太にかぶせ、えいというと、彼を横さまにかかえた。これは大力である、そして、さらにそのとき、扉口から竜吐水がそそぎ込まれ、外から人たちの声援するのが聞えたが、門太は不覚にも気を失ってしまった。

門太は自宅の寝床の中でわれに返った。躯じゅうが熱く、燃えるようで、しかもいたるところひりひりと痛んだ。眼もはれふさがってしまって、なにか見ようとしても瞼《まぶた》があかなかった。

「動いてはだめです」と枕元で姉の声がした、「お眠りなさい、もう大丈夫です」

彼は「御印筐は」と云った。自分でもびっくりしたくらいな、とんでもないしゃがれ声であった。

「御印筐も無事です」と姉が云った、「もう御宝庫へ納めていただきましたよ」

彼はまた、「おたはどうしました」ときいたが、その声はひしゃげたようで、まるで言葉にならなかった。門太はわれながらあさましくなり、眠ることにした。

七日めになって、門太はようやく人心地がついた。右の肩と背中の一部と腕（御印筐をかかえた）と、左の足に火傷《やけど》をしたが、たいしたことはなかった、問題は髪毛や眉毛が焼けてしまい、声がつぶれたことである。まる坊主で眉毛のない顔とくると、業病者か化け物であろう、ただしこれはすぐに生えてくると医者が証明した。

「ただその声がです」と医者は云った、「その声がもとどおりになるかどうかという点については、さすがのわしもちょっと――」

なにがさすがだ、この籔《やぶ》医者め、と門太は心のなかでどなった。

彼が火中から御印筐を取り出したことは、褒貶《ほうへん》二説にわかれて評された。しかしともかく、――それが失態だったにせよ、彼は死を賭《と》して責任をはたしたので、重役たちの意向は褒賞《ほうしょう》することに傾いている、という噂《うわさ》であった。

「驚きましたね、姉さん」

ある夜、門太は姉に云った。寝たまま看護されるうちに、彼は少年時代のような、すっかりあまえた気分になっていた。

「ねえ姉さん」と門太はひしゃげた情けない声で云った、「いざというときになると、女は男より力が出るっていいますが、あのとき私を横抱きにした力は、まったくすごいもんでしたよ」

「驚くにはあたりません、あのくらいあたりまえのことです」

「あたりまえですって」

「もちろんよ」と姉は云った、「一人ぐらいなんですか、二人だって三人だって、平気でひょいひょいだわ」

「まさかそんな、まさか、いくらなんだって」

「どうして」と姉は弟を見た、「あなたは自分の嫁になる人の強さをご存じないの」

門太はぽかんと姉を見た。

「嫁になるって」と彼はどもった、「――誰のことですか」

「もちろんお銀ですよ」

門太は「おぎ」と喉を詰らせた。すみ江はいぶかしそうに弟を見、それから「あなた知らなかったの」ときいた。

「ええ」と門太は云った、「お銀とは、知りませんでした」

「ではわかってよかったわね」

「しかし、本当にお銀ですか」

「そんなことを疑うと、結婚してからぎゅうというめにあいますよ」と姉は云った。

門太は唾をのんだ。それからおそるおそる、「おたはどうしていたのか」ときいた。姉はまた弟を見、それから「あの人は気を失って倒れました」と云った。門太が御仏堂の中へとび込み、扉口から火がふきだすのを見たとたん、悲鳴をあげて卒倒したということであった。

「でも、——」と姉は云った、「どうして双葉さんのことなどきくんですか」

「結婚したいからです」

「お銀とでしょう」

「おたとです」と門太は云った。

「なんですって」

「おたと結婚したいんです、いけないんですか」

「あなた正気なの」

「いけないんですか」

「信じられません」と姉は云った、「急にそんなことを云いだして、お銀に命を助けられたというのにどうしたんです、なぜいまになってそんなこと云いだすんですか」

「わかったんです」と門太が云った、「火に包まれて、これが最期だという、ぎりぎりのときに、初めて、——本当に好きなのはおただということがわかったんです」

姉は眼をそらした。

「人間というやつは」と門太がつぶれた声で云った、「いま死ぬというどたん場にならないと、気のつかないことがいろいろあるらしいですね」

「あなたは姉さんをまごつかせてばかりいるのね」と姉は云った、「いったいお銀はどうすればいいの」

「あれは深川へ帰りますよ」

「深川へですって」

「うちが料理茶屋なんです」と門太が云った、「きっとのうのうして、一升酒でもあおって、どこかの若旦那でも景気よく張っ倒すことでしょう」


（「読切小説倶楽部」昭和三十年三月号）

失恋第六番

一

「東邦合成樹脂の連絡課でいらっしゃいますか」

「はい、さようでございます」

「恐れいりますが課長の千田さんをお願い致します、こちらは楠田と申します」

「何誰《どなた》さまですか」秘書の宮田俊子嬢はちらと空っぽの課長席を見る、「もしもし、貴女《あなた》は何誰さまでいらっしゃいますか」

「楠田と申しますの、マクスエルの楠田と仰しゃって下さればわかりますわ」

「少々お待ち下さいまし」秘書はすぐに了解し、顰《しか》め面をする。銀座のマクスエルという店のレジスターに可愛い娘《こ》がいて、課長が近頃ねつをあげているということを、――なにほどの事やあらん、秘書は手帛《ハンカチ》で鼻を掩《おお》い、作り声のバスでこう答える、「――ああ千田です、千田二郎です、何誰ですかな、ごほんごほん、なに、ええよく聞えんですがな、くすだ、はあ、……まり子さん、はて知らんね、ごほん、人違いじゃね、この頃よくこういう電話が掛って来るが、誰かわしの名を騙《かた》って婦女を誘惑する者があるんじゃね、ごほん、先週なぞは赤坊を抱いた婦人が泣込んで来たくらいじゃ、わしはすぐに警察へゆけと教えたがね、貴女もそいつに騙《だま》されたんじゃろ、ふむ、――うむ、いやそんな精神だから色魔にひっかかるんじゃ、ごほん、きっぱりと手を切りなさい、さもないと酷《ひど》いめにあいますぞ」

扉を明けて千田二郎が入って来た。宮田秘書は慌てる、急いで会話を結ばなければならない、「——とにかくそんな訳ですから、こちらも調査をするが貴女も注意して下さい、では」受話器を措《お》くとすぐ印字機《タイプライター》に向う。二郎は秘書の奇怪な声に吃驚《びっくり》して、立ったまま眤《じっ》とこっちを瞶《みつ》めている、秘書はキイを叩きながらにっとあいそ笑いをし、そら咳《せき》をする。

「いま喉《のど》へ蝶々がとび込み、いいえ蝶々じゃございませんわ、こほん、蚊でございますわ、喉へ蚊がとび込んだんですの、こほん」

「メンソレでも塗るんだねすぐに」二郎は安心して椅子へ掛ける、「もう蚊が出るのかね、僕に電話が掛って来なかったかい」

「こほん、こほん、喉の中へ、電話はございません、メンソレは塗れませんわ、社長さまはどんな御用でしたの」

「竺葉《じくよう》で晩飯を喰べるんだってさ、今夜六時からね、おふくろも一緒だってよ」二郎は時計を見る、四時十分前である、「僕は約束があるんだ、電話が掛って来る筈なんでね、三時半頃には間違いなくって約束なんだ」

秘書は打ち終った紙を抜き、呼鈴を押し、前に打った物と重ねて揃《そろ》える、それから机の上を手早く片付け、印字機の蓋をし鍵《かぎ》を掛ける。給仕が入って来ると揃えてあった書類を渡してやり、椅子から立つ。

「ではわたくし今日はお先に帰らせて頂きます、これが金庫の鍵、こちらが仕切室《ブース》の鍵でございますから、ここへお置き致します」

そして外套《がいとう》と帽子を取る。二郎は珍しそうに眺めている、外套も帽子も流行おくれの型だし恐ろしく地味な色だ、身に着けると五つも老けてみえる、おまけに抱えた鞄《かばん》は古ぼけて黒い男持ちのような品である。二郎は我知らず自分の鼻を摘《ひね》んで捻る。

「ふむ、外套に、帽子に、鞄か、——然しあんまり外套であり帽子であり鞄であり過ぎるじゃないか、そいつは犬儒派か急進思想だよ」

「電話をお待ちになるのでしたら応接室へいらっしゃいませ」宮田嬢はこう云いながら扉を明ける、「四時限りで交換台は閉りますから、ではお先にごめんあそばせ」

二郎は応接室へ移って待つ。隣りが宿直室で時間過ぎの電話はそこだけにしか通じない、社員たちが去り、掃除婦が椅子をがたがたさせ始めた。二郎は煙草に火をつける、四時十五分、脚を組んで反る。待つのはお手のものだ、なにしろ固い約束がしてあるんだから、——然し四時四十分、彼は立って外套を着る。

午後五時、彼は人混みの数寄屋橋を渡っている。五分後、洋菓子喫茶店マクスエルの扉を明ける、レジスターは別の少女である。彼は混雑している店内を見やり、レジスターへいって訊《たず》ねる、少女は婦人客に釣銭を渡しながら「楠田さんはお休みでございます」と答える。二郎はすぐに外へ出る。どうも訳がわからない、ランデヴーといえば定《きま》ってこれだ。ぼんやり銀座へ出て、尾張町の交岐点《こうさてん》を越す、向うの街角で群衆が騒いでいる、わっと崩れたち、武装警官の走ってゆくのが見える。

「銀行ギャングだそうだ」こんな話をしながらゆく者がいる、「丸ノ内の三昌銀行で、五十万円の札束を」「拳銃をばんばん射って」「五人組だとさ」「こっちへ一人追い込んだそうだ」こんな断片が聞えた。

時間はまだ早い。彼は三原橋を渡って右へ曲る、倶楽部《クラブ》でジン・カクテルでも一杯やってゆこう、料飲停止とあれば恐らく酒は出まいから、——が樹緑ビルの酒神《バッカス》倶楽部は扉が固く閉って、誰のいるけはいもなかった。

二

六時十五分、竺葉の座敷に千田父子《おやこ》が対座している。鰻《うなぎ》料理で名高いこの家は、戦後に建てたにしては凝った数寄屋造りで、周囲にぐるっと黒板塀《べい》が廻してあり、庭も念入りに出来ている。——仁一郎氏は頭の毛が白い、然し眉毛と口髭《くちひげ》は黒い、二郎によく似たなかなかの好男子である。卓子《テーブル》の上にはグラスが二つ、昔なつかしい銀の大型のポットを置いて、すばらしい香気のある琥珀《こはく》色の酒を注いでは飲む。父子とも余り饒舌《しゃべ》らない、話はいわゆる「白文」で、頗《すこぶ》る飛躍的であり、まったく友達同志のようである。

「もう早くはなかろう、二郎、おまえ貰わないか、嫁をさ」

「そうだな、悪くはないが、もう二十分過ぎだよ、遅いじゃないか、おふくろは」

「遅くはないさ、おい、話をそらすな」

「僕はいいけれど、先方が災難だろう」

「それに就いてはキケロが云ってる、いやキケロといえば聞いて置きたい事があるんだが、どうも解せないんだがね、この頃、なにか有るのかい、おふくろが心配しているぜ、二郎」

「嫁だって心配するさ、貰えばね、六時半じゃないか、飯にしないかね」

「はぐらかすなよ、なにか有るんだろう」

「すぐわかるさ、大した事じゃない」二郎は暢《のん》びりと立上る、「手洗いはどっちかね」

廊下を曲っていって突当る。窓から見える街に灯が点《つ》いている、植込の女竹の葉に風がわたり、空はいちめんの星だ。——戻ってみると母親が来ている。若い着飾った日本髪の娘が母親の脇に俯向《うつむ》いて坐っている。

「遅くなって御免なさいよ二郎さん、美容院で時間を取っちまったもんだから、それに車をみつけていたのでよけい暇を潰《つぶ》しちゃったのよ、これなら歩いて来ればよかったわ、ねえ」

伴れのほうへ振返る、娘は「ええ」と頷《うなず》くが顔は上げない。女中が喰べ物を運び始める、おふくろは独りで饒舌る、仁一郎氏はさっそく箸《はし》を取り、二郎はまだグラスを放さない、時どきじろっと親父の顔を見る、——へんな真似をするなよと云いたい訳だ、親父はそ知らぬ顔で鰻をつついている。おふくろは娘に喰べ物を勧めながら、近頃の美容師が日本髪を結う恰好はうどん屋が棹《さお》へうどんを干すようだ、などわからないことを云っている。

「なんだ、——」二郎がとつぜん眼を瞠《みは》る、「どこかで見たようだと思った、君かい」

娘が顔をあげる、宮田俊子嬢である。

「君かいって、二郎さん」母親が吃驚してこちらを見る、「貴方《あなた》いままで気がつかなかったんですか」

親父が失笑《ふきだ》した。俊子嬢も赤くなって笑う、おふくろは最後に、——二郎の戸惑いをした眼つきを見て笑いだす。「まさか今まで気がつかないなんて」こう云って笑う、それから俊子嬢を見て云う、「だから貴女も少しはお洒落《しゃれ》をなさらなければだめですよ、このとおりすぐに証拠が、——」二郎はグラスを措いて鰻の皿をひき寄せる。

不意に障子が明いて若い男が入って来た。黒いジャンパーに護謨《ゴム》の短靴を穿《は》いている、その靴のまま部屋へ入って後ろ手に障子を閉め、右手の拳銃を見せながら、「静かにしろ」と云う、凄《すご》いほど蒼《あお》ざめた顔で、左の頰に泥混りの乾いた血が付いている。肩で苦しそうに息をしながら、仁一郎氏の後ろを廻って、半間の戸納《とだな》の開きを明ける、

「話を続けろ、動いたり、おれのいることを教えたりするとぶっ放す、来るまでに三人もばらしているんだ、いいか」

男は中へ入って開きを閉める。ぶすっと音がして襖《ふすま》へ穴が明く、「ここから見ているぞ、話を続けろ」そして喘《あえ》ぐ。——仁一郎氏は息子を見る、おふくろはまっ蒼《さお》になり、箸を持つ手がひどく戦《おのの》いている、俊子嬢の額も白くなった、二郎は畳の上を眺める。

「おい君、畳に靴の跡があるぜ、どうする」

「拭いてくれ」戸納の中からだ、「但し変なまねをするとそれっきりだぞ、他の者は動くな、早くしろ」

二郎は立つ、俊子嬢が手帛《ハンカチ》を出す、それを受取って、彼は畳の上を拭く、障子を明けて、廊下も拾い拾い拭く、庭からすぐに来たものである、——済ませて障子を閉めると、庭のほ

う へ人がどやどや走って来た。

「蚊取線香を買わなくちゃいけないな」二郎が箸を持ちながら云う、「父さん、窓へ網戸を入れるんですね、今年は、でないと」

「どこの話だいそれは、まだ三月だぜ」

「事務所ですよ、喉へとび込んだから、社員が、みんな変挺《へんてこ》な声になっちまう、本当ですぜ、僕は吃驚しちゃった」

「丸ビルの三階に蚊が出るかね、そんな話は聞いたこともないぜ」

宮田君が知ってますよ、こう云おうとしたとき廊下へ人が上って来た。「失礼します」こう云って障子を明けた、私服と武装警官が六七人いる、部長の腕章を付けた人がすばやく室内を見まわした。

三

「いや誰も来ません」二郎が答えた、「さっきから四人で食事をしていますが、——なにか間違いでもあったんですか」

「慥《たし》かにこの庭へ追込んだんですが、拳銃を持った兇暴《きょうぼう》な奴なんで、おかしいなあ」

二郎は上衣の裏を返して見せ、眴《めまぜ》をした。部長は緋色《ひいろ》のバッジを見、彼の眼配せを認めた。

二郎は笑いもせずに箸を置く。

「ほかをお捜しになったらどうです、もし此方《こちら》へ来たら知らせますよ」

「それではお願いします」部長は睨《にら》むような眼をした、「然したいへん兇暴な奴ですから注意して下さい、お邪魔しました」

彼等は庭へ去った。二郎が饒舌りだす、仁一郎氏だけはさすがに落着いたが、母親も俊子嬢もまだ恐怖のために身動きもできない。二郎は母親の前にある風呂敷包を解いた、重箱で、中には握飯が入っている、「出て来たまえ」と戸納の男へ呼びかける。

「腹が減ってるんだろう、もう大丈夫だ、出て来て飯を食いたまえ、心配はないぜ」

開きを明けて、拳銃を持ったまま男が出て来る。野獣のような眼だ、震えている。二郎は皿の上へ鰻を集め、握飯を三つ載せて出してやる。男は明けたままの開きの前まで、後ろ退りに戻って坐り、片手でがつがつ喰べ始める。

「此方《こっち》を見るな、話を続けろ」

「女たちを帰したいんだがね」仁一郎氏が云う、「怖がっていて可哀そうだが、どうだね」

「うるせえ、じっとしてろ、動くとぶっ放すぞ」

「茶を貰おうか」二郎が訊《き》く、「それとも気付けにブランデイをやるか、あるぜ」

「此方を見るな、自分たちだけで話してろ、欲しけれあ自分で取る、——断わっておくが詰らねえ真似をするなよ、九人組の強盗団というのを、新聞で読んでるだろう、そこいらのちんぴらとは違うんだ、話を続けろ」

二郎はまた饒舌りだす。仁一郎氏は煙草に火を点け、おふくろと俊子嬢もようやくまた箸を手にした。間もなく廊下へ足音が聞えた、男は皿を突返し、すばやく戸納へ入って開きを閉める。障子を明けたのは茶を持って来た女中である。

「なんだい今の騒ぎは」

「どうも相済みません、なんですか銀行ギャングが逃込んだとか申しますの、――横の木戸から入るのを見た人があったんだそうですけれど」

「怖いことね」おふくろの声は顫《ふる》える、「それでまだ捜しているんですか」

「いいえ今しがたみんな帰りました」

「車を呼んでくれないか」二郎が云う、「僕と親父だけ先に帰るからね」

承知しましたと云って女中が去る。

「出て来たまえ君」二郎が呼ぶ、「服を変えて一緒に出よう、こんな処にいたってきりがないぜ」

男が出て来る。二郎は父親の外套と帽子を指さしてやる、「おれはどうするんだ」仁一郎氏が不平をもらす、男は拳銃を持ち替えながらすばやく外套を着、帽子を冠る、それから靴を脱いでジャンパーの懐中《ふところ》へ入れる。足が震え、眼がつり上っている、最も危険な瞬間だ。

「すぐ車を返しますから、父さんの外套と靴はそれで取りにやって下さい」二郎は気分をそらすために態《わざ》とさりげなく云う、「宮田君、その握飯と鰻の余ったのをお重へ入れてくれないか、――風呂敷へ包んでね」それから自分も外套を着る。

午後七時十五分、二郎と男を乗せた自動車が竺葉を出る。「千住駅まで」男が命ずる、「八百円やる」

運転手はいい顔をしない、男は二百円増す、車は廻って循環道路へ出る。二郎の左の脇腹には固い物が当てられている、男は頻《しき》りに胴震いをし、口の中でなにか呟《つぶや》く。江戸橋の袂《たもと》でカーブを切った、反動で二郎の躰《からだ》が男へのめりかかった。そのとき二郎は左の手で例の物を下へ押しつけ、右手で男の顔を殴った、まま正面から、眼と眼との間へ、正確を極めた直打《ストレート》である。外套の下でぶすっと拳銃が鳴った、然し二郎の拳は猛烈な勢いで二撃三撃、男は眼が眩《くら》み、悲鳴をあげて顔をそむけた。――二郎は落ちた拳銃を拾う、男は鼻血を流し、傷ついた犬のように頭を振る、

「眼が見えねえ、畜生、殺せ――」

「大げさなことを云うなよ」二郎は男の両腕を後ろへ廻し、それを絞るように抱え込む、「――運転手君、済まないが丸ビルへやってくれないか、千住はもういいよ」

「おどかさないで下さいよ、どうしたんです、喧嘩《けんか》ですか」

「酒癖の悪い奴なんでね、酔うと暴れるんだ、然しもう大丈夫だよ、――じっとしているほうがいいぜ、君、こんどは本当に眼を潰すよ」

七時四十分。二郎は男を伴れて丸ビルの階段を登っている、男は手帛で鼻を押え、眼をつぶったままに曳《ひ》かれてゆく、眼は両方とも紫色に腫《は》れ塞《ふさ》がり、絶えず涙が流れる。――三階の事務室。宿直の社員が吃驚して立つ。

「いやなんでもない、友達が酔ってね」

「けがでもなすったんですか」こう云ってすぐ思いだしたらしい、「ああ三度ばかりお電話

がありました、梶原さんという方からですが」

二郎は連絡課の仕切室《ブース》の鍵を出す。中へ入ると、男を窓際の長椅子に掛けさせ、扉に鍵をおろして宿直室へ戻った。

四

「梶原から三度も電話だって」二郎は救急箱を取出しながら訊く、「伝言はなかったかね」

「お邸《やしき》のほうへも掛けたんだそうです、ここに番号が書いてありますが、みえたらすぐ電話を欲しいということでした」

二郎は洗面所へゆく、タウエルを水で絞り、仕切室《ブース》へ入る、「じっとしていたまえ、いま手当をしてやる」彼は血を拭いてやり、救急箱を明ける、「ひとつ悠くり話をしよう、殴ったりなんかして失礼したね、しみるかも知れないが、ちょっと辛抱したまえ」薬を塗ると男はするどく咆《ほ》え、頭を反らした。

「よしてくれ、気障《きざ》なまねはたくさんだ、片をつけろ、仲間がこの礼はしてくれる、そのとき、ああっ」男は凄《すさ》まじく咆え、顔をそむける、「ああっ、眼が潰れちまう、やめてくれ」両眼から頭へ包帯を巻く。「安静に頼むよ、さもないと本当に盲人《めくら》になるからね、いいかい、僕はちょっと飯を食って来る」二郎は扉に鍵を掛けて出る。洗面所で顔を洗い、宿直室へいってお重を開く、彼は笠葉では食事をしなかったのである、「——その番号を呼出してくれたまえ」鰻はもちろん冷たかった。

電話は間もなく通じた。梶原が出ている、だが毎《いっ》もの貴族的な調子はなくて、力のないひどくせかせかした言葉つきだった。

「いま築地の聖ヨセフ病院にいるんだ、来られたらすぐ来てくれないか、沼井が怪我をしてね」

「沼井が、――よほど重いのかい」

「まだはっきりしないが、事に依るといけないかも知れない、みんな来ているんだ」

「問題は車だが、然し、いやすぐゆくよ」

二郎は食事を片づけ、宿直の社員に仕切室《ブース》の監視を頼んだ。もう五十に近いその社員は、拳銃を渡されたとき生唾をのみ頰の筋を痙攣《ひきつ》らせた、「眼が見えないんだから大丈夫なにもしやあしないよ、時どき部屋の前で靴音をさせればいいんだ」然し万一のときは射ってもいいから逃がさないようにと云って、二郎は事務所をとび出した。――有楽町まで走り、そこで車を拾った。病院では受付のところに橋本五郎が待っていた、横浜の夜以来はじめて会うのである、握手をすると彼は「二階だ」と云って案内した。

磨いたように清潔な廊下を、二階へ登って曲ると、ついそこの扉の外に森口乙彦が立っていた。彼は二郎の手を握ると、そのまま廊下の端にある喫煙室へ伴れていった。電燈が明るいので雪白の椅子掩《おお》いが眩《まぶ》しい、森口は煙草を出す。

「拳銃で射たれたんだ、一発は腹から脇へ貫けたが、一発は脊椎骨《せきつい》で止っている」森口はライターを点ける、「剔出《てきしゅつ》のため開腹したんだがいけなかった、心臓もひどく弱ってるらしい、いまちょっと眠ってるが」
「然しどうして、どこで射たれたんだ」
「丸ノ内の三昌銀行で強盗事件があった、五人組が自動車で乗着け、金庫を明けさせて八十万円強奪した、給仕の一人がうまく脱け出して、近くの日比谷署へ知らせたので、彼等が銀行から出るとたんに警官たちが駆けつけた、射ち合になり三人は車で逃げ、一人は捕えられ、一人は銀座方面へ逃走した、——沼井は偶然その近くを歩いていた、映画を観た帰りだそうだ、人の騒ぎと、拳銃の音を聞いて走っていった、すると向うから毬《まり》のようにとんで来る奴がある、無帽で、黒いジャンパーを着ていたそうだ、そいつがいきなり」こう云って、森口は持っている煙草の火をじっと見た、「……沼井はまだなにもしないし、なにを云いもしなかった、それをいきなり二発やった、沼井は射たれたとは思わず、なにかに躓《つまず》いて倒れたと思ったそうだ、すぐ起き上りながら見るとその男は有楽町のガードのほうへ走ってゆく、沼井はもがいたが足が立たない、そこへ警官が追って来たので、逃げていった方向を指で教えた、——そして気絶した」

銀座の街角で騒いでいた群衆、通行人の話していた「銀行ギャング」という言葉、——二郎がそれを眺めながら歩いていた数分前に沼井は兇弾を浴びて路上に倒れていたのだ。……無帽で黒ジャンパーの男、竺葉の座敷。
「九人組の強盗団というのは有名かね」二郎がこんどは煙草を出す、「ライターってやつは壊れるように拵《こしら》えてあるんだな」

「去年の春ころからだね」森口が自分のライターを点けて出す、「銀行専門にあらしていたが、最近ちょっと鳴りをひそめているようだ」

「今日のはそれとは違うのかね」

「さっき一課の部長が見舞いに来て云っていたが、違うらしいね、彼等はこれまで必ず九人で組んで仕事をした、今日のは五人だからね、——捉《つか》まえた一人を調べてるが、今のところ九人組とは別のものらしいということだった」

廊下に靴音がして、梶原宗助が扉口から覗《のぞ》いた、彼は二郎に軽く目礼すると、「来ないか」と低い声で云った。三人はすぐ喫煙室を出た。——二人の看護婦と入れ違いに病室へ入る、鉛色になった沼井の顔が、ぞっとするほど大きく眼を瞠ってこっちを見ている、二郎は暢びりと片手を挙げながら、枕許《もと》へ近寄っていった。

五

「ああ千田、君か」沼井裕作は頷いて歯を見せる、「どうした、ランデヴーは、うまくいったか」

「それがね、こんどは待ち呆《ぼう》けさ、こっちがね、——鰻を喰べちゃったよ」

「鰻をどうしたって」沼井はぎゅっと眉をしかめる、「相変らず、妙なことを云うな」

「妙なことはないさ、少なくとも鰻には妙なことはないんだ、まごついたのは、寧《むし》ろ」二郎はちょっと口籠《くちごも》る、「あれだよ、珍しい偶然なんだろうがね、いきなり云ったんでは信用できないだろうが、——君は、鰻は嫌いかい」

「頼むから、いまおれを笑わせないでくれ」沼井は歯をくいしばる、「放っといてくれ」

二郎は頷く、そして静かに後ろへ退る。沼井は頭を揺すり、ちょっと三人の顔を見る、然しすぐに低く呻《うめ》きながら眼を閉じる。鉛色の額に膏汗《あぶらあせ》が浮いて、垂れた髪毛が粘り付いている。ふと沼井が大きく喘ぐ、そしてこう呟く。

「W……間索《かんさく》……O《オーバー》……7」頭がぐらっと片方へ傾《かし》ぐ、「さっぱりと、いこう」

三人の表情が石のように硬くなる、室内を颯《さっ》と風がはしったようだ、二郎は頭を垂れ、静かに病室から出る、梶原がついて来た。

「医者は絶望だとはまだ云わない、よくわからないが問題は心臓らしい、——腹膜の炎症の昂進《こうしん》が停ったら、もういちど弾丸の剔出をやるそうだ、出来るだけの手は尽すと云っている」

廊下はほの暗く、寒い、二郎は外套の釦《ボタン》をかける。

「僕は帰らなくちゃならない、一緒にいたいんだがね」彼は帽子を冠る、「ふしぎな偶然で、黒ジャンパーの男を捉まえた、訳はあとで話すが、事務所に押籠《おしこ》めてある、沼井を射った奴なんだ」

「君がそいつを、捉まえたって——」

「九人組の強盗団だって威張っていた、それで警官に渡さないで、僕が貰ったんだ」二郎は階段のほうへ歩きだす、「彼等の本拠を知りたいと思ってね、——だが沼井を射った男とは知らなかった」

「容易なことじゃないぜ、やつらはその点ばかげて口が固いからな、然し、——それじゃあずっと社にいるんだね」

「帰りにちょっと警視庁へ寄るが、それからはずっといる、変った事があったら」こう云いかけて二郎は梶原の手を握る、「頼むよ」

外へ出ると膚を切るような風だった。彼は外套の衿《えり》を立て、帽子の前をひき下げた、夜眼にも白く道から埃《ほこり》が舞立っていた。

待たせて置いた車で警視庁へゆく。捜査一課で三十分ほど話して出る。風は依然として強い、十一時五分前に事務所へ帰る、そしてすぐに男を休養室へ移す、——社内に急病人などが出たとき休ませる室だ、窓は金網入り硝子《ガラス》、寝台の他に脇卓子と椅子、狭いのにがらんとした感じで暗い。そこは事務室の西の端に当り、元来は物置場であった、窓の外は非常梯子《ばしご》になっている。……二郎は男を寝台に掛けさせ、自分は椅子をひき寄せた。

「君は大乃木太市という名を知ってるね」彼はこう口を切った、「彼はいま警視庁に捉まっているんだがね、——然し僕はいま別のことを話したいんだ、聞いてくれるかい」

明くる朝の七時。二郎は寝不足の眼をして出て来る。応接室から食堂へ電話を掛け、朝食の弁当を取寄せる。届けて来ると、丼《どんぶり》と茶道具とそれを載せた盆をきれいに拭き、手帛で持って休養室へ持ってゆく。——男は（既に包帯をとって）寝台に寝そべっている。

「飯を喰べたまえ、そして眠るんだね」彼は弁当を脇卓子の上へ置く、「——断わって置くが逃げるなんてことは考えないほうがいいぜ、僕が大乃木太市のことを警視庁で聞いて来た、それだけで説明は充分だろう、またあとで来る、そしてもっと仲良く話をしよう」

午前十一時、二郎は車を聖ヨセフ病院へ乗着ける、梶原と橋本は寝ていた。森口乙彦と喫煙室で十分ばかり話す、沼井はまだ危険状態を脱しない、然し心臓の調子がよくなり、腹膜の炎症の昂進が停ったという。羅漢さんの眼も腫れぼったいが、顔にはやや明るさが出ている。二郎は帽子を持ったまま自分のほうの経過を話す。

「警視庁に捉まっている奴は大乃木太市といって、強盗の前科がある、当人は絶対無言の行《ぎょう》でなんにも云わないが、指紋台帳でわかったんだそうだ、――おれのは懇談を始めたばかりさ、躰当りだ」

「事務所なんぞに置いては危ないな、専門家に任せたほうがいいじゃないか」

「それも悪くはないが、懐中《ふところ》へはいって来た鳥だからね」二郎は椅子から立つ、「それに、沼井の事があるからね、こいつだけは自分の手でやってみたいんだよ、――じゃあ」

帰る途中、二郎は銀座で車を下りる。なんの積りもない、ぼんやり歩きたかったのだが、ふと思いついて横町へ曲る。他の店と同じように「マクスエル」も婦人客が四五人いるだけで閑散だ。扉を明けて二郎が入ると、レジスターの少女が突然つんとそっぽを向く、楠田まり子嬢である。彼はちょっと戸惑いをする、呼びかけようとして、だが不決断に奥へゆき、椅子に掛けて珈琲《コーヒー》を命じた。

六

二郎は珈琲を三杯のんだ。楠田嬢は全然こっちを見ない、つんと鼻を反らして往来を眺め、指でカウンターを叩いている。「そうしたら驚くじゃないの」婦人客の一人が能弁に話している、「あの人ズロースを穿《は》いていないのよ、シュアー、幾らなんだって」「そういう人なんだがんちゃんていう人は、それでどうして」「どうしてったって――」二郎は伝票を持って立つ。まり子嬢はえへんと咳をする。

「昨日はどうしたの」伝票を出しながら彼が訊く、「ずいぶん待ったんだぜ、電話を」

「お珈琲三杯でございますね、六十円頂きます」

「急用でもあったのかい、僕は四時四十分まで待って、それから此処へも来たんだよ」

まり子嬢は邪険に出納器を鳴らし、断乎《だんこ》としてそっぽを向き、つんとして釣りを出す。

「四十円のお返しでございます、――余計なことですけれど、わたくしなんぞより赤ちゃんのある御婦人を大事になすったら宜しいでしょ、えへん」

「赤ちゃんのある御婦人だって、――へえ、なんのことだいそれは」

「人間は偶には自分の居間を硝子窓の外から覗いて見るものだと、ステファヌ・マラルメが申しておりますね、えへん、色魔なんて、女性が解放され自覚した現在ではアナクロニィズムだわ、これでわからなかったら合成樹脂の連絡課へお訊きになったらいいでしょ、課長の千田二郎さんが精《くわ》しく説明して下さいますわ」

客が入って来る。奥から婦人客たちが（まだがんちゃんの話をしながら）立って来る。次に入って来た客が菓子の飾棚《ケース》を覗く。二郎はしぜん後ろへ退る。まり子嬢はあいそよく婦人客の勘定を受取り、別の客の質問に答える、——二郎は不決断に外へ出る。なんだか訳がわからない、不味《まず》い珈琲だ。それに女というものはなんと、いやてんで訳がわからない。たぶん急にヒステリイでも起こしたんだろう、おまけに罪もないマラルメなんか引合に出して。

——十二時二十分、彼は工業倶楽部の地下室へ食事をしに入った。

午後一時十五分、二郎は社へ帰る。仕切室《ブース》では宮田嬢が忙しそうに仕事をしている。昼食の休みに買って来たのだろう、彼の机の上に花が挿《さ》してある。外套と帽子を脱ぎ、届いている弁当の盆を持って出る、宮田嬢が眼尻で見ているのを無視しながら、——休養室では男が高鼾《たかいびき》で寝ている。二郎は持って来たのを脇卓子の上に置き、眠っている男の容子を暫《しばら》く眺めた、眼はまだ両方とも紫色に腫れているが、手足を投出し顔を傾げて、たいへんよく熟睡している。二郎はそれと離れる、そして今朝喰べた弁当の載っている盆を、手帛で持って廊下へ出、扉に鍵を掛ける。……仕切室《ブース》へ戻って、空の弁当箱や湯呑や盆を汚さないように包む。

「あの男をどうなさいますの」宮田嬢がペンを動かしながらこっちを見ずに云う、「なんのためにあんな人を此処へお置きになりますの」

「服を新調するんだね」二郎は包んだ物を抱える、「君は若くて、吃驚したぜ、縹緻《きりょう》よしじゃないか、ゆうべ初めてだが、おふくろもそう云ったただろう、少しはお洒落もしなくちゃね、本当だぜ、すぐ帰って来る」

彼は車で警視庁へゆく。捜査一課で昨夜の部長に会い、包んで来た物を渡す。部長は包みを明け、手帛でそっと盆を取る。

「前によく拭いてあるんですな、ほう、ではたぶん採れるでしょう、お待ちになりますか」

「待たせて貰います、急ぎますから」

「自動車がみつかりましたよ」部長はそれらの物を鑑識課へ持ってゆくように命じ、椅子へ戻りながらこう云う、「今朝早く池袋駅近くの焼跡に乗捨ててあったのです、ええ例の三人の乗って逃げた車ですよ、番号で調べると三河島の共栄商会という店の所有で、昨日の午前四時頃にガレージから盗まれたものだそうです」

三河島という地名が二郎の耳に強く響く。昨夜あの男は、「千住駅へゆけ」と運転手に云った、千住と三河島、方向は同じだ。――部長は更に大乃木太市が相変らず口をきかないこと、三人の足取りがまだ不明なことなどを告げる。二郎はじっと聞いている、「アナクロニィズム」という言葉がふと頭にうかぶ、無連絡だがひどく可笑《おか》しい、それで咳をして煙草を取出す。……四十分後。鑑識課の者が報告に来る。指紋は検出されたけれども、台帳には該当するものがない、前科はないようだ、二郎は礼を云って立った。

持ち帰った物を食堂へ返し、三階へ上るとすぐ社長室へいった。「今夜も此処へ泊ります」と断わる、仁一郎はふきげんに息子を見る。こちらはさあらぬ顔で、「一本頂きます」と、壁際の戸納を明けて酒壜《さかびん》を取出す。そして仁一郎氏のやや烈しい咳ばらいを聞きながして廊下へ出る。――仕切室《ブース》でも彼を迎える秘書の眼は温かくない、外套と帽子と酒壜を置き、話しかけられないようにすばやく脱出する。休養室では男は、寝台に腰掛けて、両手で眼を押えていた。飯は喰べてある。

「いい加減にどっちか片をつけてくれ」男は脇を見ながら云う、「どう間違えたって仲間の居どころなんど云やあしねえ、無駄なまねは止《よ》したほうがいいぜ」

七

「君は昨夜からそれを云い続けている」二郎は平然と呟く、「仲間の義理、……なるほどね、君は慥かにそれを守るだろう、だが君に対して仲間が、同じようにその義理を守るかね」

「おまえさん達にあ、ふっ——」男は嘲《あざけ》るように唇を歪《ゆが》める、「まるっきり別の世界さ」

「そうかも知れない、僕には君たちの仲間に友達がないからね、……だが、それでもやっぱり信じ兼ねるんだ、殺人強盗、人を殺し物を盗む人間が、——仲間の義理に限って、固く守る、……事実なら見たいもんだ」二郎は悠くり煙草を出し、点かないライターを頻《しき》りに擦《こす》る、「ところで、君には前科がない、年も恐らく二十四か五だろう、こんな仲間に入ったのもそう古いことじゃない、だが他の者は常習者だ、職業的犯罪者だと云ってもいいだろう、……そういう仲間が、自分を犠牲にして君に対する義理を守る？——奇蹟《きせき》だ」

「それが誘導訊問《じんもん》ってやつかい」男は乾いた笑い声をあげる、「はっは、笑わしちゃあいけねえ」

「いや遠慮なく笑いたまえ、大乃木太市君などはたいへん元気に笑ったよ」ようやく煙草に火が点く、二郎は悠くり二三度ふかして、いともさりげなく呟く、「——君とはまるで違うね、……大きな差だよ」

「大乃木がどうしたっていうんだ」

男の眼が鈍く光る。二郎は静かに立つ。煙草を手に持って、赤い火をじっと瞶める。

「いやなんでもない、……彼はどうもしやしないよ」二郎は扉口のほうへゆく、「晩飯のあとでまた来る、一杯やろうかね」

扉へ手を掛けたとき、男が後ろから跳びついた。両手で二郎の首へ攫《つか》みかかり、死にもの狂いに絞めあげる。二郎は下半身を前へ滑らせる、男の獣のような暴い呼吸が耳をうつ、二人の軀《からだ》が傾き、煙草の火が男の顔でぱっと光る、「熱《あつ》ッ」という叫びと共に、組んだまま脇卓子を押倒し寝台へのめる、そのとき条件が逆になる、二郎の拳の片方が男の腹へ片方が眼と眼の間へとぶ、男は悲鳴をあげながら身を捻《ひね》る、だが二郎はその衿を攫み、真正面から直打《ストレート》で鼻柱を殴る、がんがんと容赦なしの、思い切って痛烈な打撃である、男は両腕で面を塞ぎ、呻き叫びながら床の上へ倒れたが、二郎はそれをひき起こし、顎《あご》をめがけて更に猛烈な一撃をくれた。——男ははね飛ばされるように横倒しとなり、「痛え、眼が見えねえ、悪かった、やめてくれ」こう喚きながら転げまわった。……二郎は暢びりとネクタイを直し、ズボンをはたきながら廊下へ出る、なにか向うへ大きな声で命じていたが、間もなく救急箱を持って戻り、男を援け起こして、椅子へ掛けさせる。

「今夜いっしょに美味《うま》いブランデイをやろうと思ったのに」こう云いながら二郎は脱脂綿へ

オキシフルを浸《し》ませる、「これじゃあ君は飲めやしない、手を放したまえ、こんどは僕のせいじゃあないぜ、眼が潰れたって、そう断わってあるんだからな、もっと上を向くんだ」

再び腫れ塞がった眼と、鼻とから血が流れている、唇も切れている。脱脂綿を当てると男は声を震わせて呻き、身を捻る。

「君は三昌銀行から逃げるとき、有楽町駅へ曲るところで一人の男を射った」二郎は手当を続ける、「一発は脇腹へぬけたが、一発は腹から入って背骨で止っている、……腹部の盲貫銃創は、有《あ》らゆる苦痛の中で最もひどいものだ、――その男はいま激烈な苦痛にさいなまれながら、病院のベッドで死とたたかっている、……膏汗をたらしながらね、だが君のように音はあげないぜ、少しは我慢したまえ」

男の全身が硬直した。腫れあがった唇が垂れて歯が見えた。二郎はガーゼへ軟膏を塗り、男の顔の上半へ当てる、それから新しい包帯を出して巻きながら、暢びりした調子で続ける。

「ゆうべ君は、色いろ熱をあげたね、罪は社会にある、政治や経済が責任を負うべきだ、うん、慥かに理屈だ、――然し僕はやはり賛成しないね、君と君の仲間には賛成できないよ、頭をこっちへ向けたまえ、……君は軍閥に騙されて戦争へ狩出されたと云った、戦場で兄さんを殺され、お母さんと妹を戦災で殺されたと云った、――絶望し棄鉢になるのは当然かも知れない、だがそれならなぜ当の相手をやらないんだ、……君を騙して戦争へ狩出し、母や兄や妹を殺した、曽ての軍閥や官僚になぜ向わないんだ、――君たち仲間が殺したり強奪したりする相手は、君と同じように軍閥官僚の犠牲になった人たちだぜ、君と同じように兄弟を戦死させ、良人《おっと》を父を我が子を死なせた人たちだぜ、……嘘だよ、君の云うことは嘘っぱちさ、そんなことを云って自分の悪事をごまかそうとするのさ、君はお母さんも兄さんも妹も死なせやしない、みんな口から出まかせさ」

「本当です嘘じゃありません」男は歯をくいしばった、「本当に兄は、兄は、――」

八

「さあ終った」二郎は相手の言葉に耳もかさず、立上りながら悠くりと続ける、「煙草の火が眼へゆかなかったのは仕合せだったね、僕は眼を覘《ねら》ったんだがね、うん、――煙草でした火傷《やけど》は痛いそうだ、然し頬ぺただだからまあ我慢するんだな、ちょっと手足を借りるぜ」

二郎は男の両手を後ろへ廻して、包帯できりきり椅子の背へ縛る。それから両足をそれぞれ椅子の脚へ、――男はもう反抗する容子がない、ひどく思い詰めるもののように、頭を垂れ、歯をくいしばって、されるままになっている。

「晩飯はおそくなるかも知れない、それまで悠くり考えるんだね、君や君の仲間が、射ち殺し奪い取った人たちのことを、それが大なり小なり君と同様に戦争の被害者だということをね、……大多数の同胞が、住む家に苦しみ着る物に苦しみ、喰べる物に苦しんでいる、八方塞がりの苦しい中から、どうかして立直ろうと悪戦苦闘しているんだよ、――そういう同胞を、君たちは、拳銃で射ち殺し、重傷を負わせ、物を奪ってゆくんだ、……考えてみたまえ、お母さんや兄さんや妹さんを、戦争で殺されたというのが本当なら、考えてみたまえ」

二郎は脇卓子を起こし、その上に救急箱を置いて出ていった。――両眼を塞がれ、椅子に縛り付けられている男にとって、経ってゆく時間がどんなにながく、いかに退屈で苦しいかは想像以上であろう。初めのうち男はひどく考えこむようだった、彼等の頭脳は一般に単純で、――刺戟《しげき》に対する条件反応は極端に傾き易い、ある時は過敏にはたらき別の時は遅鈍に過ぎる、然もどちらも長続きがしない。男は二郎の言葉につよく動かされたようだ、それは或る時間、肉躰的な束縛の苦痛をさえ忘れさせたようにみえる、その思考をもう少し続けることができれば、彼の自覚は多少なりとも変らずにはいないだろう、然しそれは間もなく中断される、精神的欠伸《あくび》が起こり、思惟《しい》はばらばらに崩れる、そして肉躰的な苦痛が彼の全部を捕える。……室内が暗くなり、遠い事務室の物音や人声がしだいに少なく低くなってゆく、だが二郎はまだ現われない。

たぶんもう七時か八時にはなるだろう、男は頭を反らせて椅子の背に凭《もた》れ、なにか口の中でぶつぶつ独り言を云っている。然しふと頭をあげる、足音が聞えるようだ、「やっと来やがった」こう呟く。だがその足音は廊下ではなく、窓の外から聞えて来るらしい、建物ぜんたいが森閑としているので、それが下から上へ登って来るのだということがわかる。

「非常梯子だな、――ちぇっ、夜番か」

男は舌打をする。足音はこの階へ達する、そしてこの部屋の外へ近づく。なんだ、突然がっと窓硝子が破られる、がしゃん、がしゃんと叩き破る、金網入りなので一遍にはいかない。男は愕然《がくぜん》と硬直する。――がしゃん、硝子の破片が床で音を立てる。

「あっ此処だ」外で低く囁《ささや》く、「そこにいる」

男は身を震わす、「仲間だ」助けに来てくれた。彼は叫ぼうとする、だがそれより早く破《わ》れた窓硝子の穴から拳銃を持った手が現われ、消音器《サイレンサー》を付けた鈍い音が起こる、暗い室内に閃光《せんこう》がとび、銃声が壁をうつ。

「おれだ、待ってくれ」男は絶叫する、「早川大吉だ、饒舌りあしねえ、射たねえでくれ」だが射撃は続く、壁へ、寝台の枠《わく》へ、弾丸がぶすぶす刺さる、男は悲鳴をあげ、椅子といっしょにがっと横倒しになる。

銃声が止《や》む。倒れた男は呻く。――窓の外でひゅっと口笛が鳴る。なにか囁く声がする、そして足音が窓から離れる。……男の呻き声を縫って、かたかたかたとなにかが床を打つ細かい音が起こる、男の軀《からだ》が激しく戦慄《せんりつ》するので、椅子の脚が床に触れるのだ。呻き声は弱まり、強く波をうち、長くひき伸ばされる、「畜生、あいつら」こんな呟きが聞える。

千田二郎が事務所へ帰ったのは午後八時十分である。宿直の社員が彼を見て呼止める、さっきから二度も電話だったと云う。「森口さんと仰しゃいました」こう聞いて二郎は息を詰める、すぐに電話器を取って聖ヨセフ病院へ掛ける。橋本五郎が出た。

「急に容体が変った、どうもいけないらしい、梶原がいないんだ、すぐ来てくれ」

二郎は廊下へ出る。そこに停って、右手で外套のポケットを叩く。「ここで間を与えてはまずい」こう呟く、「どうしよう、――」そして不決断に歩きだす。二歩、三歩。こんどは急に大股《おおまた》になる、「そうだ、伴れてゆこう」二郎は休養室の扉を明ける。

「ああ点けないで、電燈を点けないで下さい」低く押しころした声が床の上から起こる、「今あいつらが来たんです、私は殺されます」

「誰がどうしたって、――なんだ、君は転げているんだな」

「そんな声を立てないで下さい、お願いです、私をそっと向うへ伴れていって下さい、あいつらは私を殺しに来たんです、――ああその窓から、拳銃で、……静かにして下さい」

九

二郎は毀《こわ》れている窓硝子を見る。肩をすくめる、それから男の手足を解き放し、腕を取って援け起こす。男の足は痺《しび》れてすぐには立てない、彼は二郎の腕へ縋《すが》りついて離れない。

「お願いです、早く向うへ伴れていって下さい」

「騒ぐことはない」二郎は廊下へ伴れ出す、「僕の側にいるあいだは安心したまえ、――だが、訳がわからない、誰がどうして君を……」

足探りに歩きながら、男はがくがくとひどく震える。

「あいつらです、私がなにか、饒舌ると思ったんです、それで殺しに来たんです」

「気をつけたまえ、階段だ」二郎は腕を抱えてやる、「あいつらとは、――然し、まさかね、だって仲間じゃないか、また階段だよ、……それに君が此処にいることをどうして知ったんだ」

「でもその他にあるでしょうか、いいえわかってます、畜生、――あのけだもの」

下りきると裏口へ出た。

「外へ出るんですか」男は身をもがいた、「厭《いや》です、あいつらはまだ張ってるに違いありません、私ばかりじゃない貴方も」

「僕が付いてる、車だ、乗りたまえ」

力任せに男を乗せる。車は走りだす、男は小さく身を縮め、怯《おび》えた小犬のように震えている。どんなにひどい衝撃《ショック》だったろう、絶えず口の中で独り言を云う、「にこの奴だ、きっと、そんな声だった、……畜生、みていろ」車は橋を渡る。男はくいと顔をあげる。

「私は、私は云います、――」

「待ちたまえ」二郎は冷やかに遮《さえぎ》る、「僕は今それどころじゃない」

「でも貴方は云ったでしょう、私に」

二郎は手を振り、そっぽを向く。男は両手を握り合せ、なにかを絞るように揉《も》む、汗の音がする。「急いでくれ」二郎は二度も運転手に叫ぶ。車は大きく曲り、広い道へ出て速度をあげる。――病院へ着くと、森口が受付のところに待っている、彼はけげんそうに同伴者を見る。二郎はその眼に頷きながら、「どうだ」と訊く。

「うん、やっぱり」羅漢さんの眼は暗い、「今夜いっぱいどうかって、――梶原は来た」

男の腕を抱えて階段を登る、男の全身をまだ間歇《かんけつ》的に戦慄が走る。疑惑と危惧《きぐ》が彼を圧倒し、新たな恐怖で息苦しくなる。……病室へ着く、扉を明ける。梶原と橋本が振返る、――沼井は口をあけて喘いでいる。げっそりと頰が落ち、額が骨だってみえる。

二郎は男の包帯を解く、沼井がぎろりとこっちを見る。梶原も橋本も、二郎の伴れて来た人間がなに者であるかを了解する。包帯は解き終った。

「あの人を見たまえ」二郎は男を病床のほうへ向ける、「あそこに寝ている人を」

男の両眼は腫れ塞がっている、彼は手で暫く眼を押える、それから努力をして瞼《まぶた》をみひらく。いちど閉じて、頭を振り、指で瞼を押える、病床と、瀕死《ひんし》の人の姿が見える。

「君の射った相手だ、三昌銀行から逃げるとき、あの街角で君の射った相手だ」

ふいに男の靴の踵《かかと》が床を打つ。そのとき沼井があああと声をあげた。無帽で、黒いジャンパーの男。

「君か、――」痛いたしく嗄《しわが》れた声で沼井が呼びかける、起きようとする、「よく来てくれた、よかった、……ひと言、云いたかったんだよ、手を握らせてくれ」

男は慄然と身ぶるいをする。二郎が肩を摑んで枕許へ押しやり、その右手を沼井のほうへ差出させる、それから沼井の鉛色の手を取り、二つを合わせる。――男は葦《あし》の葉のように震え、頭を垂れる。沼井は頭を傾けて見る。

「僕はなんとも、思っちゃあいない、君は、まちがったんだ、……ほんの過失さ、――僕は偶然、ながれ弾丸《だま》に当ったんだ、此処にいる友達が、君のために証人になる、……大丈夫僕の分は、決して、罪にはならない」

男の膝《ひざ》が大きく揺れる。彼は呻きながら床へどしんと膝をつき、号泣の声をあげて、赦しを乞う、リノリュームへ両手と額をすりつける。「勘弁して下さい申し訳ありません」そして意味不明の言を続けさまに叫び、衝動のように号泣する。

「Adoramus te. Christe!」沼井が喘ぐ、「ああやめたまえ、泣くのは、たくさんだ、君は……悪くはない、少しも、勇気をだして――取返したまえ、君は、これから、生きるんだ」

医者が助手と看護婦を伴れて入って来る。二郎は男を引起こし、抱くようにして廊下へ出る、森口が後から来る。三人は喫煙室へゆく。男は喉を詰らせ頭を振り、眼を押える。――二郎は彼を長椅子に掛けさせる。

「聞こう、――九人の巣はどこだ」

「一つは野田です」男は呟く、「けれど、九人が集まるのは、浦和の市外です」

「精しく云いたまえ、野田はどうゆく」二郎は手帳を出す、「集まる日もあるんだろう」

男は話す。野田は五人だけの巣で、恐らく当分そこへは寄りつかぬであろう、九人のうち四人はいま関西へいっている、十七日には帰る。その日は必ず浦和でみんな顔を合わせる筈だ、さもなければ神田小川町の「ラム」という喫茶店が連絡所になっている、……二郎はすべてを手帖《てちょう》へ書きとめていった。然しまだ終らないうちに、廊下を走って来る足音が聞え、扉が明いた。橋本がひきつったような眼をして、こちらへ頷く。

「来たまえ、あぶなそうだ――」

十

窓硝子の向うに見える空は青い、然し紛れもなく春の青さだ。鉢植の杉の若芽にさしている日の色も慥かに春である。二郎はジン・フィズのタムブラーを持ったまま、話を途切らせて茫然と空を眺めている。――梶原は大型アルバムを披《ひら》き、そこへ一葉の写真を貼《は》っている、森口はその手助けをしながら、「それでどうした」と話を促す。二郎は酒を啜《すす》る。

「それで終りさ、謎《なぞ》だよ、――ステファヌ・マラルメがうまいことを云って、色魔はアナクロニィズムだそうだ、四十円のお返しでけりさ」

「君の云うことのほうがよっぽど謎だ、相変らず訳がわからねえ」森口は糊壺《のりつぼ》を片付ける、「いったい成功しそうなのかそれとも失敗なのか」

「赤坊のある婦人を愛したらいいだろう、こうも云ったよ、おまけに合成樹脂の連絡課長の、千田二郎さまに訊けばいいってさ」

「頭がちらくらしてくる、まるっきり寝言だ」

「女は謎だ、神秘だ、寧ろ手品だ、沼井はクリスチャンだったのかい」

「どうだか知らないが」梶原が指を拭きながら身を起こす、「――主よ、われらなんじを讃《たた》う、いい言葉だった、……本音だったよ」

十秒ほど三人は沈黙する。二郎は酒を啜る。それから脚を組む。

「ところが拾いものさ、マラルメがね、人間は時には自分の居間を窓の外から眺めるものだ、こう云ってるんだとさ」二郎は暢びりと微笑する、「――窓の外からね、……こいつがぴんときたんだ、いいかい、彼は眼を包帯している、見ることができない、窓の外から窓硝子を毀《こわ》して、がんがんとやれば、――ね、詰るところ、楠田まり子嬢の啓示という訳さ」

「それは悪知恵というやつだ、こんな場合でなけれあ絶対に、――」森口がインク壺を明ける、「然し千田にそんな知恵が働こうとは思わなかった」

「こっちへ来ないか、千田君、書くよ」

梶原がペンを持つ。二郎は立ってゆく、森口も頭を下げる。梶原はいま貼った沼井裕作の写真の下へ、一字ずつ彫るような字で書き始める。――前例の如く簡潔で、決して長くはない、「彼はその責任を果したり」という句で終る。

三人は写真に向って不動の姿勢をとり、それぞれのタムブラーを挙げる。

「W……間索……O……7」二郎がささやくように云う、「全軍直チニ突入セヨ、――承知したよ、沼井君、今日がその日だ、見ていてくれ」

そして一緒に、三人は酒を乾《ほ》した。南方の基地では遂に掲揚されなかった信号、W・間索・O・7（全軍直チニ突入セヨ）が、いま酒神《バッカス》倶楽部のメムバーの上に掲げられたのである。――二郎はタムブラーを置いて悠くり踵《きびす》を返す、そして窓際へいって外を眺める。電話のベルが鳴りだし、森口が出る。二郎は外を眺め続ける。電話はすぐ終る。

「野田からだ、まだなにもないと云ってる」

「三時だね」梶原が時計を見る、「なるべく夜にはしたくないな、――」

三十分経つ。階段を駆け上って来る足音が聞える、乱暴に扉を明けて、橋本五郎が入って来る。帽子を脱ぐと汗で額へ髪がねばり着いている、彼は、「浦和だ」と云いながら、まず卓子へいってコップを取り、サイホン炭酸水を注いで飲む。噎《む》せて咳きこみ、手を振る。

「浦和だ、小川町のラムの張込が当った、本庁からは一課長がゆくそうだ」

「みんな集まりそうか」

「連絡のようすではそうらしいと云ってる、浦和へ知らせたから情報が来る筈だ」

梶原が二郎へ振返る。二郎は頷いて外套を取る。森口が椅子の上にある帽子を取り、二郎の頭にのせながら、「マクスエルへ寄ってゆくか」と云う。二郎は大股に出てゆく。

五時二十分。二郎は浦和駅から志木へゆくバスを土合《つちあい》で下りる。畑地と枯田のまん中で、道沿いに十二三軒の鄙《ひな》びた家がある。むかし掛茶屋でもやっていたらしい店を殆んどそのまま、川魚料理と書出した家へ二郎は入る。「すみれ会はどこ」と訊くと、若い女中が先に立って、土間を脇へぬけ、池をまわって裏へ案内する。藁葺《わらぶ》きの古ぼけた百姓家を改造した別座敷に、五人ばかり背広服の男たちが雑談している、二郎は緋色のバッジを見せながら靴を脱いで上った。「ずいぶん遅いな」「まだ誰それは来ないか」「始めたらどうだ」出まかせの高声をあげて、彼等は二郎に席を与える。

「五人めがさっき入りました」男たちの中の一人が二郎に云う、「この店から蒲焼を注文しています、七時ころにと云ってました」

「そうですか、五人、——もう二人来れば」

二郎は煙草を出す。箱を三つ、男たちにすすめてライターを擦る。側にいた一人が自分のを出して点けてくれる。「部長のライターはよく点きますね」向うでそう云う者がある、部長はすすめられた煙草を取る、「ライターは点くが煙草はたいていきれてる」和やかに笑い声が起こった。

十一

六時近く梶原と森口が来た。その少し前に、「七人集まった」という報告が入っている。二十分過ぎて橋本が捜査一課長と一緒に到着する。うちあわせはすぐ済み、女中が料理を運び始める。

七時五分前、「蒲焼が届いた」と知らせがある、芸妓らしい女が三人来ているという。二十分経つと四人が立上る。

すっかり昏《く》れている、曇っているので暗い。二郎が先になって街道を左へ折れ、細い道を南へ一町あまりゆく。低い猫柳の並んだ田川の畔《あぜ》に出ると、そこを東へ折れて林の中へ入る。なんのことはない四角形の他の三辺を廻るようなものだ。千田二郎が二度来て踏査した道である。それはやがて坂になり、小高い丘へ登る。——上には中流住宅が三十戸ばかり、庭を広くとってとびとびに建っている。二郎は畑の中へ入って、防風林をめぐらせた農家のような構えの一軒へ近寄る。どこかで犬が咆えている。

「泥溝《どぶ》があるよ」二郎はこう云いながら垣になっている珊瑚樹《さんごじゅ》の隙間から中へ入る、「少しぐらい音をさせても大丈夫だよ、倉庫の裏だ」

三人も続いて垣をくぐる。暗くてよく見えないが、五六間さきに大きい倉庫がある。二郎はその壁に沿って北側へまわり、三人をそこに待たせて置いて独りで東側へゆく。——倉庫の向うに住居が見える。二階造りで、階下は暗いが二階の障子に電燈が明るい。そこまで三十間はあるだろう、微《かす》かに女の笑い声が聞えている。二郎は暫く見ている。それから更にそっちへ向って進む、が、……戸の滑る重そうな音が聞えたので、ぴたりと壁へ貼り着く。倉庫の中から出て来た者がある。出て来る後ろから（即ち倉庫の中から）呼びかける声がする。

「いっそ伊野も呼ぶか、――然しあいつは、いや、あいつはいい、伊野はやっぱり飲ましとけ、あいつはごててうるせえ、来ると云ったらしようがねえが」

「おはんがいるから動かねえでしょう」表の男がそう答える、「今夜あたり大乃木がいたらおさまらねえところだ、太市もおはんにあいれあげてましたからね」

男は住居のほうへ去る。――二郎は戻る。そっと三人のところまで戻って、ごく小さく声をひそめて囁く、「倉庫の中に一人いる、彼等はこの中へ集まる、もう少し見ているから」そしてすぐに東側の角へ引返して見張る。……空気が冷えてきて寒い、煙草がほしくなる。二階の障子に人影がうつり、大きく揺れて消える。けたたましい女の笑い声が起こる。間もなく階下の暗い玄関から人が出て来る、二人、三人。風邪ひきらしい咳をしながら、「あまた名所のあるところ――」妙な節で唄う、「やっぱり東京のほうが寒いぜ」そして倉庫の中へ入ってゆく、四人五人はいる。ごろごろと重たげに戸の滑る音がする。……向うの二階でまた女の笑い声が起こり、男がだみ声で喚く。二郎はそっと三人のところへ引返した。

「入った」二郎はこう囁く、「住居のほうに一人いる、橋本に頼むか」

「よかろう」橋本は振返る、「もう来ているだろうな」

梶原が畑のほうへ向けて懐中電燈を点滅する。闇の中からぱっぱっと点滅の答えが見える。三度、応酬が繰り返されて、間もなく人が近寄って来る、一課長と部長が二人だ。二郎は簡単に説明して、彼等を東側の角へ導く。配置のうちあわせはすぐ定る。一課長が四人の手を、順々にかたく握る。

「非常に兇暴ですから、――そのお積りで」

二郎が先頭で森口と梶原が続く。例の渇きが始まる、石段を三つ上ると戸口だ。二郎は大股に戸口を入る、暗い土間で、閉っている中戸《なかど》の隙間から光がもれている。

「僕にまかせてくれ」二郎が云う、「死ぬばかりが贖罪《しょくざい》じゃあないと思う」

「千田――」と森口が云った。

二郎は黙って引戸へ手を掛ける、ごろごろと鈍い音を立てて戸が明く。明るい電燈の下に、卓子を囲んでいた六人の男が振りむく。

「誰だ」肥えた口髭のある男が叫ぶ、「伊野か――あっ」

六人が総立ちになる、そのとき二郎の右手で拳銃が火を吹く、文句なしの、断乎たる射撃だ、銃声が凄まじく室内に反響し、物の砕け飛ぶ音と、悲鳴が起こる。肥えた男がまず倒れ、一人は逃げようとして椅子もろとものめる。二郎は中へ入り、最後の二発を射つ。

「身動きもしちゃあいけない」彼はやや震える声で、然し静かに云う、「外は武装警官が取巻いている、今夜は容赦なしだ、へたに動くと命はない、そのままじっとしていたまえ」

＊　＊　＊

新聞に「九人組強盗団検挙」の記事がでかでかと出た日。東邦合成樹脂の連絡課へ、中年の洋装婦人が訪れて来た。——秘書の宮田嬢が出る、婦人は、「銀座のパリジャンからまいりましたが」と云う。

「どういう御用でございましょうか」

「千田さんと仰しゃる課長さまの御注文で、お子様服の寸法を取らせて頂きにまいったのですけれど」

「子供服のですか」俊子嬢は首を傾げる、「いま課長がちょっと出ていまして、わたくしなにも伺っておりませんのですが、——子供服といっても此処にはそういう……」

「慥かにそう仰しゃいましたわ」婦人は機嫌を損じたようだ、「たいへん忙しくて、手前共では出張は致さないのですが、ぜひというお話で特別にまいったんざんすの、お出先はおわかりにならないでしょうか」

「はあちょっと、わかり兼ねますけれど」

「それらしい子供さんはいらっしゃらないんでしょうか」婦人は部室の中を見まわす、そこらに隠してあると思ったのかも知れない、それからつんと顎をあげる、「手前共は本当に多忙なのですからね、銀座でも第一流で、決して出張はしないんざんすから、……ではいらっしゃいませんのね、ふむ、なんということったろう、忙しいのに、ふむ」

パリジャン女史は顎を反らしたまま出てゆく。秘書は自分の机へ戻る、子供服、——なんのことだろう。ペンを取ると電話のベルが鳴る。

「ああ僕だよ」二郎の声である、「忘れていたんでね、出るとき云おうと思ったんだが、あれをさ、急いだもんでねえ、聞えるかい」

「はい、よく聞えますわ」

「君のところへ洋服屋がゆくんだ、もういった頃だと思うが、寸法を取りにね、僕の贈物だよ、遠慮はいらないからね、好きなように注文してくれたまえ」

「有難うございますけれど、その方はいま帰りましたわ」俊子嬢は笑いだす、「たいそう怒ってお帰りになりましてよ」

「なんだってまた、どうしてさ」

「だってしようがございませんわ」俊子嬢は一言ずつはっきり云う、「わたくしに子供服は着られませんものね」


(「新青年」昭和二十三年三月号)

解説

木村久邇典

本書には昭和十二年八月から、昭和三十年三月にいたる十八年間に書かれた十本の短編小説を集めた。この間、昭和二十年八月までは日中戦争、太平洋戦争という戦争時代であり、昭和三十年は前年十二月十日に第一次鳩山内閣が発足したばかりで、ソ連から国交正常化についての申し入れが行われ、三月二十九日には中国から通商使節団が来日するという外交、経済界で新局面の展開があり、ようやく敗戦からの本格的な立ち直りの緒についた期間にあたっている。作者、三十四歳から五十一歳にかけての時期であって、この間、山本周五郎は、戦前の代表作『小説日本婦道記』、戦後の『柳橋物語』、『おたふく物語』、〈後半期の道をひらいてくれた〉と自認した『よじょう』（昭和二十七年）につづき、畢生《ひっせい》の代表作とも評される『樅《もみ》ノ木は残った』第一部を、昭和二十九年七月から三十年四月にわたって「日本経済新聞」に連載中という昇竜の時間に創り出された作品群だったことを念頭において鑑賞ねがいたいのである。

『お美津簪《かんざし》』は昭和十二年八月の「キング」増刊号に発表された小説である。山本周五郎は、やくざ者は人間以外の動物という〃人間観〃から、ならず者や博奕《ばくち》の渡世人などはめったに作品に登場させなかった。まれに登場させることがあっても、徹底してやくざ者を非人間として否定するか、さもなければ、非人間のなかにも、わずかでも人間性が息づいている場合には、そこから彼らの真人間性を拡大させていこうと努力をこころみるところに、山本周五郎のまっとうな人間観の一端を垣間《かいま》みることができる。

胸を患って余命の残り少ないのを知ったか、主人公の正吉は故郷の長崎恋しの思いにとらえられ、二両の旅費を工面すべく奔走してみるが、このところ役所の取締りが厳しく思うにまかせない。彼は父の親友だった江戸の大きな唐物屋の筑紫屋に奉公した。そこには二人の娘があり、筑紫屋では姉娘に正吉を娶《めと》せようと考えていたところ、正吉は妹のお美津を恋するようになって店を追い出され、賭博の汚れた世界に泥《なず》むようになったのだ。しかしお美津が悪党に誘拐されようとする現場を目撃した正吉は、体を張ってお美津を救いだし「真人間に、昔の正吉に生れ変って来ます」といって、よろめきながら走り去る。翌早朝、長崎行きの便船がでる江戸橋の船着場に、雪のような白い霜を浴びて正吉の屍体《したい》がころがっている——。あまりにも大衆小説のカタにはまりすぎた筋立てと描写で、この作風から後年の山本の作品世界を予測することは、すこしく困難かもしれない。だが、後年の『深川安楽亭』や『ひとでなし』などの無気味でつきはなしたフィナーレの胚芽《はいが》が、すでにこのころから作者の内部に芽ばえていたものだったことを十分に納得できると思う。

『羅刹《らせつ》』は昭和十二年九月号「富士」に掲載された小説である。大正十五年の戯曲『法林寺異記』、昭和五年の戯曲『画師弘高』などの延長線上にある芸道小説である。最初は『面師出世絵形』の標題で発表されたが、昭和十五年、短編集『土佐の国柱』に収められるとき『羅刹の面』に、さらに昭和二十二年に『羅刹』と改められて短編集『羅刹』に収録された。宇三郎は織田信長の面貌《めんぼう》に羅刹の相を見、信長最期の本能寺の奥殿にまで身を挺《てい》して忍び入って己《おの》が心に烙《や》きつけて彫りあげた仮面は、悪霊を退散させる無著羅刹の善性の顕現であるどころか、残忍酷薄な瞋恚《しんい》の形相にしかすぎなかったことを悟って、仮面を膝《ひざ》で圧し割る――。仮面は象徴の芸術でなければならぬ。自分の作は悪作のなかの悪作、面作り師としては愧《き》死《し》しなければならぬ邪悪の作、と自得するところに本編のテーマが云いつくされている。恩師親信の温情、娘留伊《るい》の宇三郎への愛情が、きりりと快くしめくくっている。『鼓くらべ』（昭和十六年）などにも気脈を通じる作品。

『松林蝙也《まつばやしへんや》』は昭和十三年一月号「キング」に執筆した小説で、仙台が背景になっている。剣の達人松林蝙也は町という側女を雇い入れた。女の実家の窮乏を救ってやるためで、しかも彼をあっと驚かせたら三年分の給料を倍増しにして暇をやろうと約束する。町は昼夜の別なく隙をねらうものの、蝙也には寸分の油断がない。けれども南部藩から依頼された婦人誘拐の脱藩者を取り押さえ、裏切った門人を処分して帰宅した彼が洗足《すすぎ》を町に所望すると、盥《たらい》には熱湯が入れてあり、もちろんそんな計策にかからぬ蝙也は、水を埋めさせ、爪先までつけたとき両足をひきつって彼はいう。「や、やったな、町!」。町は熱湯にさらに熱湯を注ぎ足して蝙也の一瞬の心の緩みを衝いたのである。「兵法の道ほど蘊奥《うんのう》の深いものはない、／まだまだ俺などは未熟者だな」と反省自戒する蝙也の素直な修行者の心ばえも、彼に傾斜してゆく町の微妙な女ごころも巧みに纏《まと》められてほどよい均衡を保つ好短編になっている。しかし、この時期の山本周五郎にとっては、このほどのよさこそ、自ら打破せねばならぬものであった。

『荒法師』は太平洋戦争四年目、敗色が確実に濃厚さをましつつあった昭和十九年の四月号「講談雑誌」に投じた作品である。山本は戦後〈僕は戦意昂揚《こうよう》、戦争協力の小説は一編も書かなかった〉と断言したものであるが、ここでは、すんでに息絶えようとする武士に向かい、経文を唱えはじめた俊恵に、武士は拒絶して激しい語調でいう。「生きても死んでも、父祖の国土を守り御しゅくんを守る、これがもののふの道なのだ、おれだけではないぞ」。〈断じて成仏せず〉という武士の信念に、生死超脱の境地を見た俊恵は、忍城《おしじょう》を攻撃する浅野軍の只中に斬りこみ阿修羅のように戦って討死をする。これは戦争に力を合わせる小説ではなく、国を愛する物語である。知友や隣人が相ついで東京から疎開していったなかで、断固として山本自身は大森区馬込《まごめ》の〃文士村〃から動こうとはしなかった。『荒法師』にはそのころの、故国を愛する作者の精神が、くっきりと投影されている。

『初蕾《はつつぼみ》』は戦後の昭和二十二年一月号「講談雑誌」に発表した作品である。敗北という結果ではあったにせよ、とにかく暗鬱過酷な戦争時代をくぐりぬけ、世相混乱のなかにも光明と希望への期待が、作風にこれまで見受けられなかった和やかさとふくらみを与えている。お民が不運な境涯から変貌してゆくのも、半之助との間に産んだ小太郎のためであり、その事情を知っている半之助の両親や喜右衛門らの善意にみちた温かい心づかいのためである。口論の果て友人を斬って江戸へ出た半之助も立ち直って帰藩を許され、主君の伴をして入国の予定という。姑《しゅうとめ》のはま女の言葉が目出たい。「ごらんなさい、／どの（梅の）枝も初めて花を咲かせるような新しさで、活《い》き活《い》きと蕾をふくらませています、帰って来る半之助にとって自分が初蕾であるように、／女にとってはどんな義理よりも夫婦の愛というものが大切なのですよ」

圭角《けいかく》に富むと評された作者自身も、この時分から徐々に円熟みを加えていったようであった。

『壱両千両』は昭和二十三年四月号「講談雑誌」に掲載された。いわゆる〝長屋もの〟の一編である。講談調と落語調のあわいをねらった構成で、哀歓ないまぜた庶民劇が展開されているのだが、諸所にさしはさまれた描写にきらりと光る数行があり、作者のただならぬ練達を証拠だてている。「風呂から出て来ると、路地口にある棗《なつめ》の樹の若葉に眼をひかれた。晴れあがった青空へ高くぬいた枝々に、浅みどりの柔らかそうな細かい葉が、きらきらと音もなく風にそよいでいる。眺めていると郷愁に似た想いが胸にわく、遙かに遠く誰かの呼ぶ声が聞えるようでもあった」戯作精神ゆたかな佳作である。

『追いついた夢』昭和二十五年十一月号「面白倶楽部」に掲載された作品。某日わたくしが作者に語った。「いまこんな推理小説を考えているんです。数年かけて完全犯罪を周到に準備した男が、ぜんぶ手順を完了し、いよいよこれから実行という段になってとつぜん事故のために死んでしまう。あとに道具立てだけが残される——というんですが」山本が答えて云った「ふうむ。そいつは面白いぞ」

わたくしは現代ものとして描こうとしたのだがついに完稿するに至らなかった。約一年後、発表されたのが『追いついた夢』である。エンタテインメントの分野に、煥発《かんぱつ》の才気を所有していた小説作者だったことを、この作品からも容易に知ることができる。

『月の松山』は、昭和二十九年八月号「キング」に発表された小説。代表作『樅ノ木は残った』を「日本経済新聞」に連載中に書かれた作品だったことにご注目ありたい。

小説の背景となっている〝松山〟はどこの地方とも指定されてはいないけれども、松山を越していくと、宗城《むねき》孝也《こうや》が身を寄せている茂庭《もにわ》家の屋敷のある栂《とが》ノ庄《しょう》であり「松山は高さ百尺ばかりのなだらかな丘陵で、その名のとおり松林で蔽《おお》われている。ずっと昔、そこになにがし氏の城砦《じょうさい》があったといわれ、現在でも頂上に五段歩ほどの平地と、空濠《からぼり》の跡や、石畳に使ったらしい石などが残っていた」と情景が描写されているのは、山本がこの年の六月、『樅ノ木……』取材のため、原田甲斐《かい》の義兄に当たる松山領主・国老茂庭周防《すおう》の館跡《やかたあと》を訪れたときの地形をそのまま描き込んだものと思われる（わたくしもこの取材旅行に同行した）。

あと百日の生命と医師に宣告された青年剣士が、許された〝生〟の極限状況のなかで苦悩し、茂庭の跡目相続と恋人とを弟子《でし》の西秋泰二郎に譲って、茂庭家に地堺《じざかい》争いを吹きかける坪田勢と血闘し、相手をたおしたものの、自らも敵の弓に射られて死ぬのだが、かけつけた西秋に、孝也は本心をこういって明かす。「おれが自分を醜くすれば、あとが美しく纏まる、あのひと（桂《かつら》）の気持には、もうおれは残ってはいないだろう、西秋、――あのひとを頼む、茂庭のあとを頼む」

己れを醜くし、己れを空《むな》しくして師家と愛人の幸福を願う孝也の心理は、生死の執着を超えようとする必死のもがき、努力に裏打ちされていてひとしお深い感動を読者に刻印する。孝也の死に、甘美な感傷を認める作品評もないではないが各人各様の感受性に委ねるほかあるまい。

『おたは嫌いだ』は、昭和三十年三月号の「読切小説倶楽部」に執筆した短編。親しい存在でありすぎるために、配偶者というよりは兄妹にちかい感情しか抱けず、結婚相手として決断するには躊躇《ちゅうちょ》される——。男女間の感情の歯車はわずかのくいちがいのために、思うがままには回転しない。津由木《つゆき》門太《もんた》は、藩侯の御印篭《ごいんばこ》を取り出すべく、燃えさかる奥方の持仏堂にとび込み、幸いに印篭を手にしたが、煙に巻かれて梁《はり》の間で失神する。その寸前、彼につきあげてきたのは「おたに会って死にたい」という激しい思いであった。恋愛の深層心理をたくみに抉《えぐ》った作者一流のメルヘンである。

『失恋第六番』は昭和二十三年三月号「新青年」に掲載された。黒林騎士のペンネームで『失恋第五番』に続いて連作した現代小説で、冒険小説の骨格をもちハードボイルドふうの文体を示している。現在形の早いテンポで事件の推移を描写する技法は、当時としては先駆的な力感をもち、文壇の一部の視線をひいたものである。かつては特攻隊員だった青年たちが団結し、特攻隊くずれの犯罪をあばいて改心させてゆく。つぎつぎに起こる事件のために、千田二郎の恋はつねにかけ違い、素直に秘書の宮田俊子嬢に届かないというのが愛敬《あいきょう》を添えている。文中の〈W…間索《かんさく》…O《オーバー》…7《シチ》〉は海軍の旗旒《きりゅう》信号（全軍直チニ突入セヨ）の謂《いい》であるが、海軍から復員したわたくしが作者に語ったのを効果的に用いたのである。山本のプランでは『失恋第十番』まで連載の予定だったのだが、雑誌社の都合で、二編にとどまったのは惜しまれる。

（昭和五十七年十二月）

「お美津簪」は実業之日本社刊『山本周五郎幕末小説集』（昭和五十年十一月）、「羅刹」は同『修道小説集』（昭和四十七年十月）、「松林蝙也」は同『強豪小説集』（昭和五十三年三月）、「初蕾」は同『士道小説集』（昭和四十七年七月）、「追いついた夢」は同『浪漫小説集』（昭和四十七年十二月）、「荒法師」は新潮社刊『日本士道記』（昭和四十五年八月）、「壱両千両」は同『山本周五郎小説全集第三十四巻』（昭和四十五年五月）、「月の松山」は同『山本周五郎小説全集第二十七巻』（昭和四十四年二月）、「失恋第六番」は同『山本周五郎小説全集第三十六巻』（昭和四十五年六月）、「おたは嫌いだ」は文化出版局刊『婦道物語選(下)』（昭和四十七年十二月）にそれぞれ収められた。

文字づかいについて

新潮文庫の文字表記については、なるべく原文を尊重するという見地に立ち、次のように方針を定めた。

一、口語文の作品は、旧仮名づかいで書かれているものは現代仮名づかいに改める。
二、文語文の作品は旧仮名づかいのままとする。
三、一般には常用漢字表以外の漢字も音訓も使用する。
四、難読と思われる漢字には振仮名をつける。
五、送り仮名はなるべく原文を重んじて、みだりに送らない。
六、極端な宛て字と思われるもの及び代名詞、副詞、接続詞等のうち、仮名にしても原文を損うおそれが少ないと思われるものを仮名に改める。

月《つき》の松《まつ》山《やま》

新潮文庫　や－２－41

昭和五十八年二月二十五日　発行
平成十四年三月二十日　二十刷

著者　山《やま》本《もと》周《しゅう》五《ご》郎《ろう》

発行者　佐藤隆信

発行所　株式会社新潮社

郵便番号　一六二―八七一一
東京都新宿区矢来町七一
電話　編集部(〇三)三二六六―五四四〇
　　　読者係(〇三)三二六六―五一一一

価格はカバーに表示してあります。

乱丁・落丁本は、ご面倒ですが小社読者係宛ご送付ください。送料小社負担にてお取替えいたします。

印刷・錦明印刷株式会社　製本・錦明印刷株式会社

ISBN4-10-113442-1 C0193